MARCELLO LISCIA

EINMAL NOCH

ROMAN

Erste Auflage September 2024

Umschlag und grafische Realisierung von Sergio Vitale unter Verwendung einer Illustratiom © Sergio Vitale/ Midjourney
Gesamtherstellung: Finidr
ISBN 978-3-89656-350-7
Printed in the Czech Republic

Bitte fordern Sie unser Gesamtverzeichnis an:
Querverlag GmbH
Akazienstraße 25, 10823 Berlin
www.querverlag.de

KAPITEL 1
VOM LEBEN UND VOM TOD

„Was hat Sie in Ihrem Leben so verletzt?"

„Wie meinen Sie das?"

„Ich sehe, dass Sie trauern." Sie rührte ihren Kaffee und schaute mich an. In ihrem Blick regte sich nichts. Hatte ihr das Alter die Geschmeidigkeit der Mimik geraubt oder hatte sie ein Pokerface aufgesetzt, nur um mich aus der Reserve zu locken?

„Sie sind sehr direkt." Mehr fiel mir in diesem Moment nicht ein. Und mehr wollte ich auch nicht sagen.

„Ich habe keine Zeit für Umwege." Sie presste die Lippen aufeinander, um ihren Worten Nachdruck zu verleihen. Wir saßen im Frühstücksraum des Hotels und ich bereute, dass ich ihr den Platz an meinem Tisch angeboten hatte. Sie hätte sich durchaus anders entscheiden können, aber ich dachte, vielleicht wollte sie bei mir sitzen, um nicht mühsamen Schrittes an einen der freien Tische weiter hinten gehen zu müssen.

„Mein Mann hat mich mit meinen zwei Kindern verlassen, als wir vor den dunklen Schatten Europas nach Argentinien geflüchtet waren." Ich hatte sie nicht danach gefragt. Ich hatte sie gar nichts gefragt.

„Dunkle Schatten?" Ich ahnte es, war mir aber nicht sicher.

„Der Holocaust."

„Sie sind nach Argentinien ausgewandert?", fragte ich überflüssigerweise.

„Er hat sich in eine entfernte Cousine von mir verliebt." Ihr musste meine Frage ebenso überflüssig erschienen sein. Sie nippte an ihrem Kaffee. Ich griff nach meinem Croissant.

„Wie sind Sie alleine zurechtgekommen? Ich meine, mit den Kindern."

„Ich war nicht allein. Wir sind mit der gesamten Sippe rüber. Ich hatte zwei Töchter. Sie sind kurze Zeit drauf beide gestorben. Das gab mir die Möglichkeit, wieder zu arbeiten."

„Das klingt sehr herzlos", brach es aus mir heraus.

„Mein Herz ist vor vielen Jahrzehnten gebrochen worden. Dreimal. Ich mache es nur noch selten zum Inhalt einer Konversation." Sie schaute mich weiter mit der gleichen ausdruckslosen Miene an.

„Es ist also Konversation, was wir hier betreiben?", wollte ich sie herausfordern.

„Wie würden Sie es denn sonst nennen?" Dann lächelte sie, und das Lächeln sah echt aus, verlor sich aber sehr schnell wieder in ihren ausdruckslosen Zügen. „Warum sind Sie hier?", fragte sie mich dann.

Ich musste das Stück Croissant, das ich gerade abgebissen hatte, herunterwürgen. „Es ist ein Urlaubshotel, direkt am Strand, es ist Sommer."

„Das beantwortet nicht die Frage. Sehen Sie mich an. Ich bezweifle, dass Sie mich als Badenixe bezeichnen würden." Was wollte diese alte Frau von mir? Wer oder was hatte sie an diesem Morgen an meinen Frühstückstisch geschickt?

„Man muss nicht unbedingt baden, wenn man hier Urlaub macht", ließ ich mich auf diesen Zwist ein, der mir nicht gefiel. „Vielleicht können wir unsere Konversation ein anderes Mal fortsetzen", war das Einzige, was mir daraufhin noch einfiel. Ich stand auf, ohne mein Frühstück beendet zu haben.

„Vielleicht", entgegnete sie und nickte mir zu, als ich mich von ihr verabschiedete.

Ich ging auf mein Zimmer, zog mich für den Strand um, packte Handtuch, Buch und Sonnenmilch in meine Tasche und machte mich auf den Weg, denn einmal noch wollte ich das Meer sehen, bevor ich mich umbringe. Ich hatte die Ausstattung in Form von Schirm, Liege und Liegestuhl für drei Wochen im Voraus bezahlt. Vielleicht war das zu optimistisch, dachte ich an diesem ersten Tag zumindest.

Nur wenige Minuten später hatte ich mich in meinen Liegestuhl sinken lassen, der noch zugeklappte Schirm wartete auf den neuen Tag, die Plastikhülle, die ihn schützte, raschelte leicht im Wind. Um mich herum sonst nur friedliche Stille. Der Sand unter meinen Füßen fühlte sich noch kühl an. In den frühen Morgenstunden verschlug es nur wenige Menschen an den Strand. Die Eltern saßen mit ihren Kindern noch beim Frühstück, glücklich, erschöpft, gleichgültig. Die Liebespaare und die, die es werden wollten, lagen in ihren Betten.

Ich hatte immer schon der Liege den Liegestuhl vorgezogen, auch als wir noch zu zweit hier an den Strand gingen. Der Stuhl gab mir die Möglichkeit, aus der Sitzposition und im Schutze der Sonnenbrille die Menschen um mich herum zu beobachten. Besonders unauffällig ging es mit einem Buch in der Hand, das ich so hielt, dass ich so eben daran vorbeischauen konnte, wenn auch das Hochhalten des Buches Arm und Schulter ermüden ließ oder der Ellbogen, den ich auf die Armlehne des Stuhls stützte, nach einiger Zeit an der Druckstelle zu schmerzen begann. Für solche Beobachtungen war die Liege jedoch gänzlich ungeeignet. Weder die Rücken-

noch die Bauchlage tat meinem Nacken gut. Der Liegestuhl hingegen bot mir die nötige Ergonomie.

Zu sehen gab es allerhand: Schöne, Hässliche, Interessante, Dumme und Sonderbare.

Zu dieser Tageszeit gab es jedoch nur Hässliche und Sonderbare. Die Schönen sollten noch eintreffen und die Dummen hatten sich noch nicht verraten. Wirklich interessant war niemand. Ich vertrieb mir die Zeit damit, mir vorzustellen, wie die Menschen um mich herum wohl ausgesehen haben, als sie jung waren, oder welchen Beruf sie ausübten. In meiner Betrachtung versuchte ich, welken Damen eine Hautstraffung und übergewichtigen Männern eine Fettabsaugung zukommen zu lassen. Oder ich fragte mich, welchen Rückschluss der geblümte Bikini, der zu Unrecht gegen den kaschierenden Einteiler verloren hatte, und die zerschlissene ebenfalls geblümte Strandtasche, die in ihrer ersten Verwendung Discountlebensmittel auf der Rückbank eines Mittelklassewagens balanciert hatte, auf den Beruf, den Bildungsstand und das Leben zuließen. War das böse? Nur wenn man unterstellte, dass es gutes und schlechtes Leben gibt. Und was ist schon gut und was schlecht? Vermeintlich „schlecht“ kann schließlich glücklich machen und „gut“ uns in die Verzweiflung treiben.

Die Verzweiflung hatte ich hinter mir gelassen; an ihre Stelle war eine Leere getreten. Und dennoch hatte ich einen Entschluss gefasst, was sich auf merkwürdige Weise gut anfühlte. Oder konnte man mir doch noch meine Verzweiflung ansehen? Konnte die alte Dame am Morgen in ihrem blauen Kleid und den blondierten und zu einem lockeren Dutt hochgesteckten Haaren meine Verzweiflung, von der ich dachte, ich hätte sie überwunden, noch spüren? Sie hatte mich gefragt, was mich so verletzt hat.

Ich hatte die Liebe meines Lebens verloren. Was mir blieb, erschien mir jämmerlich. In mein Bewusstsein gedrungen war diese Erkenntnis wie ein übler Geruch, der unter einer Türritze hindurchkriecht, um sich im ganzen Raum zu verteilen. Von außen konnte ich durchaus ein nicht zu verachtendes Leben vorzeigen: Geld, Job, Haus, ein Strandurlaub wie dieser. Von innen betrachtet glich es einer Farce. Es gab nicht mehr viel, wofür es sich noch zu leben lohnte. Der Espresso am Morgen, der Rotwein am Abend und dazwischen nichts.

Einer alten Vase gleich, die eine neue Glasur erhalten hatte, um die Risse zu verbergen, von denen sie wie von einem Gitternetz durchzogen war, kam mir mein Leben vor. Es waren diese Risse, die die wirkliche Geschichte preisgaben, indem sie kleine Tropfen wie blutige Tränen der weinenden Madonnen ausschwitzten und die bunte Glasur verräterisch aufplatzen ließen. Jegliches Wiederauffüllen wäre vergebens gewesen.

Gut zwei Jahre waren inzwischen vergangen. Ich wusste und weiß, dass Trauer niemals wirklich abgeschlossen ist. Sie sitzt einem ein Leben lang im Nacken und wartet nur auf den immer wieder unvorhersehbaren Moment, der die Erinnerung und den Schmerz zu neuem perversem Leben erweckt. Das Lied, das ich nicht allein hören möchte, das Essen, das ohne ihn nicht schmeckt, der Gast am Nachbartisch, über den wir uns gemeinsam lustig gemacht hätten. Kleine, banale Scherben des Alltags, die mich an Tod erinnerten.

Die Zeit heilt keine Wunden und das Leben geht nicht weiter. Es steht. Das Leben steht und bietet dir eine widerliche, stinkende Bühne, von der aus du das Glück der anderen um dich herum siehst, riechst und schmeckst, du aber am liebsten kotzen, heulen und davonlaufen willst. So fühlte ich mich. Ich zerfiel, aber ich lebte weiter. Ich funktionierte und hatte gelernt, mich zusammenzureißen. Mehr oder weniger.

Und dann gab es Tage, an denen ich mir wie ein Jammerlappen vorkam. Wenn mein Leben ein Buch gewesen wäre, hätte ein Lektor mir mein Leid nicht abgenommen. Er hätte mich damit konfrontiert, dass es sich maximal um eine Rohfassung handelte. Unfertig. Er hätte mich gefragt, was mich von anderen unterschied, die den gleichen Verlust erlitten haben. Er hätte mir vorgeworfen, nicht überzeugend zu sein. Ich hatte meinen Mann verloren? Nun gut, das haben andere auch. Sich deswegen gleich das Leben nehmen? Übertrieben. Ich hätte nicht gewusst, was genau ich hätte sagen können, um den Lektor meines Lebens zu überzeugen.

Sascha und ich hatten uns vor einer Diskothek kennengelernt. Oh, welches Klischee, zumindest zu der Zeit! Aber so war es. Zumindest war es meine Version der Geschichte, denn Sascha behauptete felsenfest, dass wir uns schon vorher über den Weg gelaufen seien, woran ich mich aber nicht erinnern konnte. Doch je öfter er das behauptete, desto mehr nahmen diese Bilder – seine Bilder – ihren Platz in meiner Erinnerung ein und ich konnte nicht mehr mit Bestimmtheit sagen, ob es nicht doch so gewesen war. Und was ist an Klischees schlecht? Ist es nicht das, was wir uns letztendlich alle wünschen? Ist ein Klischee nicht deshalb ein Klischee, weil es uns ein Stück Normalität schenkt? Mein Leben vor Sascha bot keine Normalität. Es kam einer Flucht vor mir selbst gleich. Wieder ein Klischee, nur ein anderes und wieder starke Worte, ich weiß, vielleicht zu stark.

„Umberto?“, rief damals jemand, der einige Meter vor mir in der Schlange vor dem Einlass der Diskothek stand und sich zu mir umgedreht hatte. Ich dachte, kenne ich nicht, sieht aber niedlich aus, und fragte mich, warum er meinen Namen kannte und ich nicht seinen.

„Ja?“, erwiderte ich. Er winkte mir zu. Die Aussicht, die Schlange unter einem guten Vorwand einige Meter zu überspringen, sowie sein Lächeln gefielen mir. „Entschuldige, ich habe deinen Namen vergessen, das …“

„Sascha“, sagte er strahlend und nahm mich in den Arm. Er trug nur Jeans und T-Shirt und eigentlich war es für meine Jacke an dem Abend auch zu warm.

„Ach, richtig!“, log ich und erwiderte seine Umarmung. Er fühlte sich gut and und roch fabelhaft. Wir waren gleich groß, er sicherlich einige Jahre jünger als ich. Da standen wir auch schon an der Kasse, lösten unsere Tickets, bekamen noch einen Stempel auf den Handrücken und drängten uns in die Menge der Schwulen und Lesben, die an jenem Abend die Diskothek pulsieren lassen sollten.

„Ich bringe noch eben meine Jacke an die Garderobe und bin gleich wieder bei dir. Okay?“ Er hob nur den Daumen und lächelte mir zu. Als ich zurück ins Foyer kam, war er verschwunden. Ich fand ihn schließlich auf der Tanzfläche wieder, wo er sich rhythmisch zur Musik bewegte und mir wieder ein Lächeln schenkte. Ich ging zu ihm. Wir tanzten miteinander und verliebten uns ineinander. Von dem Abend an trennten wir uns nur an wenigen Tagen. Wir benötigten keine Auszeiten, wie es andere Paare gerne für sich in Anspruch nehmen. Jeder Tag ohne den anderen war für uns ein verschwendeter Tag. Ich wurde zu seinem Leben und er zu meinem. Vielleicht war das nicht gut. Vielleicht ging es deshalb nicht ohne ihn.

„Was machen Sie beruflich?“, hatte mich am Tag zuvor die junge Mutter vom Schirm rechts hinter mir am Strand gefragt. Vielleicht hatte auch sie versucht, anhand der Hinweise, die ich bot, auf meinen Beruf zu schließen. Was sagen Badehose, Handtuch, Sonnenbrille, Haarschnitt, Tasche, Figur, Lektüre über mich aus? Die schwarze Badehose im Schnitt von Boxershorts, eines der Handtücher, wie es sie an jeder zweiten Ecke hier im Ort gab, die dunkle Sonnenbrille, die tausend anderen glich, die einst dunklen Haare, kurz geschnitten, mit grauen Schläfen, die neue schwarze Strandtasche und die erste Veröffentlichung von Elena Ferrante, die mich ohne die geniale Freundin nicht interessiert hätte? Oder hatte meine Strandnachbarin sich die Mühe gespart und mich direkt gefragt?

Es war nicht so, dass wir uns nicht schon unterhalten hätten. Sie hatte mir bereits an Tag 1 erzählt, dass sie das Meer hasste. Ich hatte sie auch nicht danach gefragt. Sie hatte aber eine Gelegenheit genutzt, als ich mein Buch zur Seite gelegt hatte und sich unsere Blicke trafen. Die Hitze, der Sand, das Salzwasser, der Lärm der spielenden Kinder, die Mühe, die es mit sich brachte, zweimal am Tag alles ein- und wieder auszupacken, nur um es dann wieder ein- und auszupacken. Ich rechnete jeden Moment mit ihr. Acht Uhr dreißig, das war ihre Zeit, hatte sie mir erzählt, dann um zwölf zum Essen, Mittagsschlaf für die Kleinen und dann kam sie gegen vier wieder, um bis sieben zu bleiben.

Warum sie dann Urlaub in Bibione, einem Badeort, machte, hatte ich sie gefragt. Sie mache keinen Urlaub, hatte sie abgewiegelt, als wäre es etwas, dessen man sich schämen musste. Ihr Mann habe eine Eisboutique – den Begriff „Boutique“ hatte sie verwendet – und verkaufe von April bis Ende September Eis und sie versuche, so viel Zeit wie möglich hier bei ihm zu verbringen. Im Winter lebten sie in den Bergen. Dort seien sie, ihr Mann und ihre zwei Töchter geboren und das sei ihr Leben. Strand und Touristen bedeuteten für sie Stress und der Aufenthalt hier notwendiges Übel. Ähnlich wie bei mir, dachte ich, und doch ganz anders.

„Psychotherapeut", antwortete ich auf ihre Frage. Sie ließ die kleine, rote Plastikschaufel fallen, die sie in der Hand gehalten hatte, und schob ihre große, ebenfalls schwarze Sonnenbrille auf die Nasenspitze.

„Da muss ich jetzt also aufpassen, was ich sage!", lachte sie. Dem Lachen folgte ein leichtes Zucken der Unterlippe.

„Zu spät", sagte ich und schaute ihr in die Augen, erst ernst, dann freundlich. Sie erschrak.

„Wie meinen Sie das?" Schnell korrigierte sie alles an sich, was einen Rückschluss auf eine mögliche psychische Erkrankung zugelassen hätte. Sie schob die Brille wieder hoch, kontrollierte die Träger ihres Bikinis, hob die kleine, rote Schaufel auf, die zwischen ihren pink lackierten Zehennägeln zu liegen gekommen war, und gab sie in den kleinen grünen Eimer, in dem sich schon ein gelbes Sieb befand. Wie konnte sie nur diese vielen Farben aushalten, fragte ich mich. Dann schaute sie mich an. In den dunklen Gläsern ihrer Sonnenbrille nahm ich mein Spiegelbild wahr.

„Sie müssen sich keine Sorgen machen. Ich analysiere Menschen nur dann, wenn eine Uhr mitläuft und ich eine Rechnung schreiben kann", versuchte ich sie zu beruhigen.

„Darf ich Sie etwas fragen?"

Ich hätte „Bäcker" oder „Lehrer" sagen sollen.

„Nur zu." Ich kontrollierte mein Lächeln in ihren Brillengläsern.

„Würden Sie mit mir schlafen?"

Damit hatte ich nicht gerechnet.

„Nun, wir kennen uns noch nicht lange." War mein Lächeln jetzt noch angebracht?

„Nein, nein, o mein Gott! So habe ich das nicht gemeint! Ich meinte nicht, ob Sie mit mir schlafen würden!" Hektische rote Flecken bahnten sich den Weg über ihr leicht gebräuntes Dekolleté.

„Was meinten Sie dann, als Sie mich fragten, ob ich mit Ihnen schlafen würde?" Sie war weder hässlich noch interessant, eher sonderbar.

„Ich meinte eigentlich meinen Mann", sagte sie, schaute nach unten und schob mit den Füßen immer wieder Sand zur Seite, was den noch feuchten Sand freilegte, der nur wenige Zentimeter unter dem feinen, trockenen lag. Es klang wie ein Geständnis.

„Sie fragen mich, ob ich mit Ihrem Mann schlafen würde?" Kaum ausgesprochen war ich mir sicher, dass sie es zweifelsohne anders gemeint hatte. Nur wie?

„Was? Nein!", rief sie laut und schimpfte dann mit Mariachiara, der Älteren, die gerade der Kleinen, Maria-Angela, immer wieder die Sandmühle umwarf, was die Kleine mit einem schmollenden Blick quittierte, dem kurz darauf unweigerlich ein lauter Schrei gefolgt wäre, wenn Mariachiara nicht damit aufgehört hätte, Maria-Angela zu ärgern. Da die Namen der beiden Mädchen den ganzen Tag zuvor immer wieder gerufen worden waren – mal auffordernd, mal erbost, mal von einem Ultimatum begleitet –, musste ich ständig an Nonnen denken, erinnerten die Namen mich doch an die von Ordensschwestern. Warum nur mussten beide

Schwestern mit erstem Namen Maria heißen und warum zum Himmel auch noch so gerufen werden? Um die beiden auseinanderzuhalten, hatte ich mir die Eselsbrücke zurechtgelegt, dass es erst hell wird – also die Ältere Mariachiara hieß – und dann der Engel erscheint – und somit Maria-Angela die Jüngere war. Es hätte sich natürlich auch in der entgegengesetzten Reihenfolge abspielen können. Aber den Gedanken wollte ich nicht zu Ende denken.

„Dann fangen Sie noch einmal ganz von vorne an", bat ich sie und verfluchte mich sogleich dafür.

„Mein Mann. Er interessiert sich nicht mehr für mich. Ist das normal?" Dabei schob sie die Sonnenbrille zurück auf die Nasenspitze und hielt Mariachiara an einem Arm fest, damit diese ihre Schwester in Ruhe ließe und sie die Gelegenheit nutzen konnte, hier am Strand an der Adria mit den Füßen im Sand Ordnung in ihr Leben zu bringen.

„Sie meinen, er schläft nicht mehr mit Ihnen?", versuchte ich klarzustellen.

„Sie verstehen mich", entlohnte sie meine schnelle Diagnose mit gebührendem Blick.

„Ich bin kein Sexualtherapeut. Mein Spezialgebiet sind Suizide und Suizidalität. Ich arbeite mit Hinterbliebenen und Gefährdeten", hoffte ich, sie zu enttäuschen, und fragte mich, ob das für einen Werbeflyer die richtige Reihenfolge gewesen wäre.

„Manchmal denke ich, dass ich mich umbringen sollte", sagte sie dann zu meinem Leidwesen, denn ich hatte keine Lust auf ein Gespräch, das in jene Richtung gehen konnte. Dann ließ sie Mariachiara wieder auf Maria-Angela los, griff in ihre Flechttasche, die sie mit den Tragegriffen an die Armlehne ihres Liegestuhls gehängt hatte, und beförderte eine Zigarettenschachtel hervor, aus der sie erst ein Feuerzeug und dann eine Zigarette zog.

„Rauchen Sie?“, wollte sie wissen und hielt mir die Schachtel hin.

„Nein, danke“, lehnte ich ab.

„Finden Sie mich abstoßend?“, fragte sie dann beiläufig, als sie sich die Zigarette mühsam angezündet hatte. Stand diese Frage im Zusammenhang mit ihrem Mann, der nicht mehr mit ihr schlief, oder fragte sie mich das, weil ich ihr unbeabsichtigtes Angebot, mit ihr zu schlafen, ausgeschlagen hatte?

„Wir kennen uns nicht. Wie könnte ich Sie abstoßend finden?“, fragte ich sie, was natürlich Blödsinn war.

„Schauen Sie, da drüben!“, forderte sie mich unvermittelt auf und deutete mit ihrem Kinn hinter mich, während sie noch damit beschäftigt war, mit dem Feuerzeug gegen den Wind anzukämpfen, der ihr wieder und wieder Strähnen ihres schwarzgefärbten Haars ins Gesicht wehte. Ich drehte mich um. Mir fiel nichts auf.

„Was meinen Sie?“ Ich suchte weiter nach etwas Ungewöhnlichem.

„Der rote Mann mit der roten Badehose, der auf der Liege sitzt“, sagte sie dann. Da sah ich ihn. Einige Reihen weiter saß ein Mann, den ich etwa zehn Jahre jünger als mich einschätzte, mit roter Haut und roter Badehose auf seiner Liege, der zu uns herüberschaute. Ihm war nicht entgangen, dass ich ihn anschaute. Er lächelte und nickte mir oder uns zu. Schnell drehte ich mich zurück. Es war mir peinlich, dass ich mich so offensichtlich nach ihm umgesehen hatte. Sie nahm einen Zug an ihrer Zigarette, atmete den Qualm tief ein, blies ihn dann zur Seite, jedoch gegen den Wind, der den Qualm auf ihre

Töchter verteilte, die wieder – aber dieses Mal in Eintracht – mit der Sandmühle beschäftigt waren.

„Ich kenne ihn nicht, aber ich finde ihn abstoßend", erklärte sie dann.

„Warum?", tat ich interessiert.

„Ich weiß nicht. Es ist seine Art." Sie sah mich konspirativ an und aus ihren Augen sprach die Überzeugung, dass es keiner weiteren Erklärung bedurfte.

„Was ist mit seiner Art?", fragte ich.

„Haben Sie das nicht bemerkt?" Sie hielt mit der freien Hand ihre Haare hinter dem Kopf zusammen. Mir fielen ihre Sommersprossen auf, die nicht zu ihren schwarzen Haaren passten.

„Nein, ich habe nichts Außergewöhnliches gesehen. Er hat gelächelt und genickt, als ich herübergeschaut habe. Er muss schon einige Tage hier sein, jedoch noch nicht lange, seine Haut ist rot und nicht braun. Meinen Sie das?"

„Gut beobachtet, aber nein. Ein Detail ist Ihnen entgangen", stellte sie fast triumphierend fest. Eins zu null gegen den Psychotherapeuten, dachte sie sicherlich.

„Welches Detail denn?"

„Schauen Sie noch mal hin!", forderte sie mich auf und lehnte sich in ihrem Liegestuhl zurück.

„Das werde ich ganz bestimmt nicht tun." Jetzt lehnte auch ich mich zurück.

„Das dachte ich mir." Sie zog wieder an ihrer Zigarette und fügte dann hinzu: „Aber es würde jetzt auch nichts bringen, da noch zu wenig Männer am Strand sind."

„Männer?" Ich konnte ihr nicht folgen.

„Er ist schwul." Dafür nahm sie die Sonnenbrille ab und steckte sie sich wie einen Haarreif auf den Kopf.

„Woran erkennen Sie das? Nein, warten Sie! Sie haben ihn gefragt, ob er mit Ihrem Mann schlafen würde, und er hat ja gesagt", schaute ich sie abwartend an und versuchte, sie zu provozieren, was nicht funktionierte, denn sie lachte.

„Ich habe ja gesagt, dass ich bei Ihnen aufpassen muss, was ich sage!" Sie lehnte sich wieder nach vorne. Mariachiara und Maria-Angela hatten sich beide in den Sand gehockt, die Augen geschlossen und sich einen Spaß daraus gemacht, Sand in die Luft zu werfen. Der Wind meinte es gut mit uns, nicht aber mit einem älteren Paar, das eine Reihe weiter hinten auf ihren Liegestühlen saß und argwöhnisch zu uns herüberschaute. Mariachiara und Maria-Angela wurde damit gedroht, dass sie, wenn sie so weitermachten, am Nachmittag kein Eis bekämen. Das reichte aus.

„Er schaut jungen Männern hinterher, die an seinem Schirm vorbeigehen. Das können Sie nicht sehen, weil er hinter Ihnen liegt", erklärte sie dann.

„Dass er schwul ist, macht ihn abstoßend?"

„Nein." Sie zog erneut an ihrer Zigarette und ließ mich zappeln, was sie amüsierte.

„Das müssen Sie mir erklären!"

„Ich finde nicht abstoßend, dass er schwul ist. Ich finde abstoßend, *wie* er den Männern nachschaut."

„Wenn er denn nun wirklich schwul ist. Das wissen Sie nicht. Sie vermuten es", stellte ich klar.

„Dafür habe ich einen Blick." Dieser Satz passte noch genau vor den letzten Zug an der Zigarette, die sie dann in einer Muschel ausdrückte und mit den Füßen im Sand vergrub.

„Wenn er nicht schwul wäre und auf dieselbe Art Frauen hinterherschauen würde, fänden Sie ihn dann auch abstoßend?“ Ich war gespannt, wie sie auf die Frage reagierte.

„Sie meinen also auch, dass er schwul ist. Wusste ich es doch!“ Zwei zu null gegen den Therapeuten. Sie nahm sich die nächste Zigarette aus der Schachtel und schaute mich listig grinsend an.

„Kommen wir zurück zu Ihrem Mann“, wechselte ich das Thema. „Sie glauben, dass er sie abstoßend findet. Warum?“

„Es sind die Kinder“, sagte sie zu meiner Überraschung und kontrollierte den Zustand ihrer ebenfalls pink lackierten Fingernägel.

„Die Kinder?“

„Kinder machen eine Frau unattraktiv.“

„Das ist mir neu“, stellte ich kurz fest.

„Finden Sie mich attraktiv?“, war sie erneut für eine Überraschung gut.

„Bleiben wir bei Ihrem Mann. Vielleicht hat es nichts mit Ihnen zu tun. Und auch nicht mit den Kindern. Vielleicht arbeitet er nur viel.“ Ich fragte mich, wie ich dem Gespräch entfliehen konnte, doch dann beendete sie das Gespräch abrupt, denn es war Zeit, die Kinder einzupacken und etwas für das Mittagessen zuzubereiten.

„Wir reden heute Nachmittag weiter“, sagte sie dann und ich war mir nicht sicher, ob es Drohung oder Befehl war.

„Behalten Sie ihn im Auge!“, rief sie mir noch zu, als sie mit ihrer Tasche über der Schulter und Mariachiara an der Hand, die ihrerseits Maria-Angela festhielt, wie eine kleine Karawane den Sand mit ihren Schlappen aufwirbelte. Mit *ihn* meinte sie den roten Mann mit der roten Badehose. Das alles war am Vormittag des Tages zuvor. Den Nachmittag verbrachte ich dann mit Elena Ferrante am Hotel-Pool.

Als ich so in meinen Gedanken den banalen Geschehnissen jenes Tages nachhing, stand der rote Mann plötzlich vor mir. Ich hatte ihn erst nicht erkannt, da er mit blauen Shorts, grauem T-Shirt, Sonnenbrille und Basecap ganz anders aussah und vor allem nicht ganz so viel von seiner verbrannten Haut zeigte, wodurch er quasi inkognito auftrat.

„Buongiorno, haben Sie Feuer? Wir haben uns gestern gesehen", sagte er, lächelte und nahm seine Sonnenbrille ab.

„Ja, eh, nein, ich meine, ich habe kein Feuer", sagte ich. Er war groß, größer als ich und hatte gute Zähne.

„Ich dachte, ich hätte Sie gestern mit Ihrer Begleitung rauchen sehen. Entschuldigen Sie", sagte er dann, blieb aber stehen, lächelte mich wieder an und wartete auf eine Reaktion von mir.

„Nein, das haben Sie nicht richtig erkannt", erklärte ich.

„Was genau meinen Sie?"

„Was genau ich meine?"

„Ja."

„Nun, ich meine, dass ich rauche. Ich meine, dass ich nicht rauche. Und nein, sie ist nicht meine Begleitung. Wir kennen uns nicht." Ich fragte mich, warum ich ihm das erklärte.

„Gut", sagte er und grinste.

„Gut, ja." Dieses Mal schaute ich ihn abwartend an und fragte mich, ob es gut war, dass ich nicht rauchte oder dass die junge Mutter nicht meine Begleitung war oder beides.

„Daniele. Ich liege da drüben", sagte er und zeigte hinter mich. „Aber das wissen Sie ja", fügte er dann hinzu und lächelte. Er lag also da drüben und stand jetzt vor mir. Ich wusste nicht, was ich darauf sagen sollte. „Nun gut. Dann einen schönen Tag." Er tippte mit einem Zeigefinger an den Schirm seines Basecaps und wollte gehen.

„Umberto", sagte ich und fügte dann blödsinnigerweise hinzu: „Das ist mein Name."

„Das dachte ich mir." Er schmunzelte.

„Das dachten Sie sich? Woher?", wunderte ich mich.

„Nun, warum sonst sollten Sie den Namen Umberto nennen, wenn Sie nicht sich damit meinen?", fragte er mich dann und lächelte.

„Sie haben recht. Entschuldigen Sie."

„Dazu besteht kein Anlass, oder?"

„Nein."

„Umberto, wir sehen uns", sagte er dann und ging. Ich klappte mein Buch auf und versuchte zu lesen.

„Buongiorno, wo waren Sie gestern?" Die junge Mutter war wieder da. Die Kleine hatte sie auf dem Arm, sie schlief, und die Große schaute schlechtgelaunt, vielleicht, weil auch sie auf den Arm ihrer Mutter wollte.

„Gestern? Ach, Sie meinen gestern Nachmittag? Ich hatte geschlafen und dann hatte es sich nicht mehr gelohnt. Ich war dann am Pool", erklärte ich. „Und Sie, waren Sie hier?"

„Ja, wir waren hier. Es war fürchterlich heiß. Der Pool war sicherlich die bessere Wahl", sagte sie, legte ihre Tasche auf der Liege ab, streifte die Schutzhülle vom Schirm und versuchte, ihn zu öffnen, was ihr nicht gelang.

„Warten Sie, ich helfe Ihnen!", bot ich an und sprang auf.

„Oh, das ist nett. Vielen Dank." Ihre Nägel waren heute grün lackiert, alle zwanzig.

Es gelang mir nicht, den Sonnenschirm zu öffnen, ganz gleich, ob ich versuchte, ihn mit Kraft oder Schwung aufzuspannen, ich zog ihn bloß aus der Halterungsstange, die im Sand steckte.

„Ach, lassen Sie ruhig! Ich frage einen der Bademeister", schlug sie dann vor. Überall am Strand patrouillierten Männer in gelben Shorts mit weißem T-Shirt, auf denen hinten *Servizio spiaggia* stand. Es würde sicherlich gleich einer vorbeikommen, sagte sie und es sei ja noch nicht so heiß, so dass es jetzt auch ohne Schirm ginge.

„Es tut mir leid. Ich hätte Ihnen gerne geholfen."

„Aber das haben Sie doch. Es hat nur nicht funktioniert. Dafür können Sie nichts. Wenn Sie eine Pause von Ihrem Buch brauchen, können wir über meinen Mann sprechen. Wir waren ja gestern noch nicht durch mit dem Thema. Dann können Sie das mit dem Schirm wiedergutmachen." Das hatte sie tatsächlich gesagt.

„Ja, sicher", sagte ich, ging zurück zu meinem Liegestuhl und schlug das Buch auf.

„Er traut sich nicht ins Wasser! Selbst auf meinem Arm hat er Angst", rief Sascha lachend, als er mit unserem Labradorwelpen Phillip zurück zum Schirm kam.

„Gib ihm Zeit!", sagte ich. „Er wird schon ins Wasser gehen. Er hat es in seinen Genen."

„Das will ich hoffen", schmollte Sascha gespielt und setzte den wenige Monate alten Phillip auf der Liege ab, um ihn abzutrocknen. „Hoffentlich noch, bevor wir vom LKW überrollt werden", fügte er hinzu und grinste mich an.

„Umberto, schwimmen Sie?“

Ich musste eingeschlafen sein. Der rote Mann stand vor mir. Ich ließ Sascha und Phillip im Traum zurück.

„Nein, danke, ich schwimme nicht“, stammelte ich noch schlaftrunken.

„Nun gut, dann nicht“, sagt er, drehte sich um und ging.

„Umberto? Sie kennen sich?“ Das war wieder die junge Mutter.

„Nein, das kann man nicht sagen“, wiegelte ich ab, klappte das Buch zu, das mit dem Rücken nach oben auf meinem Schoß lag, und setzte mich auf.

„Aber er hat Sie beim Namen genannt. Umberto, das ist doch Ihr Name, oder etwa nicht?“, beharrte sie.

„Ja, das ist mein Name“, bestätigte ich. Was war hier eigentlich los, dass ich mich ständig erklären musste? „Wir haben uns heute Morgen kennengelernt. Er hat gefragt, ob ich Feuer habe.“

„Und hatten Sie?“

„Nein, Sie wissen, dass ich nicht rauche. Er wollte noch wissen, ob Sie meine Begleitung sind“, erzählte ich, obwohl es sie nichts anging.

„Das hätte ich nicht gedacht.“

„Was? Dass er mich nach Ihnen fragt?“, versuchte ich zu verstehen.

„Nein. Das ist egal. Ich hätte nur gedacht, dass Sie ihm zu alt sind“, fügte sie nachdenklich hinzu, als wäre sie einem Verbrechen auf der Spur.

„Na, vielen Dank!“, entgegnete ich gekränkt und klappte mein Buch wieder auf.

„Nun seien Sie nicht so empfindlich! Ich dachte, Sie sind Psychologe!“, warf sie mir vor.

„Psychotherapeut", korrigierte ich sie. „Und wofür soll ich ihm zu alt sein? Er hat mich lediglich gefragt, ob ich Feuer habe."

„Und jetzt wollte er mit Ihnen ins Wasser gehen. Warum wohl?", fragte sie mich.

„Um zu schwimmen." Ich schaute sie verständnislos an.

„Schwimmen kann er auch allein. Er wollte Sie testen", stellte sie nickend fest. Und dann, als ich nicht auf ihre Analyse reagierte: „Debora." Ich reagierte noch immer nicht. „Mein Name ist Debora", wiederholte sie dann.

„Umberto."

„Ich weiß. Und wie heißt er?"

„Finden Sie es doch selbst heraus!" Ich schlug mein Buch auf.

Es verging eine gute Stunde, ohne dass wir auch nur ein Wort miteinander gewechselt hatten, als hätten wir uns gestritten. Und im Grunde hatten wir das auch. Es musste mittlerweile kurz vor zehn sein. Die Sonne schien bereits bedrohlich vom wolkenlosen Himmel. Debora hatte einen der Bademeister geholt, damit er ihren Schirm öffnete, was ihm ohne viel Mühe gelang.

„Umberto, soll er Ihren auch öffnen? Was meinen Sie? Nicht, dass Sie sich auch noch einen Sonnenbrand holen!", fragte sie mich und wartete meine Antwort nicht ab, vielleicht auch, weil ich nicht von meinem Buch aufgeschaut hatte. „Machen Sie dem Signore bitte auch den Schirm auf. Er schafft es alleine nicht", forderte sie dann den Bademeister auf, der auch sogleich zu mir kam und meinen Sonnenschirm in wenigen Sekunden öffnete. Ich bedankte mich bei ihm. *Er schafft es alleine nicht. Nicht, dass Sie sich auch noch ei-*

nen Sonnenbrand holen. Nicht wie der rote Mann. Ich war an diesen Strand gekommen, um meine Ruhe zu haben und mich selbst zu bemitleiden, doch diese Frau schaffte es, dass ich innerhalb kürzester Zeit ein unfreiwilliger Teil eines Dreiecks geworden war, dessen Seiten sich unkoordiniert aufeinander zubewegten, wie Seetang, der am Wasser von den Wellen hin- und hergerissen wird, um dann in einer zufälligen Formation liegen zu bleiben.

„Sie sollten sich in den Schatten setzen!", hörte ich sie rufen. Ich antwortete nicht, sondern legte mein Buch zur Flasche Sonnencreme und meinem Brillenetui auf den kleinen Tisch, der wie eine Manschette am Stock des Schirms befestigt war. Ich nahm die Sonnenbrille ab und legte sie ebenfalls dazu. Dann lehnte ich mich zurück, streckte die Beine aus und gab mich ganz der Bestrahlung durch die Sonne hin. Diesen Protest hielt ich ihren ungebetenen Ratschlägen entgegen und fragte mich, warum ich mich wie ein beleidigter Teenager aufführte. In der Ferne hörte ich den Kokosnussverkäufer rufen: „*Cocco, cocco bello, vitamina, proteina, cocco!*" Brauche ich beides nicht, dachte ich, nicht mehr.

„Umberto, das Wasser ist herrlich! Sie sollten es ausprobieren." Ohne Sonnenbrille musste ich blinzeln, um etwas zu erkennen. Daniele stand tropfnass vor mir. War er die ganze Zeit über schwimmen gewesen? Es musste über eine Stunde vergangen sein. Er rang nach Atem, die Haare auf seiner Brust, seinem Bauch und seinen Beinen – und davon hatte er reichlich, also Haare, Beine hatte er nur die üblichen zwei – klebten an seinem Körper. Die Haare auf seinem Kopf waren so kurz, dass ihnen das Wasser nichts anhaben konnte. Er lächelte mich wieder erwartungsvoll an.

„Ja, später vielleicht, danke", sagte ich und verschaffte mir mit einer Hand Schatten über den Augen, damit ich etwas besser sehen konnte.

„Gut. Wenn Sie Gesellschaft brauchen, dann wissen Sie ja …", grinste er mich an, ohne den Satz zu beenden.

„Ja, ich weiß, wo Sie liegen. Ich werde eventuell darauf zurückkommen." Ich lächelte zurück.

„Gut", entgegnete Daniele, auch wenn er mit meiner Antwort nicht ganz zufrieden zu sein schien. Er ging tropfend davon.

„Sie gehen nie ins Wasser?", fragte Debora mich. Sie hatte sich auf ihrer Liege ausgestreckt, die sie ziemlich nah an meinen Liegestuhl gerückt hatte, was ihrer Frage eine gewisse Intimität ermöglichte.

„Doch, nur jetzt nicht. Ich möchte gerade gerne die Sonne genießen", murmelte ich, ohne sie anzuschauen.

„Das kann ich gut verstehen. Ich wünschte, ich könnte manchmal auch nur eine halbe Stunde Ruhe haben, ohne dass die Mädchen anfangen zu streiten oder etwas von mir zu wollen", klagte sie.

„Jetzt sind sie ruhig."

„Ja, herrlich, diese Stille, nicht wahr?", fragte sie mich. Ich antwortete nicht und tat, als wäre ich eingeschlafen.

Debora teilte die Stille mit mir, indem sie sie unaufhörlich mit ihren Kommentaren und Fragen kontaminierte. Der rote Mann, Daniele, sollte also schwul sein und hatte mich nun schon zweimal darauf hingewiesen, dass ich ja wisse, wo er lag. Nun gut. Hatte er mit mir geflirtet, als er mich nach Feuer fragte und mir vor und nach seinem Bad im Meer einen Besuch abstattete? Hatte er mir angesehen, dass ich auch schwul bin? War es möglich, einem Menschen, der sein Innerstes verloren hatte und bei dem auch seine Sexualität keine Rolle mehr für ihn spielte, anzumerken, ob er homo- oder heterosexuell war? Vielleicht sollte ich der Einladung nachkommen, mich zu ihm zu legen, und damit die Chance nutzen, Debora loszuwerden. Sie ging sicherlich nicht davon aus, dass ich schwul bin, hätte sie es mir doch ohne Zweifel schon gesagt. Ich hätte meinen Schirm auch eintauschen können gegen einen anderen, der weit weg von Debora und Daniele stand. Ich tat weder das eine noch das andere und frage mich heute noch, was damals mit mir geschehen wäre, wenn ich es getan hätte. Aber ich möchte die Geschichte so erzählen, wie sie sich zugetragen hat.

Die Stille endete wieder mit einer Frage von Debora. Entweder war ihr aufgefallen, dass ich nicht wirklich schlief, oder es war ihr egal und sie hatte in Kauf genommen, mich zu wecken.

„Können wir über meinen Mann sprechen?"

„Debora, ich möchte nicht über Ihren Mann sprechen. Ich möchte gar nicht sprechen. Ich bin an den Strand gekommen, um die Ruhe zu genießen."

„Als Psychotherapeut hat man also nicht zwangsläufig auch Empathie", sagte sie dann beleidigt. Ich hatte die Augen noch geschlossen.

„Selbst Sadisten haben Empathie, sonst könnten sie nicht wissen, wie sie ihren Opfern Schmerzen zufügen."

„Sind Sie ein Sadist?"

„Nein, das bin ich nicht."

„Gut."

Debora, Daniele, die alte Dame im Hotel, alle drei passten nicht in den Plan, den ich für jenen Urlaub gemacht hatte. Die alte Dame vielleicht noch am ehesten, mit den Fragmenten ihres leidvollen Lebens, die sie mir unaufgefordert aufdrängte. Aber Debora, die stets etwas von mir wollte, und Daniele, der mir etwas anbot. Sie forderten mich heraus. Das tat die alte Dame auch, aber anders. Debora, Daniele, Dame, alle drei fingen sie mit dem Buchstaben D an. Was wollte mir wer oder was damit sagen? Der vierte Buchstabe im Alphabet. Völliger Blödsinn! Was mir das sagen sollte! Nichts. Rein gar nichts. Es war Zufall. Reiner Zufall, wie ein LKW, der plötzlich unerwartet von der Straße abkommt und einen Mann samt seinem Hund in den Tod reißt. Solche Dinge passieren. Es hat nichts zu bedeuten. Jeden Tag kommen Menschen und auch Hunde auf tragische Weise ums Leben und jeden Tag lernt man am Strand Fremde kennen. Verheißungsvolle, bedrohliche, dumme Menschen.

Ich erzähle nicht, wie Tag 3 am Strand zu Ende ging, denn es passierte nicht viel, außer dass ich mir die Haut verbrannt hatte, Deboras Fragen und Danieles Blicke erfolgreich ignorierte und gegen achtzehn Uhr in mein Hotel ging, um zu duschen und mich für das Abendessen zurechtzumachen. Würde ich noch mehr Details hinzufügen, würde ich langweilen. Also komme ich zum Wesentlichen des Tages und das war die alte Dame im Hotel, die sich wieder zu mir an den Tisch setzte.

„Ich weiß, es wäre Ihnen gewiss lieber, wenn ich mich nicht an Ihren Tisch setzen würde“, sagte sie, noch bevor sie auf dem Stuhl Platz genommen hatte, den ihr ein junger, hagerer Kellner mit einer sehr auffälligen Knollennase zurechtgerückt hatte.

„Warum tun Sie es dann?“, fragte ich sie, legte mein Besteck auf den Teller und nahm ein Lächeln in ihrem Gesicht wahr.

„Sehen Sie, Sie widersprechen mir nicht.“ Sie hatte sich auf ihrem Stuhl zurückgelehnt, und es wirkte wie ein kleines Erfolgserlebnis, dass sie es an meinen Tisch geschafft hatte.

„Dieses Mal beantworten Sie meine Frage nicht“, knüpfte ich an unser letztes Gespräch an.

„Schauen Sie sich um! Wo könnte ich mich sonst hinsetzen? Überall Familien oder Paare. Nur Sie sind allein.“ Sie war brutal ehrlich. Das musste ich aushalten.

„Auch Sie hätten sich allein an einen anderen Tisch setzen können, dann wären wir beide allein.“

„So wie Sie das sagen, hört es sich an, als wäre es erstrebenswert, aber ich weiß, dass Sie es nicht so meinen.“ Weder in ihrer Stimme noch in ihrem Gesichtsausdruck konnte ich den geringsten Zweifel wahrnehmen.

„Es ist sicherlich nicht erstrebenswert, allein zu sein, aber manchmal ist es dennoch schön, ohne ungebetene Gäste“, entgegnete ich und war mir nicht sicher, ob ich zu weit gegangen war.

„Das verstehe ich“, sagte sie und schlug beiläufig die Speisekarte auf, die ihr der Kellner dagelassen hatte. „Wie kommt es, dass Sie allein sind?“, fragte sie mich dann, ohne mich anzuschauen. „Sie sind noch jung.“ Dieses Gespräch schwankte zwischen Smalltalk und Abgrund.

„Es ist nicht lange her, dass jemand das Gegenteil behauptet hat.“

„Nun seien Sie nicht eitel. Wenn Sie erst einmal so alt sind wie ich, ist fast jeder um Sie herum jung. Wie ist der Fisch?“

„Gut. Der Fisch.“

Sie winkte dem Kellner, der unweit unseres Tisches stand, und bestellte bei ihm Fisch, Wasser und Weißwein.

„Essen Sie ruhig weiter“, forderte sie mich auf. „Ich möchte Sie nicht davon abhalten.“ Ich nahm mein Besteck und legte es gleich wieder zurück.

„Wie heißen Sie?“, fragte ich sie.

„Eloisa. Und Sie?“

„Umberto“, entgegnete ich. Die Vornamen genügten uns.

„Ich habe Ihnen den Appetit verdorben, richtig?“

„Allerdings, das haben Sie“, bestätigte ich.

„Womit genau?“ Sie knetete ihre von Arthrose gepeinigten Hände; die dicken Gelenke waren mir vorher nicht aufgefallen.

„Mein Mann ist gestorben. Er und unser Hund sind vor gut zwei Jahren bei einem Unfall ums Leben gekommen.“ Wie ich in dem Moment in der Lage war, mein Schicksal – oder war es Saschas und Phillips Schicksal? – ohne den Hauch einer Emotion in zwei so kurzen Sätzen zusammenzufassen, weiß ich bis heute nicht. Bis zu jenem Abendessen mit Eloisa, deren Namen ich erst wenige Minuten zuvor erfahren hatte und die an meinem Tisch genauso willkommen war wie ein unerwarteter Regenschauer auf einer staubigen Terrasse, hatte ich mit niemandem darüber gesprochen. Ich wartete auf ihre Reaktion. Sie schaute mich an und nippte dann an ihrem Wein, der ihr gerade serviert worden war, dieses Mal von einer jungen Frau. Dann stellte sie das Glas ab und sah mich erwartungsvoll an.

„Ich spreche eigentlich nicht darüber“, sagte ich dann.

„Meine Tochter Alma ist an der Schwindsucht gestorben. Die Ärzte konnten ihr nicht helfen. Damals gab es keine Hoffnung.“ Dieser letzte Satz ließ mich mit der

Ungewissheit zurück, ob es keine Hoffnung für ihre kranke Tochter gab oder ob das ganze Leben hoffnungslos war, aber ich fragte sie nicht danach.

„Das tut mir sehr leid."

Sie nickte kurz, wie zum Dank, und sah mich an. Wie oft musste sie diese Floskel schon gehört haben. Ich wusste nicht, was mir peinlicher war: dass ich als Psychologe sie mit diesen Worthülsen beleidigte oder dass ich als Witwer die passenderen Worte hätte finden sollen. Dann fiel mir ein: „Sie hatten erwähnt, dass Sie zwei Töchter hatten."

„Die Große, Viola, ist überfahren worden. Bei einer Parade, von einem Panzer."

Wie hätte ich auf all dieses Leid reagiert, wenn ich nicht in den vergangenen zwei Jahren alle Tränen vergossen, jeden Schmerz hinausgeschrien und jegliches Gefühl in mir ertränkt hätte? Was nicht heißt, dass ich nicht immer noch Schmerz empfand, denn schließlich wollte ich genau diesem Zustand ein Ende bereiten. Aber wie hätte ein normaler Mensch reagiert? Denn ich empfand mich nicht mehr als normal. Ich empfand auch Eloisa nicht als normal. Die Menschen um uns herum in diesem Restaurant, in diesem Hotel, in dieser italienischen Stadt am Meer, sie alle waren normal, auch Debora und Daniele waren es, nur wir nicht. Wir waren das Ergebnis von Erlebnissen, die uns zu Monstern gemacht hatten. Und ob ich nun wollte oder nicht, genau das war es, was mich mit Eloisa verband.

„Was haben Sie beruflich gemacht?", fragte ich sie, auch weil sie neulich erwähnt hatte, dass sie nach dem Tod ihrer Töchter wieder arbeiten konnte.

„Ich bin Konzertpianistin", sagte sie, betonte dabei das Verb und schaute mich auffordernd an. Ich schaute auf ihre Hände. „Ich bin es noch, auch wenn ich nicht mehr spielen kann."

„Merkwürdig", sagte ich, „mich widert mein Beruf an, obwohl ich keinerlei Einschränkungen habe, ihn auszuüben."

„Was ist Ihr Beruf?"

„Ich bin Seelenklempner."

„Geistlicher?", fragte sie. Ich musste lachen. „Warum lachen Sie? Liege ich daneben?" Jetzt musste auch sie schmunzeln.

„Ich bin Psychotherapeut", klärte ich auf.

„Das heißt, Sie arbeiten nicht für den Geist, aber mit ihm." In dem Moment wurde ihr der Fisch serviert.

„Das ist eine schöne Umschreibung. Guten Appetit."

„Danke. Was widert Sie an? Die Menschen oder Sie selbst?" Sie gönnte sich noch den Anblick meines Erstaunens und widmete sich dann ihrem Abendessen. Ich benötigte einige Minuten, um eine Antwort auf diese Frage zu formulieren. Die Stille machte sie nicht verlegen. Sie aß und schaute mich hin und wieder an, als wollte sie sagen: Na, immer noch keine passende Antwort? Wie ein aus dem Nichts entsprungener Wasserfall, der auf einen bemoosten Felsen donnert, schien sie mein Innerstes freizulegen.

„Ich bin es. Ich, dem das Leid derer, die zu mir kommen, nichts mehr bedeutet. Ich stelle die richtigen Fragen, ich gebe die richtigen Antworten, aber ich habe das Mitgefühl verloren."

„Nennt man das bei einem Therapeuten nicht Professionalität, wenn er die Gefühle seiner Klienten nicht zu sehr in sich eindringen lässt?" Sie war schnell, benötigte nicht einmal drei Sekunden, um diese nächste Frage zu formulieren. Wie alt mochte Eloisa sein? Ihr Körper glich dem einer sehr alten Frau, vielleicht fünfundachtzig oder neunzig, aber ihr Geist wirkte auf mich jung und elastisch, wenn auch spröde, direkt und schonungslos.

„Auf eine gewisse Art haben Sie recht. Ich muss mich schützen, um nicht all das Leid, die Sorgen und Ängste und die Verzweiflung zu sehr zu spüren. Aber die Menschen sind mir gleichgültig geworden."

„Weil Sie eigenes Leid, eigene Verzweiflung und eigene Ängste haben. Sie brauchen jenes der Menschen, die zu Ihnen kommen, nicht mehr." Das war keine Frage.

„Angst habe ich nicht. Die Verzweiflung habe ich hinter mir gelassen. Und mit dem Begriff ‚Leid' kann ich nichts anfangen."

„Nicht? Wie dem auch sei: Wie kommen Sie zu dem Schluss, dass Sie keine Einschränkungen haben, Ihren Beruf auszuüben?" Ich schaute sie fragend an. Sie fuhr fort: „Um mit Menschen zu arbeiten, benötigen Sie Empathie. Die haben Sie verloren."

„Sie sind nicht die Erste, die das behauptet."

„Wer noch?"

„Eine junge Frau am Strand. Eine junge Mutter, um genau zu sein."

„Wie kam sie dazu, das zu sagen?"

„Das ist eine lange Geschichte", wiegelte ich ab.

„Und Sie denken, ich habe in meinem Alter keine Zeit für lange Geschichten?", stellte sie fest. Ich schmunzelte. Sie auch. „Haben Sie in diesem grässlichen Hotel schon das Dessert probiert?"

„Die Pannacotta soll gut sein", schlug ich vor.

„Wenn sie sie genauso schnell zubereiten wie den Fisch, werde ich sie nicht anrühren." Ich begann, diese alte, lästige Dame zu mögen.

Der junge Mann mit der Knollennase räumte unsere Teller ab – meinen Fisch hatte ich kaum angerührt – und wir bestellten zweimal das Dessert, von dem wir hofften, dass es unsere Erwartungen erfüllen würde.

„Unsere Aufgabe im Leben ist es, uns um andere zu kümmern“, setzte sie unsere Konversation unvermittelt fort.

„Wie meinen Sie das?“

„Wenn wir in diese grausame Welt geboren werden, sind wir darauf angewiesen, dass sich jemand um uns kümmert und uns versorgt. Im besten Fall tun das unsere Eltern. Wenn wir selbst Eltern sind, dann kümmern wir uns um die Kinder, denen wir sonst nicht das Leben hätten schenken dürfen, und wenn wir alt sind, sind wir froh, wenn sich andere um uns kümmern.“

„Ich gehe nicht auf die grausame Welt und die Kinder ein, die besser nicht hätten geboren werden sollen – vielleicht später –, aber was, wenn wir keine Kinder haben – ich habe keine – und wenn wir auch keine alte Mutter oder keinen alten Vater haben, den wir pflegen? Dann kommen wir nicht unserer Aufgabe nach, uns um andere zu kümmern?“

„Ihre Aufgabe ist es oder war es, sich um Ihre Klienten zu kümmern. Das tun Sie nicht mehr, weil Sie es nicht mehr können – wir wissen beide, warum –, also haben Sie keine Aufgabe mehr im Leben.“ Sie war erneut schonungslos.

„Um wen kümmern Sie sich, Eloisa?“ Ich wollte diese Frage herausfordernd klingen lassen, was mir nicht gelang.

„Um Sie, Umberto.“

„Um mich? Sie kennen mich kaum. Wie können Sie behaupten, dass Sie sich um mich kümmern?“ Die Pannacotta wurde serviert. Wir rührten sie beide nicht an und bestellten gleich Kaffee.

„Ich habe Ihnen angesehen, dass Sie Hilfe benötigen. Oder ist es nicht so?“ Sie knetete mit einer Hand die deformierten Gelenke der anderen. War das bei ihr ein Zeichen von Unsicherheit? In ihrem Gesicht sah ich lediglich Neugier.

„Ich bin erst seit drei Tagen hier.“ Das beantwortete nicht ihre Frage. Sie sah es genauso und wartete. Der Kaffee wurde serviert. Was sollte oder konnte ich auf ihre Frage erwidern? Eloisa hatte mich zum Dessert demontiert, das noch immer erwartungsvoll, wenn auch lieblos angerichtet vor uns stand. Wozu war sie noch in der Lage? Ich hatte niemanden, um den ich mich kümmern konnte. Ich war ein frustrierter, alternder Witwer, der sein Leben mit Füßen trat und der die Tabletten im Safe auf seinem Zimmer aufbewahrte. Ob ich Hilfe benötigte, war ihre Frage, auch wenn ihre Fragen stets kaschierte Einschläge in mein Innerstes waren.

Eloisa hatte in der Zwischenzeit ihr Zuckertütchen geöffnet – auf ihrem war eine gelbe Calla, auf meinem eine rote Nelke abgebildet. Sie gab die Hälfte des Inhalts in ihre Espressotasse, faltete das Tütchen mit dem verbleibenden Zucker sorgfältig zu, um es anschließend in ihrer Handtasche zu verstauen, die an der Stuhllehne hing, und rührte in ihrem Kaffee. Ich indes schaute erst in meinen Espresso und suchte dann in ihrem Blick nach Antworten auf mein Leben. Sie war jedoch nicht bereit, sie mir zu liefern.

„Ich war nach der Beerdigung nicht mehr an seinem Grab.“ Eine weitere Scherbe meiner Existenz warf ich ihr zu Füßen.

„Wo ist der Hund begraben? Wie hieß er denn? Sie haben ihn doch begraben, oder nicht?“ Ich hatte mich ihr von meiner verwundbarsten Seite gezeigt, also durfte ich mich nicht darüber wundern, dass sie zustach. Ach was, es war letztendlich eine harmlose Frage. Sie konnte nicht wissen, welche Schuldgefühle sie in mir auslöste. Wie viel mehr Schreckliches als ich musste sie durchlitten haben? Mein Leben erschien ihr im Vergleich womöglich wie eine harmlose Episode.

„Er hieß Phillip.“ Womit ich nur eine ihrer Fragen beantwortete. Sie hielt sich die Espressotasse an die Unterlippe und schaute mich mit ihren grünen Augen darüber hinweg an. „Ich weiß nicht, wo er ist. Ich meine …“ Die junge Kellnerin kam an unseren Tisch und fragte, ob wir noch einen Wunsch hätten. Eloisa beantwortete ihre Frage nicht und gab ihr, ohne sie anzuschauen, barsch die Anweisung, unsere Rechnungen separat auf unsere Zimmer zu buchen.

Wie ein kleiner Junge, der seiner Mutter etwas Schlimmes beichten musste, saß ich ihr nun gegenüber und hatte Angst vor dem, was sie von mir denken würde, wenn ich ihr erzählte, dass ich mich um nichts gekümmert hatte. Ich hatte mir damals das Blut von den Händen gewaschen und meine Kleidung in die Waschmaschine gestopft, wo ich sie nach zwei Wochen unverändert wiederfand, nur dass das Blut getrocknet war. Ich hatte Sascha und Phillip – oder vielmehr ihre leblosen Körper – an mich gedrückt, nachdem sie von dem Sattelschlepper überrollt worden waren. Sascha hatte nur wenige Zentimeter neben mir gestanden und wo genau Phillip in dem Moment war, als wir in den Abend spazierten, kann ich nicht sagen. Ich wusste nicht, ob das Knacken, das ich gehört hatte, von ihren brechenden

Knochen stammte oder von den Ästen der zwei kleinen Linden, die jener Koloss ebenfalls unter sich begraben hatte. Ich hatte noch Saschas erstickten Schrei im Ohr und Phillips Jaulen, das mich nach wie vor verfolgt, wenn ich einen Hund sehe. Und dann das Klagen des LKW-Fahrers, der aus der Fahrerkabine gesprungen war, auf dem Boden kniete und in einer mir unbekannten Sprache unaufhörlich zum Himmel schrie. Schreie, die sich mit dem süßen Duft der blühenden Linden vermischten.

„Ich muss jetzt schlafen gehen. Wir sprechen morgen weiter." Eloisa stand von ihrem Platz auf und griff nach ihrer Handtasche.

„Sie können jetzt nicht gehen", stammelte ich und schaute sie ungläubig an.

„Umberto, nicht ich bin es, den Sie nicht gehen lassen können." Dann lief sie schweren Schrittes an mir vorbei. Ich schaute ihr nicht nach, sondern starrte auf die Zuckertüte mit der Calla. Ich hatte doch gesehen, dass sie sie in ihrer Tasche verstaut hatte. Warum lag sie jetzt auf dem Tisch? Ich nahm sie an mich und betrachtete sie, dann faltete ich die Tüte, die Eloisa mit wenigen Knicken verschlossen hatte, wieder auf und drehte sie um. Auf der Rückseite stand eine dieser Kalenderweisheiten: „Die Calla ist die Blume des ewigen Lebens. Was möchtest du für die Ewigkeit bewahren?" Dann drehte ich meine Zuckertüte mit der roten Nelke um. „Die Liebe ist es, die uns alles Leid ertragen lässt." Ich stand vom Tisch auf, nickte dem Kellner mit der Knollennase zu, verließ das Restaurant und ging auf mein Zimmer.

KAPITEL 2
ZERBRECHLICHE LEICHTIGKEIT

Das Frühstück an Tag 4 nahm ich ohne Eloisa ein. Sie saß weder an meinem Tisch noch hatte ich sie irgendwo anders im Frühstücksraum des Hotels gesehen. Eine einfache Erklärung dafür konnte gewesen sein, dass ich später als die Tage zuvor aufgestanden war, was wiederum daran lag, dass ich am Abend nur schwer in den Schlaf gefunden hatte. Das war hingegen ohne Zweifel eine Folge dessen, dass ich etliche Stunden wie ein Wrack vor der Toilettenschüssel gekauert hatte, nachdem ich mir einen Finger in den Hals gesteckt hatte, um die Überdosis der Tabletten zu erbrechen, und mich anschließend dafür hasste, dass ich nicht den Mut gefunden hatte, dem allen ein Ende zu bereiten.

Ich wehrte mich gegen einen inneren Drang, den ganzen Tag wie ausgekotzt und hohl in meinem Zimmer zu verbringen, und ging – wenn auch später als an den drei Tagen zuvor – an den Strand und direkt zu Daniele. Warum ich das tat? Ich weiß es nicht. Wäre ich mein eigener Therapeut gewesen, dann hätte es sich um eine Empfehlung gehandelt, die nicht jeder Kollege gutgeheißen hätte. „Zu schnell", hätten sie gesagt. „Lassen Sie sich Zeit! Sie leiden unter einer posttraumatischen Belastungsstörung." Aber ich tat es dennoch.

„Buongiorno, Daniele, gehen wir schwimmen?"

„Umberto. Buongiorno. Gerne. Sicher."

Ich hatte noch meine Shorts und mein T-Shirt an, ging zu meinem Schirm zurück, um mich auszuziehen.

Daniele folgte mir. Es war irgendwann zwischen zehn und elf Uhr. Die Sonne begann bereits, den Sand aufzuheizen, aber der Tag versprühte noch die Leichtigkeit und Unschuld, die sich nicht an die Tragödien des Vortags erinnerten.

„Sie gehen schwimmen, Umberto?", fragte Debora mich und schaute über ihre Sonnenbrille und von einer Illustrierten auf zu mir.

„Ja. Kommen Sie mit, Debora?"

„Ich kann nicht. Wegen der Mädchen."

„Richtig, die Mädchen. Nun, dann gehen wir alleine. Bis später."

„Bis später, Debora." Das kam von Daniele, der von Debora zu mir schaute, grinste und hinzufügte: „Gehen wir schwimmen, Umberto!"

Wir liefen durch die Wellen, bis das Wasser zu tief wurde, und begannen dann auf den Horizont zuzuschwimmen. Daniele war ein guter Schwimmer, und es bereitete mir Mühe, mit seinem Tempo mitzuhalten. Nach einer Weile, die wir schweigend geschwommen waren, machte Daniele den Vorschlag, uns an den Strand zu setzen. Wir saßen dann mit Blick zum Meer, zurückgelehnt mit ausgestreckten Armen und den Händen im nassen Sand vergraben nebeneinander. Die Wellen kräuselten sich über unsere Füße und Beine bis in den Schoß.

„Es ist ein herrlicher Morgen, finden Sie nicht auch?"

„Ja", antwortete ich, „sollten wir aber nicht das umständliche Siezen lassen?"

„Gerne. Das ist mir sehr recht." Daniele schaute zu mir herüber, dann wieder zum Meer und lächelte.

„Das habe ich schon lange nicht mehr getan", sagte ich dann und richtete meinen Blick ebenfalls zum Meer.

„So schlecht waren Sie … ich meine, warst du doch gar nicht. Ein wenig außer Puste vielleicht." Daniele schaute zu mir herüber und grinste. Als er merkte, dass ich nicht verstand, fragte er: „Oder was meinst du?"

„Doch, das meine ich. Ich bin schon lange nicht mehr geschwommen." Eigentlich hatte ich gemeint, dass ich schon lange nicht mehr mit einem fremden Mann geflirtet hatte, denn so kam es mir vor. Doch ich ließ ihn in dem Glauben, dass auch ich vom Schwimmen gesprochen hatte.

„Was machst du beruflich?", fragte er mich.

„Ist das wichtig?"

„Warum ist es unwichtig?" Er lächelte noch immer, hatte aber auch die Stirn in Falten gelegt.

„Wenn ich sage, was ich beruflich mache, sind Menschen meist nicht mehr unbefangen. Es steht wie eine Sahnetorte zwischen zwei Personen, die Diät machen." Daniele lachte.

„Was? Eine Sahnetorte? Sag nicht, du bist Konditor!"

„Nein. Das war ein schlechtes Beispiel."

„Was wäre ein gutes?", wollte er dann wissen.

„Was machst du beruflich?", versuchte ich von mir abzulenken.

„Also gut. Erst ich und dann die Sahnetorte." Ganz war mir das Ablenkungsmanöver nicht geglückt. „Ich verpacke Schrauben, Dichtungen und Autotüren." Ich schaute ihn ungläubig an.

„Wir sind noch bei der Sahnetorte, richtig?"

„Wie meinst du das?" Daniele lachte, zog die Beine an und umfasste seine Knie mit den Händen.

„Das ist ein Spiel", stellte ich fest.

„Manchmal." Er schaute mich schelmisch und abwartend an. Also gut, wir spielten ein Spiel.

„Ich dachte erst, du arbeitest für einen großen Versandhandel und verpackst dort alles Mögliche, aber ich bezweifle, dass man dort Autotüren bestellen kann."

„Nicht ganz ja und nicht ganz nein." Ich konnte Daniele ansehen, dass ihm dieses Ratespiel Spaß bereitete.

„Da ich überhaupt nichts mit Sahnetorten zu tun habe, kann es sein, dass die Schrauben und die Autotür auch nur eine Metapher sind", versuchte ich eine andere Richtung.

„Und die Dichtungen?", fragte er und das schelmische Grinsen wurde immer größer.

„Die Dichtungen auch."

„Die Dichtungen was?"

„Metapher."

„Keine Metapher. Weder die Dichtungen noch die Schrauben und auch nicht die Autotür." Er streckte die Beine wieder aus, legte den Kopf in den Nacken, schloss die Augen und ließ die Sonne auf sein Gesicht scheinen. Ich war mir nicht sicher, was er mehr genoss: die wärmenden Sonnenstrahlen, die Wellen oder mich an seiner Angel zappeln zu sehen.

„Ich weiß es nicht. Du musst mir helfen."

„Aber dir ist schon klar, dass wir, wenn ich dir jetzt helfe, gleich die Sahnetorte zwischen uns beiseiteschieben oder aufessen müssen."

„Da es nur eine Metapher ist, ist das okay", versicherte ich und musste auch lachen.

„Ich bin Verpackungsingenieur. Mein Job ist es, für alle möglichen Gegenstände, die verschickt werden, die beste Verpackung zu entwickeln. Sie muss den Gegenstand schützen, stabil sein, wenig kosten, sich stapeln lassen, nachhaltig sein und so weiter."

„Verpackungsingenieur", wiederholte ich staunend, „davon habe ich noch nie gehört."

„Selbst Sahnetorten werden verpackt, Umberto!" Er stupste mich neckisch an , indem er mit einer Hand gegen meine Schulter drückte.

„Wie wird man das?", wollte ich wirklich wissen.

„Ich habe Verpackungstechnik studiert", sagte er ganz selbstverständlich.

„Verpackungstechnik?", fragte ich ungläubig. Er lachte.

„Ja, ganz genau, das gibt es. Und jetzt fragst du mich als Nächstes, wie ich darauf gekommen bin, richtig?"

„Das wollte ich gerade tun, allerdings", bestätigte ich.

„Nein, aber so spielen wir nicht. Erst die Sahnetorte", forderte er mich auf.

„Ich möchte gerne die Metapher gegen eine andere eintauschen."

„Von dem Joker habe ich noch nie gehört." Daniele schaute mich gespielt ungläubig an.

„Der ist neu."

„Ach, der ist neu?"

„Ja." Mehr fiel mir nicht ein, aber es schien ihm zu genügen.

„Also gut, dann bin ich auf die neue Metapher gespannt, Herr Professor."

„Herr Professor?"

„Ja, du bist bestimmt Literaturprofessor oder so, richtig?"

„Nein, aber Geisteswissenschaften schon."

„Die Torte schmilzt", sagte er daraufhin.

„Nein, es gibt keine Torte."

„Schade!" Daniele schlug mit einer flachen Hand ins Wasser, um seiner nicht ganz echten Empörung Ausdruck zu verleihen.

„Mein Beruf steht zwischen uns wie ein Beobachter, der gar nicht genau hinschauen möchte, sondern sich einfach nur amüsieren will“, erklärte ich umständlich.

„Amüsieren finde ich gut, aber das machst du nicht hauptberuflich, oder?“

Spitzfindig war er auch.

„Ich bin Psychotherapeut“, löste ich dann endlich das Rätsel auf.

„Kann ich nicht doch die Sahnetorte haben?“, fragte er schmollend, lachte dann, legte einen Arm um meine Schulter und zog mich an sich.

„Mariachiara, Maria-Angela, wartet auf mich!“ Die beiden mit Schwimmreifen und -flügeln gesicherten Mädchen liefen neben uns ins seichte Wasser und ignorierten die Rufe ihrer Mutter. Ich löste mich aus Danieles Umarmung, auch wenn es keine wirkliche Umarmung war, aber wie sonst sollte ich es nennen?

„Umberto, schwimmen Sie nicht mehr?“

„Debora, wir sind geschwommen. Wir genießen jetzt die Ruhe“, sagte ich nicht gerade freundlich zu ihr. Daniele hatte wieder die Beine angezogen, seine Knie mit den Händen umfasst und versuchte erfolglos, sein Lachen zu verbergen.

„Ich setze mich ein wenig zu Ihnen zwei. Dann kann ich die Mädchen im Auge behalten.“ Kaum hatte sie das gesagt, hatte sie sich auch schon näher als nötig neben mich in den Sand gesetzt. „Mariachiara, Maria-Angela, nicht zu weit raus! Auch wenn ihr die Schwimmreifen habt. Ich möchte nicht, dass ihr untergeht, hört ihr?“

„Mit den Schwimmreifen und den -flügeln sind sie so gut verpackt, dass sie nicht untergehen können“, bemerkte Daniele.

„Verpackt?", fragte Debora und schaute an mir vorbei zu ihm herüber. Daniele grinste. „Daniele, richtig?", fragte sie ihn.

„Ja, richtig, Daniele. Und Sie heißen Debora, nicht wahr? Das hatte ich vorhin mitbekommen."

„Ja, richtig, Debora."

„Freut mich, Debora. Sollen wir uns nicht duzen? Umberto und ich sind auch gerade zum Du übergegangen."

„Ja, das habe ich mitbekommen", entgegnete sie und fixierte ihn dabei.

„Debora, dann sollten wir doch auch du sagen, nicht wahr?", klinkte ich mich in das Gespräch ein.

„*Certo*, Umberto, nichts lieber als das!" Das glaubte ich ihr aufs Wort. Dann sah sie wieder an mir vorbei zu Daniele: „Hat dir Umberto von meinem Mann erzählt?" Oh, bitte nicht, dachte ich.

„Von deinem Mann? Nein, hat er nicht. Was gibt es denn zu erzählen? Ist ihm etwas zugestoßen?", fragte Daniele übertrieben besorgt.

Ich dachte, ja, was ihm zugestoßen war, hieß Debora, sagte aber: „Debora, das sollten wir zwei doch erst einmal zu Ende besprechen, bevor Sie, ich meine, du das mit Daniele besprichst."

„Du meinst, ich soll auf jeden Fall auch noch mit Daniele darüber sprechen?" Sie verstand die subtilen Hinweise meiner Kommunikation nicht.

„Wenn es etwas gibt, wobei ich helfen kann, immer", bot Daniele sich an.

„Nein, das kannst du nicht", schoss es aus mir heraus.

„Ich verstehe. Es geht um Sahnetorten." Es fiel Daniele immer schwerer, seine Freude an diesem blödsinnigen Gespräch zu verbergen.

„Sahnetorten?“, fragte Debora ungläubig. „Sie meinen Eis. Mein Mann macht Eis.“

„Ganz genau, das hatte ich Daniele gegenüber erwähnt, dass dein Mann Eis macht.“

„Hat er eine Eisdiele? Hier im Ort?“, zeigte Daniele ehrliches Interesse.

„Eine Eisboutique, ja. Der Arme, er muss von morgens bis in die Nacht arbeiten.“

„Das ist hart“, bestätigte Daniele ihr.

„Mariachiara, Maria-Angela, seht mich an!”, rief Debora den Marien zu. „Ja, richtig, hier! Geht nicht zu weit ins Wasser, habt ihr das verstanden?“ Und dann wieder zu Daniele: „Was machen Sie, ich meine, was machst du beruflich?“ Ich ließ meinen Kopf in den Nacken fallen.

„Ich arbeite in einem Versandhandel. Wir packen den ganzen Tag alles Mögliche ein, was bestellt wird.“ Ich war mir sicher, dass sein Grinsen mir bestimmt war, denn ich riss meinen Kopf nach vorn und schaute ihn an, der wiederum Debora ansah.

„Umberto ist Psychotherapeut“ und der Stolz in ihrer Stimme ließ Daniele und mich ratlos blicken. Warum meinte sie, es läge an ihr, ihm zu sagen, was ich für einen Beruf ausübte?

„Debora, was machst du beruflich? Ich meine, was hast du gemacht? Ich kann mir vorstellen, dass du mit den Kindern jetzt genug zu tun hast“, fragte Daniele wirklich interessiert und ich fühlte mich schlecht dabei, dass ich während unserer Gespräche in den vergangenen drei Tagen nicht auf die Idee gekommen war, sie danach zu fragen.

„Oh, ich bin Erzieherin.“

„Was du nicht sagst", kam von Daniele und fast zeitgleich von mir: „Wirklich?"

„Ja. Ihr seht: Im Grunde tue ich jetzt nichts anderes, als wenn ich arbeite", stellte sie triumphierend fest.

„Und du meinst damit sicher nicht, im Sand sitzen und die Wellen genießen", lachte Daniele.

„Nein, natürlich nicht", stellte sie klar.

So saßen wir eine ganze Weile im Sand und beschlossen dann, zurück zu unseren Schirmen zu gehen, da die einsetzende Flut uns ohnehin dazu gezwungen hätte, weiter zurückzuweichen, aber auch die Mädchen zu sehr verängstigte, denn die Wellen begannen, sich aufzubäumen. Debora ging mit den beiden Marien im Schlepptau voraus, gefolgt von mir und Daniele, der, den Kopf leicht gesenkt, immer wieder spitzbübisch grinsend zu mir herüberschaute. Ich war mir nicht ganz sicher, ob seine gute Laune vom Gespräch mit Debora herrührte, das sich nach der Klärung unserer Berufe um die mütterlichen Strapazen eines Strandurlaubes drehte, oder ob die Blicke wirklich mir galten und er mich einfach nur anlächelte.

Kaum waren wir an meinem Schirm angelangt, löste sich das Dreieck auf, das wir bildeten, da Debora und die Mädchen ganz selbstverständlich zu ihrem Schirm liefen und Daniele nach einem kurzen prüfenden Blick, den er mir zuwarf, weiter in Richtung seines Schirmes ging. Er rief mir noch ein „Wir sehen uns" zu, auf das ich mit einem Nicken reagierte.

„Bleibt Daniele nicht?", fragte Debora.

„Wieso soll er bleiben? Er hat einen eigenen Schirm", quittierte ich diese Frage ein wenig genervt, was Debora scheinbar dazu veranlasste, mich für die nächste gute Stunde in Ruhe zu lassen. Auch Mariachiara und Maria-

Angela vertrugen sich und waren erstaunlich ruhig. Es musste gegen Mittag sein. Bald würde Debora die beiden einpacken und sich zum Mittagessen verabschieden.

Ich war schlecht gelaunt und wusste nicht, warum. Oder besser gesagt hatte ich mehr als einen Anlass, schlecht gelaunt zu sein, war mir aber nicht sicher, welcher überwog. War es, weil Debora sich zu uns gesetzt hatte und ich sie grundsätzlich als übergriffig und einfältig empfand? War es unfair von mir, das zu denken? Ich ärgerte mich aber auch über mich selbst. Was sollte das, dass ich Daniele Avancen machte? Denn das tat ich, was mich verunsicherte, schließlich hatte ich doch mit dem Leben abgeschlossen.

Ich hatte zu Daniele gesagt, dass ich *das* schon lange nicht mehr gemacht hatte. Und ich meinte damit nicht Schwimmen, auch wenn ich in der Situation froh gewesen war, dass er es so verstanden hatte oder zumindest so tat. Ich meinte, dass ich schon lange keinen fremden Mann mehr angesprochen hatte. Die zwei Jahre nach Saschas Tod hatte ich das nicht getan. Und auch vor Saschas Tod hatte ich das zwanzig Jahre nicht getan.

Was rede ich? Es ging doch nur ums Schwimmengehen. An einem Strand. Was war daran so ungewöhnlich? Debora hatte behauptet, Daniele sei schwul. Ich bin schwul, auch wenn Debora das nicht wusste, wenigstens hatte ich ihr das nicht gesagt. Warum auch? Ich hatte also einen höchstwahrscheinlich schwulen Mann gefragt, ob er mit mir schwimmen gehen wollte. Und wenn ein schwuler Mann diese Frage stellt, dann ist es … Oder nicht?

Es waren noch keine zwölf Stunden vergangen, seit ich versucht hatte, mir das Leben zu nehmen, und dann ging ich mit Daniele schwimmen und war mir nicht sicher, ob er mit mir flirtete. Und ich ließ es zu. Ich ließ es zu, an dem Strand, an den ich zum Sterben gereist bin. Ich ließ es zu, an dem Strand, an dem ich viele Jahre mit Sascha und Phillip gewesen bin. Ich ließ es zu, obwohl ich immer noch Saschas Blick sah, seine Wärme spürte und mich nach ihm sehnte. Ich ließ Leichtigkeit zu, obwohl ich mich der Schwere meiner Trauer hingeben wollte, und fühlte mich dabei wie ein Verräter. Ein Verräter an mir, an meinem Vorhaben und an Sascha.

Als ich am Tag zuvor am Strand eingeschlafen war, hatte ich wieder von Sascha geträumt, auch wenn der Traum anders als sonst war. Ich hatte den LKW nicht gesehen und nicht gehört. Es war dieser kurze Fetzen gemeinsamen Erlebens am Strand, der mir geschenkt worden war. Daniele hatte mich davor bewahrt, dass der Traum seinen üblichen Verlauf nahm, denn er hatte mich geweckt. Ich hatte mir immer gewünscht, von unserem gemeinsamen Leben vor Saschas Tod zu träumen, aber es gelang mir nicht. Der Schlaf war wie ein schmerzhaftes, schwarzes Loch, das den einen Tag vom anderen trennte, mich einsog und am nächsten Tag ausspuckte, um mich wieder der Trauer und der Leere auszuliefern, die in meinem Kopf und in meinem Körper wohnten wie nervige Mitbewohner, die keine Rücksicht nahmen, sondern es sich gemütlich machten und schmarotzend das Leben aus mir saugten. Und ja, ich war immer noch verzweifelt, auch wenn ich dachte, ich hätte dieses Stadium der Trauer hinter mir gelassen. Und ja, ich kannte meine Diagnose und ich weiß, dass ich die Strohhalme, die mir gereicht wurden, nur hätte ergreifen müssen.

„Mein Vater hat uns verlassen, als ich acht war."

Ich öffnete die Augen. Debora hatte offenbar ihren Stuhl näher an mich herangerückt, saß mit verschränkten Armen dort und schaute zum Wasser. Sie trug ihre Sonnenbrille und hatte die Lippen aufeinandergepresst. Ich sagte nichts, schaute sie nur an. Die Mädchen spielten einträchtig im Schatten des Schirms.

„Ich weiß, dass ihr euch über mich lustig gemacht habt, vorhin am Wasser", sagte sie dann.

„Debora, das …" Doch sie unterbrach mich.

„Nein, lass", und dann fuhr sie fort: „Als er uns – meine Mutter und meine zwei kleinen Brüder, sie sind Zwillinge – hat sitzen lassen, hat meine Mutter den ganzen Tag gearbeitet und abends getrunken. Ich habe den Haushalt geführt. Ich habe gekocht, geputzt, und als meine Brüder in die Schule kamen, auch dafür gesorgt, dass sie ihre Hausaufgaben machten." Sie hielt sich mit den Händen an den Armlehnen ihres Liegestuhls fest. Die Knöchel traten hervor.

„Wie heißen deine Brüder?"

„Gianfranco und Fabio", flüsterte sie fast, nahm ihre Sonnenbrille ab und schaute mich an. In jenem Moment sah sie sehr verletzlich aus.

„Debora …", aber sie war noch nicht fertig.

„Umberto, ich weiß, dass ich das Meer hasse und es jedem auch sage. Ich hasse die Hitze, den Sand und die vielen Menschen. Ich weiß, dass du und auch Daniele euch fragt: Was macht sie dann hier? Warum geht sie nicht nach Hause in die Berge und fällt uns dann nicht mehr auf die Nerven?"

„Debora, du gehst uns nicht auf die Nerven." Ich war unehrlich, auch wenn sie mir in jenem Gespräch gerade ausnahmsweise nicht auf die Nerven ging.

„Umberto, ich bin nicht dumm, auch wenn viele das denken. Ich habe eure Blicke gesehen."

„Es tut mir leid", gestand ich.

„Das ist gut", lächelte sie und fuhr dann fort: „Ich möchte, dass meine Töchter ihren Vater jeden Tag sehen. Ich möchte, dass sie spüren, dass er sie liebt. Ich möchte, dass sie nicht jedes Jahr von April bis September ohne ihn auskommen müssen und ihn nur von Besuchen kennen, als hätten wir uns getrennt. Aus diesem Grund bin ich hier, sind wir hier und ja, ich weiß, ich sollte aufhören zu jammern. Also habt ihr nicht ganz unrecht, euch über mich lustig zu machen."

Wir schauten uns an und beide benötigten wir Zeit, um den nächsten Satz zu formulieren. Debora sprach als Erste: „Was sagt der Psychotherapeut zu all dem?"

„Der Therapeut hat Urlaub. Ich habe ihn in Deutschland gelassen. Ich sitze dir nur als Umberto gegenüber."

„Und was sagt dieser Umberto?", fragte sie weiter und ich musste schmunzeln.

„Dieser Umberto sagt, dass er es bewundernswert findet, dass du so ehrlich zu ihm bist."

„Und wann beginnt dieser Umberto damit, ehrlich zu mir zu sein?" Ich hatte sie wahrlich unterschätzt.

„Sagen wir, heute Abend beim Abendessen?", schlug ich vor.

„Umberto weiß, dass ich zwei Töchter habe?"

„Die beiden Marien, ich weiß."

„Wie nennst du sie?", fragte sie mit gespielter Entrüstung und musste lachen. Wenn auch ein wenig verlegen, musste auch ich lachen.

„Selbstverständlich bringst du sie mit: Mariachiara und Maria-Angela, auch wenn ich mir nicht merken kann, welche welche von beiden ist."

„Das üben wir dann heute Abend." Es klang fast wie ein Befehl von ihr. „Oder sehen wir uns heute Nachmittag noch?"

„Ich denke, nein. Ich werde heute Nachmittag im Hotel bleiben."

„Wann und wo sollen wir uns heute Abend treffen?"

„Sagen wir, um sieben am Piazzale?", bot ich an.

„Gut, Umberto, wir sind um sieben da."

„Schön", fand ich und meinte es dieses Mal ehrlich.

„Ja, das finde ich auch", war sie derselben Meinung und sagte dann zu den Marien: „Habt ihr gehört, Mariachiara und Maria-Angela", dabei zeigte sie demonstrativ erst auf die eine und dann auf die andere, was uns beide zum Lachen brachte, „Onkel Umberto hat uns heute Abend zum Essen eingeladen. Freut ihr euch?"

„Oh, können wir den Onkel nicht weglassen?", bat ich.

„Ich würde sagen, wenn der Onkel die beiden Marien voneinander unterscheiden kann, dann können wir den Onkel weglassen", stellte sie klar.

„Ich werde mich bemühen", nahm ich die Herausforderung an.

Daraufhin packte sie für die Mittagspause alles ein, nahm die beiden Mädchen, verabschiedete sich und wünschte mir noch einen schönen Nachmittag, was ich erwiderte. Dann setzte ich meine Sonnenbrille auf, streckte die Beine aus und gab mich den mittlerweile schon sehr heißen Strahlen der Sonne hin, die von einem wolkenlosen Himmel herabschien.

„Umberto?" Das war wieder Deboras Stimme.

„Debora, ich dachte, ihr wärt schon los. Wo sind die Mädchen?"

„Ich habe sie kurz bei Daniele geparkt. Er kommt mit zum Abendessen."

„Daniele kommt mit zum Abendessen? Aber warum?"

„Ich hoffe, es ist dir recht. Ich fand, dass er irgendwie dazugehört. Soll ich ihn wieder ausladen?"

„Ausladen? Nein, jetzt, wo du ihn schon mal eingeladen hast. Aber du hättest mich vorher ..."

„Gut, schön, dann sehen wir uns alle heute Abend", unterbrach sie mich und war auch schon verschwunden.

Nun sollten wir also alle gemeinsam essen gehen: Debora, die Mädchen, Daniele und ich. Nun gut. Dumm war sie nicht, aber übergriffig, dabei blieb ich.

Ich verbrachte noch einige Stunden am Strand, setzte mich gelegentlich in den Schatten unter den Schirm, versuchte zu lesen, konnte mich aber nicht auf das Buch konzentrieren. Ich überlegte, ob ich noch einmal schwimmen gehen sollte, verwarf den Gedanken aber. Ich schaute verstohlen zu Daniele, der in der prallen Sonne lag und Kopfhörer in den Ohren hatte. Das rhythmische Wippen seiner Füße und das Tippen seiner Finger verrieten mir, dass er Musik hörte. Nach einiger Zeit jedoch schien er eingeschlafen zu sein und ich musste dem Drang widerstehen, zu ihm hinüberzueilen, um ihn zu wecken, damit er nicht wieder einen Sonnenbrand oder gar einen Hitzschlag erleiden würde. Doch was hätte er gedacht, wäre ich erneut zu ihm gegangen? Ich wollte nicht, dass er annahm, ich würde mich für ihn interessieren, denn das tat ich nicht, zumindest nicht auf die Art, wie es den Anschein hätte erwecken können. Oder doch?

Gegen vier am Nachmittag beschloss ich, mich in mein Hotelzimmer zurückzuziehen, um auszuruhen und mich dann für den Abend fertig zu machen, den ich mit Debora, den Mädchen und Daniele verbringen würde.

Daniele lag noch unverändert in der Sonne und so überwog mein Verantwortungsgefühl, ihn zu wecken. Mir war wohl bewusst, dass ich das schon vor einiger Zeit hätte tun sollen. Und es wäre mir auch merkwürdig vorgekommen, mich nicht bei ihm zu verabschieden, zumal wir für den Abend eine Verabredung hatten, die, wenn auch durch Debora eingefädelt, dennoch eine Verabredung war.

Ich lief in meinen Schlappen über den heißen Strand, was nur langsam möglich war, da ich nicht zu viel Sand aufwirbeln wollte, und ging auf ihn zu. Er war schweißgebadet, schien sich jedoch nicht erneut die Haut verbrannt zu haben.

„Daniele." Er antwortete nicht. Ich stellte mich so, dass mein Schatten auf sein Gesicht fiel, in der Hoffnung, dass er das bemerken und die Augen öffnen würde. „Daniele", wiederholte ich, doch nichts, keine Reaktion. Ich überlegte, ob ich nicht einfach weitergehen sollte, fragte mich aber, wie lange ein Mensch in der prallen Sonne schlafen konnte und ob er vielleicht schon benommen war und ich ihm einer wirklichen Gefahr aussetzen würde, wenn ich einfach ginge. Dann rief ich ihn etwas lauter: „Daniele, aufwachen!" Immer noch keine Reaktion. Ich fasste ihn an der Schulter und schüttelte ihn. Ich war erschrocken darüber, wie heiß sich seine Haut anfühlte. „Daniele, du musst aufwachen! Ich mache mir Sorgen, dass du einen Hitzschlag bekommst." Er öffnete die Augen und lächelte mich an.

„Umberto, wollen wir schwimmen gehen?", fragte er mich schlaftrunken.

„Geht es dir gut?", fragte ich ihn. „Ich habe mir Sorgen gemacht, dass du einen Hitzschlag bekommst. Du liegst schon seit Stunden in der Sonne."

„Ach, das ist lieb“, sagte er, lächelte mich immer noch an und richtete sich auf. „Komm, ich mache dir Platz“, lud er mich ein, mich zu ihm auf die Liege zu setzen.

„Vielen Dank, aber ich möchte jetzt los und wollte nur sicherstellen, dass es dir gut geht“, schlug ich das Angebot aus und stand etwas unbeholfen vor ihm.

„Mir geht es gut. Ich bin wohl eingeschlafen. Das passiert mir häufig, wenn ich in der Sonne liege. Aber mach dir keine Sorgen. Meine süditalienischen Gene schützen mich und verlangen förmlich danach, dass ich in der Sonne brutzle.“

„Süditalienisch? Ich höre gar keinen Akzent“, wunderte ich mich.

„Ich bin in Verona geboren, aber mein Vater ist Römer und meine Mutter kommt aus dem Molise“, erklärte er. „Wenn du willst, kann ich Dialekt sprechen“, scherzte er und grinste.

„Das ist nicht nötig, ich glaube dir auch so“, lachte ich. „Wer nach Stunden in der Sonne noch so klar bei Verstand ist, der muss gute süditalienische Gene haben.“

Das quittierte er mir mit seinem breitesten Grinsen. Ich erwähnte nicht, dass auch ich zur Hälfte süditalienische Gene in mir hatte.

„Wir gehen heute Abend essen“, sagte er dann. „Debora war vorhin hier und hat mich eingeladen. Sie hat gesagt, du kommst auch mit.“

„Ja, wir gehen essen.“

„Das ist schön“, sagte Daniele.

„Ja, dann bis heute Abend“, verabschiedete ich mich, blieb aber noch stehen.

„Bis heute Abend, Umberto. Ich freue mich. Am Piazzale, richtig?“

„Richtig, am Piazzale, Daniele, bis dann.“

„Bis dann, Umberto."

Ich ging durch den kochend heißen Sand zwischen den Schirmen entlang und erreichte den Plattenweg. Die meisten Schirme waren schon wieder besetzt: Paare, Familien, Kinder. Erst dann fiel mir auf, dass Debora gar nicht mehr an den Strand gekommen war. Es war kurz nach vier und an den vergangenen Tagen war sie gegen drei vom Mittagessen zurückgekehrt. Offensichtlich hatte auch sie entschieden, sich für den Abend auszuruhen.

Mein Hotel, das Savoy, war nur wenige Minuten vom Strand entfernt. Es lag in der ersten Reihe direkt an der Promenade und bot seinen Gästen selbstverständlich auch einen Privatstrand, gegen den ich mich aber entschieden hatte, da ich den Hotelgästen nicht auch noch dort begegnen wollte. Ich scheute das Risiko der sich nach wenigen Tagen des Hotelaufenthaltes bei den Gästen einstellenden Intimität, die sich in der Regel darin äußerte, höflich angelächelt und ständig angesprochen zu werden. Deshalb hatte ich mich für einen öffentlichen Strandabschnitt entschieden. Ich hatte naiverweise gedacht, dass ich dort mehr Ruhe finden könnte. Das war, bevor ich Daniele und vor allem Debora kennengelernt hatte.

Mein Zimmer befand sich in der fünften Etage. Die Architektur des Gebäudes war ausgesprochen geschickt, denn alle Balkone waren dreieckig und schräg angesetzt, sodass man nicht nur seitlich zum Meer schauen konnte, sondern auch beinahe frontal zum Strand und zum Wasser, was einen nahezu uneingeschränkten Blick auf die Adria gewährte.

Ich hängte das Schild draußen an die Tür, dass ich nicht gestört worden wollte, denn in der Kategorie des Savoys war es üblich, dass gegen siebzehn Uhr die Bettdecke des selbstverständlich bereits am Vormittag gemachten Bettes aufgeschlagen wurde, als wäre man nicht selbst imstande, dies zu tun, bevor man schlafen ging. Abgesehen davon wurden zusätzlich die Vorhänge zugezogen und ein Täfelchen Schokolade auf das Kopfkissen gelegt. Aufdeckservice nannte sich das.

Als ich ins Bad ging, um zu duschen, blieb ich wie erstarrt stehen. Auf der Konsole unterhalb des Spiegels am Waschbacken lag die Packung mit den Tabletten. Warum waren sie mir am Morgen nicht aufgefallen? Ich musste vergessen haben, sie in den Safe zu räumen. Ich konnte mir kaum vorstellen, dass ich sie selbst so ordentlich auf die Konsole gelegt hatte. Das Zimmermädchen musste sie irgendwo auf dem Boden gefunden und dann dort hingeräumt haben. Mir fiel ein, dass ich die Tabletten nicht im Bad geschluckt hatte, sondern ich hatte auf dem Bett gesessen. Warum hatte sich das Zimmermädchen dafür entschieden, die Schachtel ins Bad zu bringen? Es war sinnlos, weiter darüber nachzudenken. Und was änderte es? Nichts.

Ich ging auf die Konsole zu und nahm die Schachtel in die Hand. Ich zitterte. Ich hatte den Drang, sie in den Safe zurückzulegen, wo ich sie bis zum Abend zuvor aufbewahrt hatte, es überkam mich aber auch der Impuls, es in dem Moment noch einmal zu versuchen. Bevor ich mit Daniele zum Abendessen gehen konnte. Bevor ich die Marien zu unterscheiden lernte. Bevor ich Gefallen am Leben wiederfand. Bevor ich Sascha verraten würde. Bevor Eloisa mir wieder die Wahrheit ins Gesicht würde drücken können. Es war der richtige Moment.

„Housekeeping!" Es klopfte jemand an der Tür. Aber ich hatte doch das Schild nach draußen gehängt. Warum wurde geklopft? Es öffnete jemand die Tür. Ich eilte sofort ins Zimmer und da stand auch schon ein junger Mann in der Uniform des Hotels vor mir.

„Ich hatte das Schild nach draußen gehängt!“, brüllte ich ihn an. Er zuckte zusammen und schaute mich erschrocken an. Ich war mir nicht sicher, ob es daran lag, dass ich ihn so angeblafft hatte, oder ob es mein Anblick war, der ihm Angst machte. Ich hatte die Schachtel mit den Schlaftabletten noch in der Hand, glaubte aber nicht, dass ein Hoteljunge sie so schnell oder überhaupt erkennen würde.

„Sie hätten es andersherum hängen müssen. Es hing mit der grünen Seite nach außen. Ich wollte Ihr Bett aufschlagen, Signore.“

„Das ist nicht nötig. Das kann ich auch allein“, sagte ich verwirrt. Hatte ich das Schild falsch herum aufgehängt?

„Möchten Sie die Schokolade?“, fragte er mich dann zögerlich. Ich antwortete nicht und sah ihn nur fassungslos an, also legte er sie auf die Konsole, die im Eingangsbereich des Zimmers an einer Wand angebracht war und auf der eine Vase mit einem Trockengesteck stand. Dann schaute er mich an und fragte: „Benötigen Sie irgendwie Hilfe, Signore?“ In dem Moment fiel mir auf, dass mir Tränen über die Wangen liefen.

„Nein, vielen Dank. Es ist alles gut. Danke für die Schokolade.“

Wortlos verließ er mein Zimmer. Es war mittlerweile Viertel nach fünf. In weniger als zwei Stunden war ich verabredet, um einen schönen Abend zu verbringen und um ehrlich zu sein. Das hatte ich zu Debora gesagt. Wie ehrlich konnte ich sein? Was ist Ehrlichkeit? Die wahrheitsgemäße Beantwortung von Fragen? Und wenn ich nicht gefragt wurde, ob ich mich umbringen wollte oder ob ich verzweifelt war? Und wenn man es mir auch nicht ansah? Ich war schon immer Meister darin gewesen, meine Gefühle zu verbergen, zumindest gelang mir das Fremden gegenüber oder bei Menschen, die mir nicht viel bedeuteten, jedoch nicht bei Eloisa. Sie hatte mir angesehen, dass es mir nicht gut ging. Was war noch ihre erste Frage, als sie sich am Morgen des ersten Tages zu mir an den Tisch setzte? Was mich in meinem Leben so verletzt hätte.

Ich wollte mich am liebsten für den Rest des Tages in meinem Zimmer verkriechen, doch ich ging ins Bad, um zu duschen. Mir war übel, nichtsdestotrotz zog ich mich für den Abend an. Mein Herz schlug wie wild und ich nahm mein Portemonnaie und mein Handy und ging nach unten. Es war erst sechs.

Bereits im Fahrstuhl fand ich zurück in meine Rolle des gutgelaunten Urlaubers, der selbstverständlich Platz machte, damit ein älteres Paar mit mir und den beiden jungen Frauen, die sich ebenfalls im Fahrstuhl befanden, nach unten fahren konnte. Wir hielten auf unserem Weg zur Eingangshalle auf zwei weiteren Etagen, an denen sich die Türen aber zu verwaisten Fluren öffneten, was mich dazu veranlasste, den Schalter zu drücken, der das erneute Schließen der Türen beschleunigte und den anderen Hotelgästen ein Lächeln entlockte, das ich gerne erwiderte. Ich funktionierte ebenso gut wie der Fahrstuhl. Das konnte ich.

Der Lift entlud mich sowie die anderen Hotelgäste in das großzügige Foyer. Die einen gingen nach links an der Rezeption vorbei in Richtung des Ausgangs und der Straße, die anderen nach rechts in Richtung der Bar und des dahinter gelegenen Restaurants. Ich blieb stehen und schaute auf meine Uhr: Es war kurz nach sechs und damit zu früh, um mich jetzt schon auf den Weg zu machen, auch wenn der Piazzale Zenith fast am anderen

Ende der Stadt war. Dennoch benötigte ich nicht länger als zwanzig Minuten. Ich hätte dort in einer der vielen Bars etwas trinken oder mich auf eine Bank an der Strandpromenade setzen können, bevor ich dann mit den anderen zusammenkommen würde. Vielleicht waren auch sie schon vorher da und wir hätten gemeinsam einen Aperitif trinken können. Ich hörte ein Klavier. Chopin. Sascha hasste klassische Musik. Ich liebte sie.

Ich ging nach rechts und folgte dem *Allegro Maestoso,* das wie ein Filter die hungrigen Banausen, die sich von ihm nicht beeindrucken ließen, von denen wie mir trennte, die sich auf ihre Kultiviertheit etwas einbildeten. Der Pianist war ein etwa dreißigjähriger Mann mit schütterem Haar, einem schlecht sitzenden schwarzen Anzug und verschlissenen Mokassins, der mit seinem gesamten Äußeren einen herben Kontrast zu Chopins erstem Klavierkonzert darstellte. Im schwarzen Lack des Flügels spiegelten sich Shorts, Pumps, Sandalen und Eloisa. Sie saß in einem Sessel und hatte auf dem Tischchen neben sich ein Getränk stehen, höchstwahrscheinlich einen Negroni. Ich setzte mich unaufgefordert dazu. Sie sah mich an, nickte und wandte ihren Blick dann wieder Chopin zu, und wir gaben uns beide wortlos dem Spiel des Pianisten hin.

„Gehen Sie aus?“, fragte sie mich nach einigen Minuten, immer noch, ohne mich anzuschauen.

„Ja, auch wenn mir eigentlich nicht danach ist.“

„Wenn ich Sie wäre, würde ich mich meiden“, erwiderte sie in der für sie typisch nüchternen Art und nahm aus dem Augenwinkel mein Schmunzeln wahr, was ihr ebenfalls ein Lächeln abrang.

„Ich könnte mich zum Abendessen an einen anderen Tisch setzen.“

„So wie jetzt gerade?", fragte sie und war immer noch mit ihrem Blick beim Flügel.

„Ich bin verabredet, weiß aber nicht, ob ich hingehen soll."

„Warum sollten Sie nicht? Und sagen Sie nicht, um mir Gesellschaft zu leisten." Jetzt schaute sie mich auffordernd an. Ich hielt ihrem Blick stand.

„Ich würde mich dabei wie ein Verräter fühlen." Warum sollte ich bei Eloisa nicht gleich zur Sache kommen?

„Verrat? An wem? Doch nicht etwa an mir?" Sie schmunzelte wieder.

„Nein, nicht an Ihnen, Eloisa."

„An dem Menschen, der vor zwei Jahren bei einem tragischen Unfall ums Leben gekommen ist, richtig?" Ich nickte nur. „Umberto, Menschen, die wir geliebt haben, werden uns immer begleiten. Er ist bei Ihnen, auch wenn Sie sich heute amüsieren, anstatt sich von einer alten Frau wieder den Abend verderben zu lassen." Ich wusste nicht, ob ich lächeln sollte, widersprechen oder weinen.

„Aber wenn ich ihn mitnehme, ist es dann nicht erst recht Verrat?"

„Ich bin die Pianistin. Sie sind der Psychotherapeut. Aber vielleicht öffnet mir das Leid die Sinne, wohingegen Ihre Sinne getrübt werden." Da war sie, die Unbarmherzige.

„Nun, ich wäre leider nicht der erste Therapeut, der sein eigenes Leben nicht im Griff hat", gestand ich. Sie nickte nur. Dieses Mal, ohne zu schmunzeln. In dem Moment setzte ein Applaus ein. Der Pianist erhob sich von seinem Hocker, verneigte sich kurz, nahm wieder seinen Platz ein und versuchte anschließend, die Banausen mit Elton John zurückzulocken.

„Wie spielt er?“, fragte ich sie.

„Gut. Das wissen nur zu wenige. Er benötigt einen neuen Anzug.“

„Und neue Schuhe“, fügte ich hinzu.

„Und neue Schuhe“, bestätigte sie. „Gehen Sie“, fuhr sie dann fort. „Gehen Sie aus.“

Ich stand auf, schaute sie an, nickte und ging.

Das Savoy war das letzte Hotel am westlichen Stadtrand. Danach kam nur noch das Thermalbad. Ich entschied mich gegen die Straße und bog nach links ab, denn zwischen den beiden Gebäuden lag ein kleiner Pinienhain, durch den ein schmaler gepflasterter geschwungener Weg am Hotel vorbei zur Strandpromenade führte. Es war ein schwüler Abend. Die Luft stand und binnen weniger Minuten sah jeder draußen ungeduscht aus. Die Haare klebten mir am Nacken und das schwarze Hemd am Rücken. Von irgendwoher nahm ich den Duft von Jasmin wahr. Ein kurzer Blick nach oben links ließ mich die Lage meines Zimmers erahnen. Es war einer der wenigen Balkone, die nicht durch ein über die Brüstung gehängtes Strandtuch markiert waren. Die Mücken hielten sich noch zurück.

Zu dieser Stunde konnte sich die Strandpromenade noch nicht entscheiden, ob sie die frühen Flaneure oder die späten Strandheimgänger zu ihren Protagonisten erklären sollte. Ich spazierte durch die Paare, Familien und Hunde hindurch, vorbei an den Strandkassen, den Volleyball- und Boccia-Spielern und den unzähligen Oleanderbüschen. Da kam mir ein Lied von Patricia Kaas in den Sinn, in dem es heißt, dass einsame Menschen lernen, sich unsichtbar zu machen, und Meister darin werden, den Blick von Liebespaaren abzuwenden, und sich schließlich damit abfinden, nicht mehr dazuzugehören.

„Umberto, ciao!“, riss es mich aus meinen Gedanken. Das war Daniele. Ich drehte mich um. Er sah an jenem Abend aus wie mein Zwilling, trug auch er ein schwarzes Hemd, schwarze Leinenhosen und schwarze Mokassins ohne Socken. Doch er roch besser als ich, hatte ich an jenem Abend auf Parfum verzichtet.

„Daniele, ciao, wohnst du auch hier in der Nähe?“

„Hotel Italy“, erwiderte er und lächelte verlegen. „Hört sich an wie eine Absteige, ist aber völlig in Ordnung. Ich bin gerade auf die Promenade gebogen und da habe ich dich auch schon gesehen. In welchem Hotel bist du?“

„Savoy, das letzte hinten.“

„Savoy also, aber auch nur das letzte, was die Lage angeht, soweit ich weiß“, lachte er.

„Doch, es ist ganz ordentlich“, bestätigte ich.

„Wollen wir?“, fragte er dann.

„Ja, selbstverständlich. Dann mal los.“

Also machten wir uns auf den Weg und Patricia Kaas verhallte nach und nach. Zumindest fühlte es sich gut an, nicht mehr allein mit der allgegenwärtigen Leichtigkeit des Abends konfrontiert zu sein.

„Sag mal, warum treffen wir uns eigentlich am Piazzale Zenith, wenn dein und mein Hotel sich hier befinden und Debora mit den Kindern doch wahrscheinlich auch in der Nähe wohnt? Sonst würde sie sicherlich nicht an diesen Strandabschnitt gehen, oder was meinst du?“

„Du hast völlig recht. Das war meine Idee. Ich hatte einfach an einen zentralen Ort gedacht und völlig außer Acht gelassen, dass wir alle drei auf dieser Seite der Stadt wohnen. Zumindest hätte ich mir das denken können. Das tut mir leid.“

„Kein Grund, dich dafür zu entschuldigen. Positiv betrachtet können wir so noch ein paar Schritte gehen." Er lächelte, drehte sich um und ging ein Stück rückwärts neben mir her, was mich verwunderte.

„Was tust du?"

„Ich schaue nur, ob Debora mit den Mädchen vielleicht in Sichtweite hinter uns ist." Kaum ausgesprochen drehte er sich wieder um, schaute mich schelmisch an und sagte. „Sind sie nicht."

„Sicher?", fragte ich. Er drehte sich erneut um und lief abermals rückwärts.

„Sicher", bestätigte er, „aber schau selbst!" Nun tat ich es ihm gleich und wir liefen beide rückwärts.

„Stimmt. Keine Debora. Keine Mädchen", stellte ich fest. Wir lachten, liefen wieder vorwärts und hätten beinahe einen alten Herrn mit Dackel angerempelt. Beide entschuldigten wir uns und warteten, bis wir einige Schritte zurückgelegt hatten, bevor wir uns das Lachen erlaubten.

„Wie heißen sie noch, die beiden Töchter von Debora?", fragte Daniele dann.

„Ich kann dir sagen, dass sie Mariachiara und Maria-Angela heißen, aber frag mich nicht, welche von beiden Chiara und welche Angela ist", bat ich ihn, was ihn sehr belustigte.

Als ich mich mit Daniele durch die immer dichter werdende Menschenmenge auf der Promenade lavierte, wurde mir bewusst, wie sehr es meine Wahrnehmung veränderte, dass ich nicht mehr allein lief, sondern mich in Gesellschaft befand. Plötzlich war nicht mehr ich unsichtbar, sondern die Menschen um uns herum wurden es. Die Vertrautheit der Liebenden, die Hand in Hand den Parcours ihrer Zweisamkeit entlanggingen, und die

Familien, die diese Bahnen unerschrocken aufwirbelten, wurden zu Statisten eines Stückes, das mich bis vor wenigen Minuten noch ignoriert hatte, jetzt aber die Aufmerksamkeit auf mich und Daniele lenkte, der es durch seine Fröhlichkeit fast schaffte, mein Herz zu befreien, hätte es sich nicht vehement gegen diese Splitter des Glücks gewehrt, vielleicht, weil es diese Zerstreuung nicht mehr gewohnt war, vielleicht, weil es mich zurückschubsen wollte in den Schatten des schlechten Gewissens, der mir wie ein treuer Diener folgte.

Unbeschwertheit, Trauer, Wut und Scham rangen um die Oberhand. Der gutgelaunte Urlauber in mir war aus der Belanglosigkeit der Hotelhalle auf das Trottoir des Lebens gestoßen worden, das ich wie bei einem Spießrutenlauf innerlich entlangstolperte, ohne zu wissen, wie viele Blessuren ich an jenem Abend davontragen würde.

Schweigend setzten wir unseren Marsch über die Promenade fort, denn der immer größer werdenden Menschenmenge auszuweichen machte eine Unterhaltung unmöglich, je näher wir dem Zentrum kamen. Einmal war der eine von uns vorn, ein anderes Mal der andere. Selten konnten wir nebeneinander hergehen. Warum hatte ich die Hauptsaison für mein Vorhaben ausgewählt? Unsere Manöver ähnelten nicht wenig dem chaotischen Kurs meiner Emotionen.

Schließlich erreichten wir den Piazzale Zenith, den größten Platz der Stadt, der, wenn er nicht für Festlichkeiten genutzt wurde, letztlich nicht mehr als ein unansehnlicher großer Parkplatz war, zur Seeseite gesäumt von der Strandpromenade und zu den anderen Seiten umgeben von mehrgeschossigen Apartmenthäusern, die in ihren Erdgeschossen Restaurants, Bars, Eisdielen und

Billigläden beherbergten. Anders, als ich es in Erinnerung hatte, zierten kleine Grünflächen mit Rabatten und Palmen den Bereich zwischen der Promenade und der ersten Parkreihe. Daniele und ich blieben stehen und hielten nach Debora und den Mädchen Ausschau, doch sie waren nirgends zu sehen. Ich ärgerte mich zum zweiten Mal, dass ich diesen Ort als Treffpunkt vorgeschlagen hatte, denn er lag nicht nur unnötig weit von unseren Hotels entfernt, sondern er machte es aufgrund seiner Größe zudem schwer, sich hier zu finden, es sei denn, wir hätten einen genaueren Treffpunkt ausgemacht, was nicht der Fall war.

Wir beschlossen, einmal um den Piazzale herumzuspazieren und gleichzeitig Ausschau zu halten, denn schließlich hätten unsere weiblichen Begleitungen für den Abend auf der gegenüberliegenden Seite nach uns suchen können.

„Machst du immer alleine Urlaub?“, fragte mich Daniele unerwartet, der jetzt beide Hände in den Hosentaschen vergraben hatte. Was sollte ich darauf antworten? Nein, es war das erste Mal? Ich hätte auch sagen können, dass meine Urlaubsbegleitung kurzfristig verhindert gewesen sei. Ich hätte sagen können, dass ich es hasse, allein zu sein. Ich hätte ihm entgegenschreien können, dass ich Witwer sei, es nicht ertrug und mich deswegen umbringen wollte.

„Keine gute Frage, richtig?“, unterbrach Daniele meine Gedanken.

„Entschuldige. Doch, nein, ich meine, es ist kompliziert“, haspelte ich vor mich hin. Wir waren beide stehengeblieben. Daniele lächelte mich verständnisvoll an.

„Wohin gehen wir essen?“, wechselte er das Thema, wofür ich ihm dankbar war, „Debora hatte nur gesagt, dass wir essen gehen, aber nicht, wohin. Habt ihr schon etwas beschlossen?"

„Nein, das haben wir nicht." Daniele merkte mir an, dass es mir nicht gelungen war, mich auf seine harmlose Frage einzulassen. Dann sagte ich etwas, was ich vielleicht nicht hätte sagen sollen, etwas, das zu früh war oder vielleicht auch nie hätte gesagt werden dürfen, etwas, das eigentlich harmlos hätte sein können, und dennoch etwas, das für ihn vielleicht mehr bedeutete, als es sollte. Darüber hinaus war es mehr, als was ich eigentlich zu sagen beabsichtigte, oder vielleicht auch einfach nur anders, als ich es meinte, denn schließlich wusste er nicht, wer ich war und welcher Sturm in mir tobte: „Daniele, ich mag dich. Du bist wahnsinnig sympathisch und attraktiv …" und ich wollte weitersprechen, als er mich unterbrach. Ich wollte sagen, dass es mir leidtat, wenn ich ihm vielleicht falsche Hoffnungen gemacht hatte. Ich wollte ihm sagen, dass ich nicht bereit war für einen Urlaubsflirt, dass sich ein Teil von mir danach sehnte, in den Arm genommen zu werden, wieder ganz und geheilt zu werden, aber dass es mir nicht zustand, ihm das aufzubürden, ihm, dessen einfaches Ansinnen darin bestand, einen schönen Urlaub zu verbringen, und der – wie Debora meinte – am Strand jungen Männern hinterhersah und sich doch irgendwie für mich interessierte.

„Umberto, es ist doch alles gut", sagte Daniele dann und lächelte mich an.

„Entschuldige. Es tut mir leid", flüsterte ich, drehte mich zur Seite und wischte mir die Tränen aus den Augen. Was musste er von mir denken?

„Ich glaube, da drüben sind sie", sagte er dann und schaute erst hinter mich und dann wieder zu mir. In seinem Blick sah ich, dass es für ihn wirklich gut war, denn ich erkannte Wärme, Verständnis, Erstaunen und vielleicht auch Mitleid, aber ich wusste nicht, ob ich das wollte.

Ich drehte mich um, da kam auch schon Debora mit den Mädchen auf uns zu. Die Kleine lag schlafend in einem Kinderbuggy, die Große ging schmollend neben ihrer Mutter her. Auch sie schien einen schlechten Nachmittag gehabt zu haben. Debora lächelte. Ich drehte mich einmal kurz weg, um sicherzugehen, dass ich keine Tränen mehr in den Augen hatte. Hätte ich meine Sonnenbrille an dem Abend dabeigehabt, hätte ich sie in dem Moment aufgesetzt.

„Debora, *buona sera*", begrüßte ich sie fröhlich. Ihr gegenüber ehrlich zu sein, wie es ihr Wunsch war, begann ja gut, dachte ich.

„Ciao, Umberto, ciao, Daniele, ich hoffe, ihr wartet noch nicht lange auf uns", begrüßte sie uns.

„Ciao, Debora. Nein, wir sind auch gerade erst eingetroffen, alles gut", versicherte Daniele.

„Habt ihr euch abgesprochen?", fragte sie und schaute uns musternd an.

„Was meinst du?", wollte ich wissen.

„Na, beide in Schwarz", erklärte sie.

„Findest du, es steht uns nicht?", neckte Daniele sie.

„Keine Frage, ihr seid ein schönes Paar", versicherte sie, was Daniele mit einem Lachen quittierte, mich jedoch verlegen machte.

„Wir hatten gerade überlegt, wo wir essen gehen könnten", lenkte ich ab. „Hast du eine Idee, Debora?"

„Wir müssen nicht überlegen. Wir gehen ins *Da Marco*. Ich habe schon reserviert", erwiderte sie daraufhin und in ihrem Blick war Triumph zu erkennen. Ins *Da*

Marco. Sie hatte reserviert. Ich hatte sie aber doch eingeladen. Es war meine Idee. Sie hätte es ja vorschlagen können. Aber gleich reservieren? Auch wenn ich mich am Strand darüber geärgert hatte, dass sie Daniele einfach eingeladen hatte, war ich dankbar dafür, dass er an jenem Abend auch dabei war. Aber dass sie auch noch einen Tisch reserviert hatte, ohne das mit uns abzustimmen, gefiel mir nicht. Dazu noch ausgerechnet das Restaurant, in dem Sascha und ich Stammgäste waren und ich mit dem Inhaber Marco per Du. Es gab ja Hunderte Restaurants in Bibione und ausgerechnet dort sollten wir heute Abend essen gehen. Der Inhaber Marco wusste nichts von Saschas Tod. Seit zwei Jahren waren wir nicht mehr dort gewesen. Er würde mich bestimmt fragen, wie es mir gehe, wo wir die letzten zwei Sommer gewesen seien und selbstverständlich, wo Sascha stecke. Und all das würde er sicherlich im Beisein von Daniele, Debora und den Marien tun. Der Sturm in mir fand keine Ruhe.

„Was ist, Umberto? Gefällt dir das Restaurant nicht? Kennst du es?“, fragte mich Debora. Daniele schaute mich an und verstand. Was genau? Das wusste ich nicht.

„Doch, doch, es ist in Ordnung, aber es gibt doch noch bessere“, versuchte ich den Verlauf des Abends in eine andere Richtung zu lenken.

„Aber nicht hier in Bibione!“, protestierte Debora, „keiner hat so frischen Fisch wie Marco!“

„Ich hatte mich auf Pizza gefreut“, sprang Daniele mir zur Seite, doch ich wusste, dass das nichts half.

„Marco hat die beste Pizza weit und breit. Kommt, lasst uns gehen. Ich habe für halb acht draußen reserviert und Marco hält auf der Terrasse eigentlich keine Tische frei. Er hat es nur getan, weil er mit meinem Mann befreundet ist“, sagte sie und setzte sich auch schon samt Buggy und der Großen in Bewegung, ohne unser Einverständnis abzuwarten. Daniele schaute mich mitleidig an, zuckte mit den Schultern, als wollte er sagen: Was willst du machen? Also gingen wir.

Es musste mir gelingen, mit Marco zu sprechen, ohne dass Debora und Daniele es mitbekamen. Ich konnte ihm aber unmöglich in wenigen Sätzen erklären, dass Sascha tot war und dass es auch Phillip nicht mehr gab. Er hätte gedacht, ich wäre verrückt geworden, wenn ich ihm zwischen Tür und Angel von dem tragischen Unglück berichtet hätte. Das hätte Marco auch nicht verdient. Dafür kannten wir uns schon zu lange. Die einzige Möglichkeit, um mich nicht Debora und Daniele gegenüber erklären zu müssen, war, Marco zu bitten, keine Fragen zu stellen und so zu tun, als kennten wir uns nicht. Ich könnte noch einmal wiederkommen – vielleicht am nächsten Tag – und würde ihm alles erzählen. Nicht aber an jenem Abend.

Ich spürte, wie mir der Schweiß den Rücken hinunterfloss, was mehr an meiner Angst als an dem schwülen Abend lag. Debora und Daniele unterhielten sich, so gut es eben in dieser Menschenmenge auf dem Weg zum *Da Marco* ging. Wir drängten uns vorbei an überfüllten Terrassen, obszönen Ein-Euro-Läden und schrill blinkenden Spielotheken. Ich folgte ihnen wortlos und versuchte, meine Panik hinter einem Lächeln zu verbergen, insbesondere immer dann, wenn Daniele sich nach mir umschaute, vielleicht, um sicherzustellen, dass sie mich nicht verlieren, vielleicht auch, weil ihm klar war, dass mit mir etwas nicht stimmte. Doch was stimmte überhaupt noch mit mir? Nichts.

Ich folgte ihnen wie ferngesteuert, als hielte uns ein unsichtbares Band zusammen, und gleichzeitig wuchs das Verlangen in mir zu flüchten, weg von Debora, weg von den Marien, weg von Daniele und weg von der bevorstehenden Konfrontation mit Marco. Ich wollte an den Strand laufen, vorbei an den am Abend sicherlich größtenteils verwaisten Sonnenschirmen, durch den jetzt abgekühlten Sand, zum Meer, ins Wasser, durch die Wellen und so weit raus, dass ich nicht mehr stehen konnte. Vielleicht wäre das besser gewesen, als in meinem Hotelzimmer Pillen zu schlucken. Ich fragte mich, ob mir das gelingen konnte. Wäre ich in der Lage gewesen, mich zu ertränken?

Immer wieder wurde ich angerempelt. Völlig unkoordiniert stolperte ich den vieren hinterher. Sie hätten eine Einheit sein können, so wie sie dort über den Gehweg liefen. Für den Betrachter verkörperten sie den Archetyp der perfekten Familie: Mutter, Vater und zwei Kinder. Eine Familie, die ich nie hatte und nie hätte haben sollen.

Sascha und ich hatten vor vielen Jahren ernsthaft darüber nachgedacht, Kinder zu adoptieren. Wir verspürten den tiefen Wunsch, für Kinder da zu sein. Auch eine Leihmutterschaft hatten wir in Betracht gezogen. Doch dann wurden unsere Pläne von Tag zu Tag und von Jahr zu Jahr vager und der Alltag verdrängte diesen Wunsch. Zu sehr hatten wir uns an ein Leben zu zweit gewöhnt und dann an ein Leben zu zweit mit Hund. Zu sehr waren wir unseren Berufen nachgelaufen und plötzlich fühlte es sich zu spät an.

Und zu spät war es nun allemal, da Sascha mittlerweile tot war. Erst hatte uns der Kinderwunsch verbunden und dann das Wissen und die Wehmut, ihm nicht nachgegangen zu sein. Auch der Tod war dazwischengekommen. Wie absurd dieser Gedanke mir vorkam. Ich erinnerte mich an ein Zitat von Saint-Exupéry, das der Trauerredner auf Saschas Beerdigung verwendet hatte: „Und wenn du dich getröstet hast, wirst du froh sein, mich gekannt zu haben." Noch an dem Abend, mehr als zwei Jahre nach Saschas Tod, auf dem Weg zu Marco verspürte ich das Verlangen, dem Trauerredner ins Gesicht zu spucken, so wie ich es auf der Trauerfeier am liebsten getan hätte, wenn ich die Kraft und den Mut dazu gehabt hätte. Wie konnte er es wagen, zu mir, zu uns allen in Saschas Namen zu sprechen? Wie konnte er behaupten, ich würde jemals wieder froh sein? „Und wenn du dich getröstet hast …" Wann sollte das sein? Wann?

An einem Zebrastreifen überquerten wir die Straße und ich wusste, dass wir da waren. In wenigen Augenblicken würden wir direkt vor dem *Da Marco* stehen, an der Treppe mit den wenigen Stufen, die hinauf zur Terrasse führten. Nicht selten empfingen Marco oder seine Mutter, die noch im Restaurant mitarbeitete, ihre Gäste an dieser Treppe, um sie dann an einen freien Tisch zu begleiten. Seine Mutter! Cristina, die hatte ich vergessen! Es konnte mir vielleicht gelingen, mit einem von beiden zu sprechen, vielleicht hätte ich sie abfangen können. Was aber, wenn mir das nicht gelingen sollte und einer der beiden plötzlich an unseren Tisch käme und mich nach Sascha fragen würde? Mein Herz schlug so schnell und laut, dass ich es hören konnte. Es pochte mir bis in die Ohren und ließ meine schweißnassen Schläfen pulsieren. Meine Hände zitterten, ich hatte das Gefühl, mich übergeben zu müssen, und meine Knie wurden weich.

Debora stand an der Treppe, neben ihr die Mädchen und Daniele, der nach mir schaute und mir mit der Bewegung einer Hand die Frage zu verstehen gab, wo ich denn bliebe. Ich ließ absichtlich einige Gäste vor, sodass ich nicht mehr direkt hinter ihnen stand. Ich sah Cristina, lächelnd wie immer, auf Debora zugehen. Wenn Deboras Mann und Marco eine Freundschaft verband, dann kannten sich Debora und Cristina wahrscheinlich auch. Cristina … wie lange hatte ich sie schon nicht mehr gesehen? Das letzte Mal war es, als die Welt noch nicht zerbrochen war. Sie strahlte an jenem Abend wie immer eine außerordentliche Wärme aus, hatte wie stets ein glaubhaftes Lächeln im Gesicht und beeindruckte durch ihr würdevolles und junggebliebenes Auftreten. Ganz die Chefin, wusste sie, dass man Gästen das Gefühl geben musste, etwas Besonderes und willkommen zu sein. Ich sah Marco nicht und gab Daniele zu verstehen, sie sollten schon mal vorgehen, ich würde nachkommen. Vielleicht dachte er, ich müsste zur Toilette. Cristina ging mit ihnen links um die Ecke und verschwand im hinteren Teil der Terrasse. Sie hatte mich wohl nicht gesehen.

Schnell lief ich die wenigen Stufen hinauf und stand auch schon vor dem langen Tresen, als Marco auf mich zugelaufen kam, mich in den Arm nahm, mich auf die Wange küsste und mir mit Tränen in den Augen sein Beileid aussprach. Ornella, unsere Haushaltshilfe, habe es ihm erzählt. Warum ich mich in den zwei Jahren nicht gemeldet hatte. Er habe mir eine Karte geschrieben. Ornella habe ihm unsere Adresse in Deutschland gegeben. Er habe sich Sorgen um mich gemacht und trotz allem freue er sich, mich zu sehen. Wie es mir gehe.

Vielleicht war es die Schwüle des Abends, vielleicht das Versteckspiel vor Debora und Daniele, vielleicht der unendliche Schmerz, an jenem Abend dort ohne Sascha zu sein, was sich anfühlte, als hätte man mir bei vollem Bewusstsein einen Teil meines Herzens herausgeschnitten, vielleicht die Gewissheit, nie wieder froh zu sein. Marco umarmte mich, doch ich fiel durch seine Arme hindurch, auf die weiß-braun karierten Fliesen und mit meinem Kopf stieß ich auf Marcos Knie, der versuchte, mich zu halten, was ihm aber nicht gelang. Er kniete sich vor mich auf den Boden und schaute mich an. Die Angst und das Entsetzen in seinem Blick waren das Spiegelbild meines schmerzverzerrten Gesichtes. Ich weinte, verlor mich in einem Krampf und übergab mich dann dort vor dem Tresen. Es kam mir vor, als müsste ich Schmerz, Trauer und Wut auskotzen und mich dieser Gefühle dort vor den Augen der anderen Gäste und des Personals entledigen.

Ich hörte ihn meinen Namen sagen, Umberto, Umberto, aber mir war, als wäre ich nicht dort, sondern weit weg und doch sah ich mich, wie ich auf dem Boden hockte und er mich an sich drückte und auch weinte, um mich, um Sascha, um uns. Ich schaffte es schließlich mit seiner Hilfe, mich aufzurichten, und er begleitete mich zur Toilette. Dort wusch ich mir das Gesicht, spülte mir die Galle aus dem Mund, betrachtete mich im Spiegel und schämte mich. Das war schon das zweite Mal an jenem Abend. Erst hatte ich vor Daniele geweint und jetzt vor Marco und allen, die mich dort gesehen hatten. Bei all dem Abscheu, den ich für mich empfand, war ich froh darüber, dass Debora und Daniele die Szene offensichtlich nicht mitbekommen hatten, denn sonst wären sie sicherlich zu mir geeilt.

Marco ließ mich einen Moment allein. Ich hörte, wie er Gäste, die zur Toilette wollten, um einen Moment Geduld bat. Dann kam er auf mich zu. Unsere Blicke kreuzten sich in dem kleinen Spiegel über dem Waschbecken.

„Wie geht es dir?“, fragte er mich dann. Ich wusste nicht, was ich ihm sagen sollte. Er fügte hinzu: „Und ich will es wirklich wissen, hörst du?“ Ich drehte mich zu ihm, auch um mich von meinem Spiegelbild abzuwenden.

„Ich bin mit Freunden hier. Ich meine, es sind eigentlich keine Freunde. Wir haben uns am Strand kennengelernt. Sie sollen nichts merken. Sie wissen es nicht. Ich dachte, du wüsstest es auch nicht. Ich muss jetzt zu ihnen, sonst wird ihnen das komisch vorkommen“, versuchte ich zu erklären, wohlwissend, dass ich seine Frage nicht beantwortet hatte.

„Du gehst jetzt zu deinen Freunden oder was immer sie auch sind an den Tisch. Ich werde meine Mutter abfangen und ihr sagen, dass sie dich nicht auf Saschas Tod ansprechen soll. Ich werde erst gar nicht versuchen, es ihr zu erklären. Ich werde auch mit Giacomo und Raffaele sprechen, denn sie wissen auch von Saschas Tod. In welchem Hotel bist du?“ Er klang vorwurfsvoll.

„Savoy“, sagte ich nur.

„Morgen um zehn an der Bar reden wir und jetzt geh.“

Als ich an ihm vorbeiging, legte er mir eine Hand auf die Schulter. Ich blieb kurz stehen, wir schauten uns an und dann verließ ich die Toilette. Wäre ich dort auch nur eine weitere Sekunde stehengeblieben, hätten mich die Gefühle wieder übermannt. Ich ging durch das Restaurant, an der bereits gereinigten Stelle vorbei, wo ich mich übergeben hatte, in Richtung der Terrasse und war froh, Cristina nicht zu begegnen.

Auf dem Weg zum Tisch, an dem Daniele, Debora und die Mädchen sicherlich schon auf mich warteten, spürte ich, wie mir mein nassgeschwitztes Hemd auf der Haut klebte. Im Mund hatte ich noch den sauren Geschmack meiner Magensäure und mir brannten die Augen. Ich war mir sicher, dass mir ein Blinder anmerken musste, dass etwas nicht mit mir stimmte. Kaum sah ich, dass Debora zu mir herüberschaute, setzte ich mein bestes Lächeln auf. Daniele saß mit dem Rücken zu mir und die Mädchen waren damit beschäftigt, auf einem Papiertischset herumzumalen.

„Umberto, wo bist du gewesen? Wir warten schon und haben Hunger", empfing mich Debora, nicht ohne Vorwurf in ihrer Stimme. In dem Moment schauten auch die beiden Marien und Daniele zu mir, Erstere noch vorwurfsvoller als ihre Mutter, Letzterer erschrocken.

„Entschuldigt bitte. Ich musste noch dringend etwas erledigen. Habt ihr schon bestellt?", versuchte ich, immer noch lächelnd, den Vorwurf zu besänftigen und das Erschrecken zu beruhigen. Ersteres gelang mir, Letzteres nicht. Daniele schaute mich weiter fragend an, sagte aber nichts.

„Selbstverständlich haben wir noch nichts bestellt, außer Limonade für die Kinder, aber die ist auch noch nicht da", entgegnete Debora barsch und dann: „Umberto, du siehst aus, als hättest du eine Leiche gesehen. Geht es dir nicht gut?"

„Was? Nein, alles in Ordnung. Ich habe nur großen Hunger. Und dann die Hitze. Lasst uns bestellen", wiegelte ich ab.

Die Bestellung wurde von einem jungen dunkelhäutigen Mann aufgenommen, den ich nicht kannte. Wir orderten Pizza für die Mädchen, Debora und Daniele entschieden sich für eine Fischplatte und ich nahm irgendetwas. Es war mir egal. Ich fragte mich, was ich in diesem Restaurant tat. Ich war der Illusion erlegen, einen ausgelassenen Abend mit diesen Menschen verbringen zu können, die ich bis vor wenigen Tagen zuvor nicht gekannt hatte. Ich saß mit ihnen am Tisch, wir aßen, tranken Wein, halfen den Mädchen dabei, ihre Pizza zu schneiden, ich lächelte, betrieb Konversation und versuchte, mir nichts anmerken zu lassen.

Ich wollte vor ihnen verstecken, dass ich am liebsten weggelaufen wäre, um mich im Hotelzimmer zu verkriechen. Ob mir das wirklich gelang, weiß ich nicht. Debora war unbefangen wie immer und Danieles Gesichtsausdruck hatte den Schrecken abgelegt. Wir unterhielten uns über die unerträgliche Schwüle und ich hörte die Schreie des LKW-Fahrers, die sich an jenem Abend mit der Süße der blühenden Linden vermischten. Debora beklagte die aufdringlichen Menschenmassen und ich fragte mich, ob ich Sascha genug geliebt hatte. Daniele lobte das gute Essen, ich nickte und doch war mir zum Kotzen zumute.

Ich ließ die gesamte Prozedur des fröhlichen Restaurantaufenthaltes über mich ergehen, lehnte beim Dessert ab, schloss mich bei Espresso und Limoncello an und bestand darauf zu zahlen, denn schließlich war es ja meine Idee gewesen, gemeinsam essen zu gehen. Glücklicherweise erwähnte Debora in dem Moment nicht, dass wir Danieles Gesellschaft nur ihr zu verdanken hatten. Beim Verlassen des Restaurants warf ich einen Blick hinein und sah, dass Cristina vor der Theke stand, zu mir herüberschaute und mich anlächelte, wobei ihre Augen sehr traurig aussahen.

Auf dem Weg zurück lernte ich, die beiden Marien zu unterscheiden, ließ aber unerwähnt, es am Tag darauf vielleicht wieder vergessen zu haben. Wir begleiteten

Debora mit den Kindern bis zur Eisboutique ihres Mannes, der mit schwarzem Kasak und geblümtem Basecap die Menschentraube vor seiner Eistheke bändigte und bei dem Trubel weder seine Frau noch die Kinder wahrnahm. Mariachiara und Maria-Angela bestanden darauf, von mir und Daniele einen Gutenachtkuss zu bekommen, Debora fiel uns um den Hals, entschuldigte sich unnötigerweise dafür, dass wir es bei dem Andrang nicht schaffen würden, schnell ein Eis zu bekommen, und bedankte sich für den schönen Abend. Dann gingen Daniele und ich die kleine Seitenstraße, in der sich die Eisboutique befand, hoch zur Promenade und schlossen uns im schummerigen Schein der Laternen dem schlendernden Korso der Heimgänger und Nachtschwärmer an.

Nach einer Weile unterbrach Daniele unser Schweigen. „Was ist los mit dir?"

„Was soll sein?", versuchte ich auszuweichen.

„Du stehst schon den ganzen Abend neben dir. Es ist doch irgendetwas. Debora hat es auch gemerkt."

„Debora hat es auch gemerkt?", fragte ich ungläubig.

„Ja. Und du gibst also zu, dass etwas mit dir ist", ließ er nicht locker und schaute mich auffordernd an. Ich blieb stehen, und er legte mir eine Hand auf die Schulter. Im dahinplätschernden Strom der Spaziergänger bildeten wir ein Hindernis, das von gutgelaunten, lächelnden und zufriedenen Menschen umspült wurde und dennoch seine Schwere behielt. Ich hatte meine Hände tief in die Hosentaschen vergraben und wagte nicht, Daniele anzuschauen. Mein Blick war auf dem Boden, auf unseren Schuhen, und mir kam skurrilerweise der Gedanke, sie hätten einmal im Regal eines Geschäftes nebeneinandergestanden, unterschieden sie sich doch nur dadurch, dass Danieles mit ledernen Bommeln geschmückt waren und meine nicht.

„Es tut mir leid, dass ich euch den Abend verdorben habe“, war alles, was mir in der Sekunde einfiel.

„Hast du nicht“, sagte Daniele und drückte meine Schulter, als wollte er mich trösten. Ich schaute zu seiner Hand und mein Blick musste ihn dazu veranlasst haben, sie von meiner Schulter zu nehmen. Wir standen uns gegenüber und sahen uns an, beide die Hände in den Taschen. Er lächelte.

„Daniele, ich kann es dir nicht erklären.“

„Du meinst, du willst nicht“, sagte er, immer noch lächelnd.

„Vielleicht will ich es nicht. Oder ich kann es nicht. Ich weiß es nicht. Ich weiß nur, dass es nicht geht.“

„Gehen wir morgen schwimmen?“, fragte er mich dann. Morgen, dachte ich. Ich war mir nicht sicher, ob es noch ein Morgen für mich geben würde. Oder ob es ein Morgen für uns geben würde. Ich starrte ihn an und war nicht in der Lage, auf diese einfache Frage zu antworten, bis ich schließlich ein „Vielleicht“ herausbrachte.

„Damit bin ich vielleicht zufrieden“, sagte Daniele, schenkte mir noch ein letztes Lächeln, ließ mich dort stehen und ging. Ich schaute ihm noch eine ganze Weile wie versteinert nach. Er drehte sich aber nicht um und ich fragte mich, was er von mir dachte. Mein Verhalten war schließlich alles andere als das eines vielversprechenden Urlaubflirts. War ich enttäuscht, dass er mich dort auf der Promenade hatte stehen lassen? Vielleicht. Vielleicht würden wir am Tag darauf schwimmen gehen. Vielleicht.

KAPITEL 3
IN GRÖSSEREN EINHEITEN

Die Temperatur hatte sich etwas abgekühlt. Es war halb elf, als ich durch das kleine Tor ging, das zu der Stunde nur Hotelgästen mit Schlüsselkarte den Zugang zum schmalen Weg durch den Pinienhain gewährte. Einige hatten es sich auf den Sitzbänken bequem gemacht. Entlang des Weges machten in regelmäßigen Abständen kleine bunte Schilder auf botanische Besonderheiten aufmerksam. Ein junger Mann erklärte einem kleinen Jungen etwas; wahrscheinlich waren es Vater und Sohn. Als Kind genoss ich es immer, im Urlaub bis spät aufbleiben zu dürfen und viel Zeit mit meinem Vater zu verbringen. Anders als in den endlos langen Phasen zwischen den stets ersehnten Ferien. Der Mann hatte sich vor den Jungen gehockt, der große Augen machte angesichts dessen, was er gerade erfuhr. Es hätte mich über die Bruchstücke, die ich mitbekam, hinaus interessiert, worum es ging, aber ich fand es unpassend, mich dazuzugesellen, also ging ich an ihnen vorbei.

Der Abend war anders verlaufen, als ich es mir vorgestellt hatte. Und ich meine damit gar nicht so sehr, dass ich vor Marco zusammengebrochen war. Meine Absicht, ehrlich zu Debora zu sein, hatte ich nicht weiterverfolgt, aber es hatte sich auch keine Gelegenheit ergeben, besonders unehrlich zu sein. Wo hätte es sich dann gelohnt, ehrlich zu sein? Oder machte ich mir etwas vor? Machte ich nicht beiden etwas vor, Daniele und Debora? Daniele hatte gesagt, auch Debora sei aufgefallen, dass mit mir etwas nicht stimmte. Warum hatte ich ihnen nicht erzählt, dass es mir schlecht ging? Oder besser:

Warum hatte ich Debora nicht einfach gebeten, in ein anderes Restaurant zu gehen? Das wäre viel einfacher gewesen. Ich war mir nicht sicher, wie groß die Wahrscheinlichkeit gewesen wäre, dass sie sich darauf eingelassen hätte. Vielleicht hätte ich eine Chance gehabt, wenn ich ehrlich gewesen wäre. Vielleicht hätte sie sich darüber gefreut, wenn ich mich ihr anvertraut hätte. Aber das hatte ich nicht und ich fragte mich selbst, warum nicht. Und wiederum reihte sich diese Unaufrichtigkeit ein in die Kette der nicht gesagten Worte. Ornella nicht erklärt, warum ich sie entlassen habe. Marco nicht darüber informiert, was passiert war. Meine Eltern nicht an mich rangelassen. Saschas Eltern und insbesondere seine Mutter Ursula vor den Kopf gestoßen. Niemanden um Hilfe gebeten. Niemanden zurückgerufen. Mich mit niemandem getroffen. Nicht einmal geschrieben konnte ich die Worte ertragen. Worte, die, auf Papier festegehalten, einzig und allein dazu dienen sollten, mir mein Leid nur noch deutlicher vor Augen zu führen. Und wäre das nicht besser gewesen? Ich hielt den Psychotherapeuten in mir zurück, denn er hätte die Antwort auf diese Frage schnell geliefert, auch wenn ich ihm nicht hätte glauben können. Warum sprach ich denn mit Eloisa über das, was mich bewegte?

Der Klang des Klaviers drang immer noch durch die Halle. An der Rezeption war einer der drei Posten besetzt. Die junge Frau hinter der Theke lächelte mir zu und wünschte mir einen guten Abend. Ich lächelte ebenfalls und nickte, ging zu den Fahrstühlen und drückte den Schalter. Als sich die Türen des leeren Fahrstuhls öffneten, erblickte ich mich im Spiegel, der die komplette Rückwand des Innenraums einnahm. Ich verharrte dort, trat nicht ein, sondern betrachtete lediglich das Abbild meiner selbst, bis sich die Türen wieder schlossen und nichts weiter geschah, als dass ich den Drang verspürte, mich zu betrinken. Ich wollte diesen Tag mit der Heiterkeit am Strand, Deboras Geschichte des Verlassen-Werdens, meinem Erbrochenen auf dem Boden des Restaurants, meiner Unaufrichtigkeit, den nicht gesprochenen Worten und dem Vielleicht in Alkohol ertränken. Würde ich mich nicht betrinken, hätte ich in die Welt schreien müssen, wie elend ich mich fühlte, so wie Dalida es vor Jahrzehnten getan hatte, auch wenn ich noch nicht so weit war, dass jeder Whisky für mich den gleichen Geschmack hatte. Und im selben Moment dachte ich, dass ich ohnehin nicht in der Lage wäre zu schreien, nicht mehr. Und auch Dalida hatte es schließlich nicht gerettet. Der Fahrstuhl setzte sich in Gang und fuhr nach oben, ohne mich. Ich wandte mich ab und folgte den Klängen des Klaviers.

„Sie sind noch hier?", fragte ich Eloisa, die dort saß, wo ich sie zurückgelassen hatte. Ich stellte mich vor sie und versperrte ihr somit ungewollt den Blick zum Pianisten, in dessen Programm jetzt Tschaikowsky erklang.

„Umberto, setzen Sie sich", sagte sie nur und legte ihre rechte Hand auf die Lehne des freien Sessels neben sich. Ich tat wie mir geheißen.

„Er scheint Ausdauer zu haben, wenn er den ganzen Abend gespielt hat", bemerkte ich.

„Weder er noch ich haben den ganzen Abend hier gesessen. Ausdauer nötigt uns nicht der Abend, sondern das Leben ab. Sie müssen in größeren Einheiten denken, Umberto." Da war sie wieder.

Ein junger Mann kam zu mir und fragte mich nach meinem Getränkewunsch. Ich bestellte einen Whisky auf Eis und fragte Eloisa, ob ich sie einladen durfte. Sie bestellte einen doppelten Gin Dubonnet. Wie passend, dachte ich.

„In größeren Einheiten“, wiederholte ich und erlaubte mir diesen Scherz.

„Wie war Ihr Abend?“, ignorierte sie wie gewohnt Bemerkungen, die sie langweilten, was nicht heißen sollte, dass sie sie nicht aufgreifen würde, wenn sie es passend fand.

„Zum Kotzen“, sagte ich nur und musste lachen. Das erregte ihre Aufmerksamkeit und sie sah mich fragend an. Ich erklärte: „Ich habe mich auf den Boden des Restaurants übergeben.“

„Vor dem Essen oder danach?“

„Davor“, antwortete ich.

„Besser.“ Sie schmunzelte und fragte dann: „Warum mussten Sie sich übergeben?“

„Wie viel Zeit haben Sie, Eloisa?“

„Schauen Sie mich an. Auf mich wartet nur noch der Tod. Erzählen Sie.“ Die Gespräche mit Eloisa fühlten sich an, wie mit nackten Knien auf blankem Stein aufzuprallen: schonungslos, schmerzhaft und unberechenbar. Und dennoch hatten sie eine reinigende Wirkung, wie der Gang nach Canossa.

Ich erzählte ihr von Debora und den Mädchen und Daniele, wie wir uns am Strand kennengelernt hatten und dass wir uns für den Abend zum Essen verabredet hatten. Auch, dass Daniele von Debora eingeladen worden war, ließ ich nicht aus. Sie nickte gelegentlich und trank von ihrem Cocktail.

„Und ohne es vorher abgesprochen zu haben, hat Debora ausgerechnet in dem Restaurant einen Tisch reserviert, in dem mein Mann und ich Stammgäste waren. Wir …“, und ich musste stocken, „… ich meine, ich kenne den Inhaber und seine Mutter gut, aber sie wussten nichts von Saschas Tod. Das dachte ich zumindest."

„Das heißt, sie wussten es", schloss Eloisa folgerichtig und sah mich geduldig an.

„Unsere Haushaltshilfe Ornella hatte es ihnen erzählt. Sie machte und macht vielleicht immer noch Urlaub hier in Bibione wie wir … wie ich."

„Und Ornella hat Ihnen nicht gesagt, dass sie es dem Inhaber des Restaurants erzählt hatte?"

„Ich hatte sie kurz nach Sachas Tod entlassen. Ich konnte es nicht ertragen, jemanden um mich zu haben. Wir haben seitdem keinen Kontakt mehr."

„Ich verstehe."

„Marco, so heißt der Inhaber des Restaurants, hat mir heute gesagt, dass er mir eine Karte geschrieben hätte. Ornella hätte ihm unsere Adresse gegeben." Ich dachte kurz darüber nach, ob ich den Satz in „meine Adresse" korrigieren sollte, tat es aber nicht.

„Und was ist mit der Karte geschehen?"

„Ich habe nicht eine einzige dieser Kondolenzkarten gelesen. Sie liegen ungeöffnet in einer Schachtel in Saschas Nachtschrank. Wenn ich es vermeiden konnte, habe ich sogar den Absender nicht gelesen. Der schwarze Rahmen auf den Umschlägen war mehr, als ich ertragen konnte." Der Pianist spielte Romeo und Julia. Wie passend für einen frustrierten Witwer und eine verlassene alte Dame. Zaghaft und doch hoffnungsvoll vereinten sich die Klänge zu einer Harmonie, die jedoch, wie wir alle wissen, trügerisch war und die Liebenden ins Verderben stürzen würde.

„Der Nachtschrank Ihres verstorbenen Mannes ist in diesem Fall ein merkwürdiger Ort für die Aufbewahrung, finden Sie nicht? Fast schon ein wenig morbide", riss mich Eloisa aus meinen Gedanken.

„Er schien mir passend", sagte ich und zweifelte im selben Moment an meinen Worten. „Eloisa?", fragte ich sie dann. Sie schaute mich an und nickte. „Ich weiß nicht, ob ich ihn genug geliebt habe."

„Ist die Geschichte im Restaurant schon zu Ende erzählt? Wir waren noch nicht an der Stelle angelangt, wo Sie sich übergeben." Ihr Blick war auffordernd. Ich antwortete nicht, sondern schaute sie nur an. „Das ist Ihnen wichtig, ja?", fragte sie mich dann. Ich nickte. Sie fuhr fort: „Umberto, um weiterleben zu können, müssen Sie Trotz entwickeln, sonst erstarren Sie." Sie hatte mir angesehen, dass ich damit wenig anfangen konnte, dann sprach sie weiter: „Die Frage, ob Sie Ihren Mann genügend geliebt haben, öffnet einen ganzen Kosmos an Fragen: Warum wollen Sie es wissen? Was ist genug? Genug für Sie oder für ihn? Oder für wen sonst noch? Ist es nach vielen Jahren immer noch Liebe und muss es das sein? Ist es Liebe, aber anders? Warum müssen wir uns überhaupt lieben, um glücklich miteinander zu sein? Und können wir nicht auch lieben, ohne beieinander zu sein? Und was ändert es, wenn Sie es wissen?" Ich nickte wieder nachdenklich.

„Trotz?", fragte ich dann und trank meinen Whisky aus. Die Eiswürfel berührten dabei meine Lippen.

„Ja, Trotz."

„Wie?", fragte ich sie, fast flehend. Sie schaute mich ungläubig an. „Ja, ich weiß, ich bin der Therapeut, aber bitte erklären Sie es mir."

„Es gibt Phasen im Leben, in denen leben wir *deswegen*, und dann gibt es Phasen, in denen leben wir *dennoch*."

„Das verstehe ich nicht."

„Ist das Leben gut zu uns, dann leben wir, *weil* es uns viel gibt. Ist das Leben aber ein hinterhältiger Schurke, der nur darauf wartet, uns in den Rücken zu fallen, dann leben wir allem *zum Trotz*, denn wenn wir es nicht tun, dann verzweifeln wir und bringen uns um die Möglichkeit, Neues zu finden, das uns wieder zurückversetzt in diesen Zustand, wieder einen Grund zu haben, um für etwas zu leben." Sie unterbrach ihren Vortrag und bestellte für sich und mich noch einmal das Gleiche.

„Und Sie meinen, ich muss diesen Trotz entwickeln?", fragte ich sie und merkte, wie meine Stimme brüchig wurde. Auf diesem Sessel an der Bar neben ihr im Klang Tschaikowskys mit meinem zweiten Whisky in der Hand fühlte ich mich wie ein Idiot, der seiner eigenen Stimme lauschte.

„Ein Freund unserer Familie hieß Karl. Er hatte in Berlin einen Salon, in dem sich Intellektuelle, Künstler und Schauspieler trafen. Er war Jude, wie wir alle, außer meinem Mann, aber das ist eine andere Geschichte. Ich weiß nicht, ob Karl einen Stern oder einen rosa Winkel trug, als er ins KZ deportiert wurde. Ich habe ihn als einen warmherzigen, fröhlichen und gebildeten Menschen in Erinnerung. Er war allem zum Trotz fröhlich. Und sicher gab es in seinem Leben viel Schönes, aber ich weiß auch, dass er durch die Hölle gegangen ist und das nicht nur im KZ."

„Hat er überlebt?", fragte ich sie.

„Er hat überlebt. Als er mehr tot als lebendig aus dem KZ befreit wurde, kam er kurz darauf wegen Unzucht ins Gefängnis und ist daran fast zerbrochen. Aber er hat es geschafft."

„Sie meinen, ich soll angesichts dieses unfassbaren Leids aufhören zu trauern? Ist es das, was Sie mir sagen wollen, Eloisa?“

„Ich will Ihnen sagen, dass Sie größer denken müssen. Niemand hat das Recht auf Glück, aber dennoch hält es jeder in seinen Händen.“

„Welches Glück hielt Karl in seinen Händen?“, fragte ich sie, in diesem Fall ganz ohne Trotz, sondern einfach, weil ich es wissen wollte.

„Sein Glück waren meine Eltern, die ihn wie einen Sohn aufgenommen hatten, nachdem er von seiner Familie verbannt wurde. Es war Anton, den er liebte und der ihn liebte, und die glücklichen, wenn auch wenigen Jahre, die sie miteinander verbringen durften. Und die Erinnerungen an Anton, als dieser nicht mehr bei ihm war.“

„Haben sie sich getrennt, Karl und Anton?“

„Anton wurde im Gefängnis erschlagen“, fasste sie in wenigen Worten zusammen, was eine unbeschreibliche Tragödie gewesen sein musste.

„Wie konnte Karl weiterleben?“ Eloisa ließ sich mit ihrer Antwort Zeit, was sich anfühlte wie das Erwarten eines Urteils. Was würde ihre Antwort über mich und mein Leben aussagen? Sie schaute von mir weg zum Pianisten und genoss sichtlich die Musik, dann nippte sie an ihrem Glas, stellte es auf den kleinen Tisch, der zwischen uns stand, faltete ihre Hände im Schoß und sprach.

„Das Leben besteht nicht nur daraus, sich an jemanden zu klammern. Sie müssen für sich leben. Karl hat sich auf das konzentriert, was ihn am Leben hielt. Und bevor Sie mich fragen, was das war, Umberto, werde ich es Ihnen sagen: Er hat Männern geholfen, die das gleiche Unfassbare wie er durchlitten hatten oder auch nur ein Schicksal, das nicht annähernd dem seinen an unermesslichem Leid und kaum zu überstehender Traurigkeit entsprach, aber dennoch für jeden Einzelnen von ihnen ein Trauma war. Er war für diese Männer da, als Freund, als Gesprächspartner, und hat im Grunde wieder einen Salon geführt, wenn er ihn auch nicht so nannte und wenn auch mehr geweint als gelacht wurde. Aber er gab sich und den anderen damit die Möglichkeit, einen Sinn in allem zu sehen."

„Einen Sinn?", fragte ich fassungslos.

„Ja, einen Sinn, Umberto. Ohne das Schicksal, das sie verband, hätten diese Männer nicht zueinandergefunden. Die Gemeinschaft half ihnen, die Welt ein Stückchen besser zu verstehen und sich gegenseitig Halt zu geben. Karl wurde von ihnen finanziell unterstützt, denn er fand keine Arbeit, da er vorbestraft war. Sie mussten alle sehr vorsichtig sein. Der geringste Verdacht hätte sie alle ins Gefängnis gebracht. Viele dieser Männer hatten noch nie einen festen Partner gehabt, noch nie ihr Leben mit jemandem geteilt, noch nie mit jemandem über sich gesprochen."

„Und mit Karl konnten sie es."

„Mit Karl konnten sie es. Sie konnten mit ihm und mit den anderen Männern sprechen, die dort waren."

„Woher wissen Sie das alles, wenn Sie doch mit Ihrer Familie nach Argentinien geflüchtet sind?"

„Wir haben uns geschrieben und Karl hat mir sein Tagebuch hinterlassen."

„Ich verstehe. Sind Sie Deutsche, Eloisa? Ich höre in Ihrem Italienisch keinen Akzent. Sprechen Sie Deutsch?"

„Sie vermissen den Akzent, den ich in Ihrem Italienisch höre, Umberto?"

„Ich bin in Deutschland geboren. Italien kenne ich nur aus dem Urlaub. Ich weiß, dass ich einen Akzent habe. Aber Sie nicht."

„Ich sprach Deutsch. Ich war nie Deutsche. Meine Eltern emigrierten aus Italien nach Deutschland, als ich ein kleines Kind war. Mein jüngerer Bruder wurde in Berlin geboren. Wir waren Exoten. Mein Vater war Opernsänger, meine Mutter Pianistin, wie ich. Immigranten waren in der Regel Handwerker, selten Künstler. Wir haben zu Hause immer beide Sprachen gesprochen, Deutsch und Italienisch, daneben Französisch und Englisch. Dann sprachen wir in der Familie nur noch Italienisch, selbst in Argentinien."

„Haben Ihre Eltern auch die Flucht nach Argentinien geschafft?"

„Wir alle", antwortete sie knapp.

„Spanisch sprechen Sie dann auch, nicht wahr?"

„Umberto, werden Sie nicht belanglos", maßregelte sie mich mit ernstem Gesicht und sie hatte recht. Dann fuhr sie fort: „Sie müssen den Sinn in dem erkennen, was Ihnen widerfahren ist", forderte sie mich auf.

„Welchen Sinn soll ich darin erkennen, dass Sascha von einem LKW überrollt worden ist?"

„Wenn Sie nicht wieder beginnen zu leben, werden Sie es nie erfahren."

„Ich lebe doch. Schauen Sie mich an! Ich sitze hier in dieser Hotelbar mit Ihnen, trinke Whisky und spreche mit Ihnen über mein Leben", protestierte ich.

„Auch wenn das Leid Sie spüren lässt, dass Sie leben, so ist es dennoch nicht das, was ein Leben lebenswert macht."

„Was kann mein Leben noch lebenswert machen, Eloisa? Und jetzt sagen Sie bitte nicht, mein Beruf!"

„Sie wollen über Leid sprechen, Umberto? Also bitte: Warum sprechen Sie so wenig über Ihren Hund, Phillip?" Damit hatte sie ins Schwarze getroffen. Ich vermied es noch mehr, über Phillip zu sprechen als über Sascha.

„Sie wollen es wissen, Eloisa?", fragte ich sie, setzte mich auf und lehnte mich in meinem Sessel zu ihr.

„Überspringen Sie die rhetorische Frage und sagen Sie es mir!", forderte sie mich auf.

„Es fühlt sich für mich so an, als würde ich die Trauer um Sascha relativieren, wenn ich über Phillip spreche. Als würde ich den Verlust meines Hundes mit dem Verlust meines Mannes vergleichen. Als würde ich Sascha nicht gerecht."

„Haben Sie Phillip geliebt?" Ich nickte nur und schaute auf den Boden. „Werden Sie Phillip gerecht, wenn Sie nicht über ihn sprechen?", fragte sie weiter. Ich schüttelte den Kopf. „Hat Sascha Phillip geliebt?"

„Oh, ja, das hat er", schluchzte ich, fasste mich wieder und sprach weiter: „Ich möchte Phillip in den Arm nehmen und ihn auf die Stirn küssen. Ich vermisse die Tiefe in seinen Augen, seinen Duft und seine Wärme. Ich vermisse es, von ihm mit seiner kalten, feuchten Nase angestupst zu werden, wenn ich auf der Couch eingeschlafen bin. Ich vermisse selbst seinen Sabber, den er auch schon mal im ganzen Haus verteilt hat, wenn er sich vor Aufregung geschüttelt hat." Wie ein Haufen bemitleidenswertes Elend saß ich in meinem Sessel und weinte.

Eloisa stellte ihr Glas auf den kleinen Tisch, drehte sich in ihrem Sessel mühsam zu mir und fragte: „Dieser Daniele, gefällt er Ihnen?"

„Eloisa, werden Sie nicht belanglos", fiel mir spontan ein.

„Werden Sie ihm damit gerecht, wenn Sie ihn als belanglos bezeichnen?", fragte sie und wartete auf meine Reaktion, für die ich dieses Mal einige Sekunden benötigte.

„Nein, ich werde ihm damit nicht gerecht. Er gefällt mir. Und das gefällt mir nicht."

„Was gefällt Ihnen an ihm?"

„Um ihn herum scheint die Sonne", kam es mir spontan über die Lippen.

„Das ist zu dieser Zeit an diesem Ort nichts Besonderes."

„Ich bin sicher, dass die Sonne um ihn herum auch an einem grauen Herbsttag in einer deutschen Kleinstadt scheinen würde." Ich schaute sie an.

„Reden Sie weiter! Sie sind noch nicht fertig", forderte sie mich auf.

„Er hat ein strahlendes Lächeln."

„Umberto, Sie müssen mir Ihre Metaphern nicht erklären."

„Er ist immer gut gelaunt."

„Er wäre sehr ungeschickt, wenn er versuchte, Sie schlecht gelaunt zu erobern." Da hatte sie natürlich – wie immer – recht. „Was gefällt Ihnen wirklich an ihm?"

„Er gibt mir das Gefühl, wieder zu leben."

„Ein Anfang", war ihr erstes Resümee. „Aber könnte das nicht jeder andere auch? Was ist mit mir? Lässt Sie diese Lektion, die wir hier gemeinsam absolvieren, nicht spüren, dass Sie lebendig sind?" Mir war klar, dass sie mich herausfordern wollte.

„Was, wenn es mir nicht gelingt, Sie zu überzeugen, Eloisa?"

„Mich?"

„Ja, Sie."

„Wovon?“

„Dass ich Daniele verdient habe.“

„Sie meinen, dass Sie den Segen dafür von mir benötigen, Umberto?“

„Es scheint mir so, ja“, erklärte ich.

„Bevor ich Ihnen sage, was ich davon halte, sagen Sie mir, wie sich das für Sie anfühlt.“

„Richtig.“

„Richtig?“

„Es fühlt sich richtig an.“

„Warum benötigen Sie meinen Segen, um eine amouröse Liaison einzugehen, Umberto?“

„Oder versuchen Sie, es mir auszureden?“

„Warum sollte ich? Ich glaube nicht, dass Sie sich in meine Tanzkarte eintragen würden.“ Ich musste schmunzeln. Sie auch.

„Warum haben Sie damit ein Problem?“, fragte sie mich anschließend.

„Womit?“

„Damit, dass er Ihnen gefällt“, erklärte sie.

„Ich weiß es nicht, Eloisa.“

„Doch, Sie wissen es. Und Sie sollten sich davon lösen, Umberto. Leben Sie allem zum Trotz!“, wiederholte sie ihre Worte, stand auf, drehte sich um und ging. In dem Moment verhallte der letzte Ton der Musik, der Pianist klappte den Klavierdeckel zu, erhob sich von seinem Hocker und verließ ebenfalls die Bar. Dann erst fiel mir auf, dass außer mir niemand mehr dort saß. Anscheinend hatte der Pianist nicht für uns beide, sondern für Eloisa gespielt; auch der Barkeeper hatte bereits Feierabend gemacht. Ich schaute auf die Uhr. Es war eins. Wieder hatte sie mich mit meiner Trauer zurückgelassen. Mir graute davor, nach oben zu gehen. Hatte ich die Tabletten wieder in den Safe gelegt oder würden sie mich anlächeln, sobald ich mein Zimmer betrat? Allem zum Trotz leben. Dieses Konzept passte nicht zu meinem Vorhaben. Daniele gefiel mir. Auch das widersprach meinem Plan.

Am Morgen des nächsten Tages sollte ich mich um zehn Uhr Marco stellen müssen. Wir müssen reden, hatte er gesagt. Reden worüber? Über mich? Über Sascha? Über Phillip? Darüber, dass ich mich nicht bei ihm gemeldet hatte oder weil ich ihm keine Worte des Dankes hatte zukommen lassen? Oder vielleicht darüber, was für ein Arschloch ich war, dass ich ihn nicht über Saschas Tod in Kenntnis gesetzt hatte und er es über Ornella erfahren musste? Welches Recht hatte Marco, mir einen Vorwurf zu machen? Wir waren befreundet, ja, aber letztendlich nur in den wenigen Wochen, die wir seit zwanzig Jahren jeden Sommer in Bibione verbracht hatten.

Ich weiß nicht, wie lange ich noch in der Hotelbar gesessen und auf den verwaisten Flügel gestarrt hatte, bevor ich nach oben ging.

Als ich mein Zimmer betrat, lag ein Stück Papier auf dem Boden, das offensichtlich unter der Tür durchgeschoben worden war. Auf dem Zettel war Hotel Italy zu lesen, Danieles Hotel. „Bin morgen nicht am Strand. Will dich in Ruhe lassen. Wenn du reden willst, ruf mich an. D.“, stand darauf in einer geschwungenen, sehr lesbaren Handschrift und dann seine Nummer. Er musste an der Rezeption nach meiner Zimmernummer gefragt haben. Doch gab ein Concierge einfach so die Zimmernummer eines Gastes heraus? Er hätte die Nachricht auch am Empfang für mich hinterlegen können. Und musste er nicht damit gerechnet haben, dass ich die

Tür geöffnet hätte, wenn ich mitbekommen hätte, dass jemand einen Zettel unter sie geschoben hätte? Oder wollte er etwa zu mir und hatte sich nur für die Nachricht entschieden, weil ich nicht da war? Oder hatte er mich vielleicht in der Bar gesehen? Mit Eloisa? Vom Empfangstresen aus konnte man die Bar sehen. Ich hatte mit dem Rücken zur Halle gesessen und ihn deshalb nicht bemerkt. Aber wenn er die Absicht gehabt haben sollte, mit mir zu sprechen oder was auch immer er sich von seinem Besuch erhofft oder auch nur erwartet hatte, warum hätte er dann schreiben sollen, dass er mich in Ruhe lassen wollte? Das passte nicht zusammen. Und hatte er zufällig den Block dabei und sich dann spontan entschieden, mir etwas zu schreiben? Vielleicht war es seine Absicht, genau das zu tun, mir zu schreiben, und er hatte sich überlegt, die Nachricht, die er vorbereitet hatte, unter die Tür zu schieben und nicht an der Rezeption für mich zu hinterlegen, weil er mich in der Bar gesehen hatte. Das Risiko, dass ich in der Zwischenzeit auf mein Zimmer gegangen wäre und ihn im Flur hätte treffen können, hatte er entweder nicht bedacht oder einkalkuliert. Auch wenn ich noch nicht einschätzen konnte, wie die Nachricht unsere Beziehung zueinander in ihrer Qualität veränderte, war ich froh, dass er mir diese Notiz geschrieben hatte, denn sie gab meinen Gedanken eine Richtung. Ich legte das Stück Papier auf meinen Nachttisch, öffnete die Balkontür, ging ins Bad, ließ mich dann auf mein Bett fallen, nahm die Nachricht noch einmal in die Hand, als erhoffte ich mir, noch mehr aus ihr lesen zu können. Dann legte ich sie zurück, neben Lampe, Wasserflasche und mein Handy.

Ich hatte jetzt Danieles Nummer. Wenn ich gewollt hätte, wäre es mir möglich gewesen, ihn in dem Augenblick anzurufen oder ihm eine Nachricht zukommen zu lassen. Ich schaute auf mein Handy. Es war halb zwei. Würde Daniele schon schlafen? War er noch ausgegangen? Was hätte ich ihm sagen oder schreiben sollen? Ich hätte ihn fragen können, warum er es für nötig erachtete, mich in Ruhe zu lassen. Weil ich seine Frage, ob wir am nächsten Tag schwimmen gehen würden, mit einem Vielleicht beantwortet hatte? Eine so harmlose Frage, für deren Beantwortung ich aber unverhältnismäßig viel Zeit benötigt hatte. Hatte ich der Frage dadurch mehr Bedeutung verliehen, als es eigentlich Danieles Absicht entsprach? Es war offensichtlich, dass Daniele sich für mich interessierte. Und dieses Interesse ging sicherlich über sportliche Aktivitäten hinaus, auch wenn Debora sich gewundert hatte, dass er mir Beachtung schenkte, da ich – wie sie meinte – nicht in das Schema derer passte, denen Daniele am Strand nachschaute. Ich sei zu alt. Die Auffassung teilte Daniele allem Anschein nach nicht.

Der zweite Teil seiner Nachricht beinhaltete das Angebot zu reden. Wenn ich es wollte, wohlgemerkt. Das hieß, mir zuzuhören, ließ jedoch nicht unbedingt seinen Wunsch erkennen, auch reden zu wollen. Hatte er mir nichts zu sagen? Ich war ein Idiot. Natürlich hatte er mir nichts zu sagen, denn schließlich verhielt ich mich nicht normal, er sich aber sehr wohl. Es lag an mir, Erklärungen zu liefern. Und ich war ein doppelter Idiot, da ich immer alles zu sehr verkomplizierte. Was Daniele wollte, lag auf der Hand. Oder doch nicht? Wenn er jemanden fürs Bett suchte, hätte er schon längst jemanden gefunden. Er sah gut aus, hatte Charme und Stil und war nicht auf den Kopf gefallen. Vielleicht hatte er auch schon jemanden für die Nacht aufgetan. Wobei hätte ich ihn gestört, wenn ich ihn in dem Moment angerufen hätte?

Warum ging ich davon aus, dass Daniele dem Typ Mann angehörte, der sich für die Nacht einen wildfremden Mann ins Bett holte? Weil er gut aussah? Weil das bei schwulen Männern nichts Außergewöhnliches war? Das wurde ihm nicht gerecht. Das hatte ich auch schon zu Eloisa gesagt. Er verdiente es nicht, als belanglos bezeichnet zu werden. Zumindest nicht so belanglos wie die Freude für eine Nacht. In größeren Einheiten sollte ich denken. Die Einheiten meines Aufenthaltes in Bibione umfassten zu dem Zeitpunkt einen Aufenthalt von drei Wochen und eine Pappschachtel mit einhundert Tabletten.

War ich zu einem notgeilen Fünfzigjährigen degeneriert, dessen Plan, sich aus Trauer das Leben zu nehmen, sich in den zwei Zeilen eines schäbigen Zettels eines ebenso schäbigen Hotels auf dem Nachttisch verliert, kaum, dass er die Aufmerksamkeit eines jüngeren Mannes findet? Resultierten meine fortwährende Trauer und die mich auffressende Verzweiflung lediglich daraus, in den vergangenen zwei Jahren nicht dem Richtigen über den Weg gelaufen zu sein? Nein, das stimmte nicht, denn den Richtigen hätte ich nicht erkannt, selbst wenn er vor mir gestanden hätte. Schließlich hatte ich es Debora zu verdanken, dass es Daniele gab, denn sie hatte mich zu ihm geführt. Gerade sie.

Den Ursprung meiner Trauer und meiner Verzweiflung sah ich in der beschissenen Ungerechtigkeit, die mir widerfahren war. Wieder einmal gab ich mich meinem Selbstmitleid hin und auch dafür hasste ich mich. Was für eine jämmerliche Karikatur meiner selbst.

Ich musste einen neuen Grund finden zu leben. Das hatte Eloisa gesagt. Um nicht mehr nur trotzdem zu leben, denn das sollte mir nicht mehr lange gelingen. Einmal noch was? Neu anfangen? Ich machte das Licht aus und fand nur schwer in den Schlaf.

KAPITEL 4
ICH UND DU

Am nächsten Morgen wachte ich um kurz nach neun Uhr auf und fühlte mich, als hätte ich nicht geschlafen. Aber wenn ich wirklich nicht geschlafen hätte, dann wäre ich früher aufgestanden, denn unmittelbar schoss mir der Gedanke in den Kopf, dass Marco um zehn ins Hotel kommen wollte, um mit mir zu reden. Ich hatte, als ich ins Bett gegangen war, weder die Balkontür geschlossen noch die Vorhänge zugezogen. Mein Zimmer ging nach Südwesten raus, sodass am Morgen keine Sonne hineinschien, es aber selbstverständlich taghell war. Danieles Nachricht lag auf dem Nachttisch und starrte mich an. Ich stand auf, ging ins Bad und machte mich fertig.

Um halb zehn war ich rasiert, geduscht und angezogen und setzte mich auf den Sessel, der zwischen Bett und Balkon stand, um die verbleibenden Minuten bis zehn zu überstehen. Um fünf vor zehn beschloss ich, nicht hinunterzugehen und nicht mit Marco zu sprechen. Sollte es an meiner Tür klopfen, würde ich nicht antworten und schon gar nicht öffnen. Die Minuten vergingen und nichts passierte. Ich hörte, wie Hotelgäste über den Flur liefen, hin und wieder wurde ein Koffer mit Rollen über den Teppich gezogen und dann und wann bekam ich Fetzen einer Unterhaltung mit, ein Lachen, ein Staubsauger, der näherkam und sich dann wieder entfernte. Durch die geöffnete Balkontür drangen Kinderschreie, Motorengeräusche und undeutliche Gesprächsfetzen zu mir, außerdem die erste Schwüle des Tages und der Geruch gebratener Zwiebeln. Ich saß dort, hastete durch meine Sinne und merkte, wie sich mein Nacken und mein Rücken in dem schalenförmig gewölbten Sessel zunehmend verkrampften. Es war mittlerweile elf Uhr. Kein Marco und kein Housekeeping.

Was sollte ich tun? Wo sollte ich hingehen? War Marco überhaupt da gewesen oder hatte er vielleicht vergessen, dass er mit mir sprechen wollte? Vielleicht war ihm einfach etwas dazwischengekommen und er hatte telefonisch eine Nachricht für mich an der Rezeption hinterlassen. Sollte ich an den Strand gehen und mit Debora ehrlich sein? Daniele würde nicht dort sein. Das zumindest hatte er geschrieben. Mein Magen knurrte. Ich wusste, dass es noch ein Frühstück für Spätaufsteher gab, das eigentlich italienische Frühstück, was weniger an der Uhrzeit als an seiner Beschaffenheit lag: *cornetti* in verschiedensten Variationen und Kaffee. Mein Körper hatte Bedürfnisse, mein Geist wollte fliehen und auch das war ein Bedürfnis. Ich hätte auf die Toilette gehen müssen, aber etwas hielt mich auf diesem Sessel. In meinem Kopf rangen Banalitäten um die Oberhand. Dann fiel mir der Grund dafür ein, warum niemand kam, um mein Zimmer zu reinigen. Ich hatte am Abend die Karte außen an die Türklinke gehängt, dieses Mal richtig herum. Um nicht wieder gestört zu werden, wenn ich den zweiten Versuch unternehmen wollte, die Tabletten zu schlucken.

Sie lagen wieder in meinem Safe. Es hätte nicht mal eine Minute gedauert, um vom Sessel zum Schrank zu gelangen, in dem der Safe angebracht war, diesen zu öffnen und meinen Plan endlich in die Tat umzusetzen. Doch dafür hätte ich in der Lage sein müssen, vom Sessel aufzustehen. Aber das war ich nicht. Die Erstarrung hielt mich davon ab, mich umzubringen. Aber sie ließ auch nicht zu, dass ich das Zimmer verlassen konnte, um hinauszugehen in die Sonne, in den Tag, ins Leben. Ich hätte nur den linken Arm ausstrecken müssen, um an mein Handy zu gelangen. Ich hätte nur Danieles Nachricht vom Nachttisch nehmen müssen, um ihn anzurufen und ihn zu bitten, mich zu retten, mich zu holen, zu lieben, zu trösten und für mich da zu sein.

Das war zugegebenermaßen keine Banalität. Wie hätte er reagiert? Wie sehr hätte ein suizidaler Witwer in seine Vorstellung eines flüchtigen Abenteuers gepasst? Oder suchte er mehr als einen Flirt? War seine Nachricht mehr als eine Nummer, die wir dazu hätten nutzen können, um uns zum Sex zu verabreden? Hatte er die mögliche Tragweite seines Angebotes, bei Bedarf zu reden, bedacht?

Ich hatte in der Nacht wieder vom Unfall geträumt. Das war nichts Neues. Hätten nicht das Gespräch mit Eloisa, die Geschehnisse im Restaurant, der gemeinsame Rückweg mit Daniele und dieses Stück Papier, das mich mit ihm verband, Anlass genug für mein verkommenes Unterbewusstsein bieten können, mir andere Bilder in den Schlaf zu schicken?

Wenn Sascha da gewesen wäre, hätte er mich zum Lachen gebracht. Er hätte mich aufgeheitert, wie er es immer getan hatte, wenn es mir schlecht ging. Für ihn strahlte das Leben hell. Er war ein Kind der Leichtigkeit, ich eine Ausgeburt der Schwermut, auch schon, als er noch lebte. Ich brauchte ihn, wie er sich über mich lustig machte. Darüber, wie ich immer gleich das Schlimmste befürchtete, wenn ich irgendeine Unregelmäßigkeit an meinem Körper wahrnahm, darüber, dass ich stets auf alles vorbereitet sein wollte, darüber, dass ich niemals ein Risiko einging, darüber, dass es mir meisterlich gelang, Gründe zu formulieren, warum wir etwas nicht machen sollten. Doch er war nicht da. Ich war allein. Er überließ mich mir selbst. Sogar im Schlaf.

Ich malte mir aus, wie es sein würde, wenn ich den ganzen Tag in dem Sessel sitzen bleiben sollte. Nur aufstehen, um auf die Toilette zu gehen. Nichts essen, nichts trinken, nur denken und hören und sehen, wie der Tag verging, die Mittagszeit, der Nachmittag, der Abend. Welche Geräusche und Gerüche würde der Tag für mich bereithalten und mir in meinen selbsterwählten Kerker schicken?

Wäre ich mein eigener Klient gewesen, hätte ich mindestens zwölf Sitzungen empfohlen. Wie zynisch: Zwölf Sitzungen, um aus dem Sessel aufstehen zu können. Und selbst dafür hätte ich das Zimmer verlassen müssen. Ich wusste, dass ich mich an einem Wendepunkt befand. Jener unbequeme, schalenförmige Sessel im Zimmer des Savoy in Bibione stellte die Peripetie im Drama meiner Unfähigkeit dar. Ein profanes Möbelstück wurde zum Schauplatz eines Schicksals. Meines Schicksals. Wäre ich vielleicht aufgestanden, wenn der Sessel bequem gewesen wäre? Missbrauchte ich ihn, um mich zu bestrafen. Genoss ich es? Wie krank war ich? Wie krank war meine Seele? Warum ließ ich meinen Körper dafür leiden?

Ich vermisste Sascha so sehr, dass es wehtat. Ich sehnte mich nach seiner Umarmung, seinem Kuss, seinem Blick. Vertraute Dinge, wie der Mundgeruch am Morgen, an den man sich gewöhnt hatte, oder der sanfte Druck der morgendlichen Erektion des anderen beim Kuscheln, kurz bevor der Wecker klingelte, die Gespräche beim Rotwein am Abend, die Verständigung über einen einzigen Blick im Trubel eines vollbesetzten Restaurants. All das war aus mir herausgeschnitten worden und hinterließ eine blutende Wunde. Saschas Abwesenheit machte mich zu einem Krüppel, einem Monster, *a creep, a weirdo*. Gab es bei Radiohead ein Happy End im Lied? Es fiel mir nicht mehr ein.

Das Leben außerhalb meines Hotelzimmers ging weiter. Ich stellte mir vor, wie Debora mit den Mädchen am Strand lag. Der Strand, den sie so sehr hasste. Würde Eloisa sagen, dass Debora dennoch lebte? Dass sie nicht *wegen* etwas lebte, sondern *trotz*? Leben, obwohl sie die Sommersaison am Meer hasste? Obwohl sie spürte, dass ihr Mann sich von ihr entfernte? Obwohl sie wusste, dass sich Menschen über sie lustig machten, so wie Daniele und ich? Obwohl sie keine glückliche Kindheit hatte? Hatte sie nicht erwähnt, dass sie manchmal darüber nachdachte, sich das Leben zu nehmen? Oder gaben ihr ihre Töchter so viel Kraft, dass sie dafür lebte, für sie? Entsprang es einer Einfältigkeit, dass sie sich mir – einem Wildfremden – am Strand anvertraut hatte, oder handelte es sich um einen Hilferuf, den ich, der Therapeut, nicht erkannt hatte?

Was machte Eloisa zu dem Zeitpunkt? Sie, die immer dann verschwand, um mich, wie einen Büßer vor allen entblößt, mir selbst zu überlassen. Führte ihr Tagesablauf sie auch außerhalb der Marmorböden des Hotels? Ich wusste ein wenig aus ihrer Vergangenheit, aber weiter nichts. Machte eine alte Dame wie sie hier Urlaub? Allein? War sie aus Argentinien angereist oder lebte sie mittlerweile in Italien? Lebte sie vielleicht sogar im Hotel? War das Savoy ihr Zuhause? Hatte sie es sich zur Aufgabe gemacht, sich um andere Hotelgäste zu kümmern? Kümmerte sie sich um mich? Das hatte sie doch neulich gesagt, als ich sie gefragt hatte, um wen sie sich kümmerte. Wie hätte ich sie finden können, wenn ich sie gebraucht hätte? Es gehört doch zum Prinzip des Kümmerns, dass der, um den sich gekümmert wird, auch in der Lage ist, auf die Kümmerin zuzugehen, wenn er sie braucht, oder nicht? Bisher hatte ich sie im Restaurant oder in der Bar getroffen. Sollte ich dorthin gehen? Ich kannte jedoch nur ihren Vornamen. Was hätte ich an der Rezeption sagen sollen? Kennen Sie die alte Dame Eloisa? Können Sie mir ihre Zimmernummer nennen? Vielleicht. Vielleicht hätte ich das tun können. Nur warum? Welchen Schmerz hätte sie in mir noch aufspüren können, den ich nicht schon kannte? Was wollte ich von ihr hören?

Es war sicherlich schon bald Zeit fürs Mittagessen. Ich vermied es, auf mein Handy zu schauen. Zu nah lag Danieles Nachricht daneben. Zu einfach wäre es gewesen, ihn anzurufen. Welche andere Möglichkeit hatte ich aber zu erfahren, wie spät es war? In Bibione gab es in der Nähe des Savoys keine Kirche, die mir mit ihrem Glockenschlag eine zeitliche Orientierung hätte verschaffen können.

Und was war mit Daniele? Wenn er nicht an den Strand gegangen war, was machte er dann? Oder hatte er möglicherweise für den Tag einen anderen Strandabschnitt gewählt, um mir aus dem Weg zu gehen und mich in Ruhe zu lassen? Vielleicht war er in die Stadt gegangen. Oder hatte Daniele vielleicht einen Ausflug nach Venedig gemacht? Es dauerte nicht viel länger als eine Stunde, um mit dem Auto dorthin zu kommen. War er mit dem Auto angereist? Möglich. Oder saß auch er in seinem Hotelzimmer und wartete auf meine Nachricht? Auf meinen Anruf? Hätte auch er nur den Arm ausstrecken müssen, um eine Verbindung zwischen uns herzustellen, so wie ich? Aber dazu hätte er meine Nummer gebraucht.

Die Geräusche draußen und im Flur wurden wieder lauter. Die Italiener gingen zum Mittagessen. Sascha hatte sich immer darüber lustig gemacht, dass ein richtiger Italiener keinen ganzen Tag ohne Pasta überstehen würde. Wir hatten uns mittags am Strand immer mit Sandwiches oder Salaten von einem der Strandkioske versorgt und die durch den Exodus der Pasta-Esser entstandene Ruhe der Mittagszeit genossen. Wir und die anderen deutschen Touristen hatten den Strand dann für uns. In meinem Hotelzimmer wurde ich – zumindest, was die Geräusche anbetraf – zum Zeugen der anderen Seite der mittäglichen Realität.

Ich hörte, wie das Zimmer nebenan aufgeschlossen wurde. Kichern. Den Stimmen nach waren sie jung, ein Mann und eine Frau. Die Tür fiel ins Schloss. Kurz darauf die Toilettenspülung und die Dusche. Geräusche, die man nicht wahrnimmt, wenn man mit dem eigenen Tagesablauf beschäftigt ist, aber sehr wohl, wenn man lauschend in seinem Zimmer sitzt, auch wenn ich nicht wirklich lauschte, sondern hörte.

Wie lange sollte ich noch dort sitzen? Sollte ich die Mittagszeit abwarten, um möglichst niemandem auf dem Flur zu begegnen, wenn ich mein Zimmer verließ? Wie gestört war ich zu dem Zeitpunkt, dass ich es vermeiden wollte, jemanden zu treffen? Selbst ein Lächeln, ein freundliches „Buongiorno“ oder das mit anderen Hotelgästen gemeinsame Warten vor dem Fahrstuhl wäre zu viel für mich gewesen. Die Geräusche aus dem Nachbarzimmer waren verklungen, aber das Paar hatte das Zimmer noch nicht verlassen. Es fiel mir schwer aufzustehen. Meine Beine hatten sich zu sehr an die Sitzposition in dem Sessel gewöhnt. Die ersten Schritte humpelte ich etwas, ging aber dennoch zur Tür und drückte ein Ohr daran, um zu hören, ob sich jemand im Flur aufhielt. Nichts. Dann schaute ich durch den Spion. Wieder nichts.

Ich schämte mich vor mir selbst. Ich setzte mich auf den Boden, mit dem Rücken an die Tür gelehnt. Es tat gut, die Beine auszustrecken. Mein Blick war jetzt auf die offene Balkontür gerichtet. Danieles Hotel befand sich in genau der anderen Richtung nur drei Straßen hinter mir. Es lag in der Richtung meines Türspions. Wären nicht die Mauern mehrerer Hotels dazwischen gewesen, hätte ich ihn vielleicht sehen können. Was hätte ich für einen Spion gegeben, der es mir erlaubt hätte, ihn zu erspähen. Zu sehen, was er in dem Moment tat.

Draußen sah ich die Kronen der Bäume, die den Weg säumten, den ich am Abend zuvor gegangen war, nachdem ich mich von Daniele verabschiedet hatte. Dahinter lag das Thermalbad. Mir kam der Gedanke, dass ich dorthin gehen konnte. Sie hatten das ganze Jahr über geöffnet. Ein Ort, an dem man andere Menschen traf, es aber eher normal war zu schweigen.

Ich stand auf, ignorierte das Knurren meines Magens, wechselte die lange Hose und das Hemd gegen Shorts und T-Shirt, packte Handtuch und Badehose in meine Tasche, schlüpfte in meine Schlappen, setzte noch meine Sonnenbrille auf und betrat den Flur. Endlich. Es war bereits halb drei. Ich hatte mein Zimmer seit über zwölf Stunden nicht verlassen.

Als ich die Halle betrat, vermied ich, nach rechts in Richtung der Bar und des Restaurants zu schauen, da ich befürchtete, dort Eloisa zu erblicken. Also bog ich direkt nach links und ging an der Rezeption vorbei zum Ausgang. Der Weg zum Thermalbad führte ebenfalls über den geschlängelten kleinen Pfad, allerdings in die dem Strand gegenübergelegene Richtung, und endete zwischen der Terrasse und der kreisrunden Tanzfläche eines Cafés, das den Namen „Caffè delle Terme“ trug. Ich überquerte den Kreis, auf dem sich Paare am Abend rhythmisch zu Polka und Samba bewegten, und lief dann über den Parkplatz des Thermalbades, auf dem nur wenige Autos standen, zum Eingang. Bevor ich die paar Stufen hinauf zum Eingang stieg, fiel mir schon das Schild an der Tür auf, das darauf hinwies, dass der Saunabereich wegen Renovierungsarbeiten geschlossen war. Kosmetik und Massage seien davon unberührt, aber nur unter Voranmeldung nutzbar. Ich hätte jedoch weder angemeldet noch unangemeldet irgendjemanden so nah an mich herangelassen. Da stand ich nun mit meinem Plan, meiner Tasche und meiner wieder verlorenen Sicherheit und fragte mich, was ich mit dem Rest des Tages anfangen sollte.

Der Asphalt des Parkplatzes wollte all seine Hitze an mich entladen. Ich blickte mich um und sah niemanden. Zu dieser Zeit waren alle entweder im klimatisierten Restaurant beim Dessert, auf ihren Zimmern beim Mittagsschlaf oder im Schatten des Schirmes am Strand. Selbst der Springbrunnen in der Mitte des kleinen Kreisverkehres am Ende des Parkplatzes war ausgeschaltet, was mich an den Film „Mon Oncle“ von Jacques Tati erinnerte, in dem der Brunnen im Garten nur in Betrieb war, wenn Besuch erwartet wurde.

Der Brunnen am Ende des Kreisverkehres hatte nicht mit meinem Besuch gerechnet. Dennoch ging ich auf ihn zu, setzte mich auf den weißen Marmorrand eines der vier viertelkreisförmigen Becken, die ihn umrahmten, ließ meine Tasche und die Schlappen auf den Boden gleiten und schaute den Viale Aurora hinunter in

Richtung der Einkaufsstraße. Auch dort war niemand zu sehen. Eine verlassene Innenstadt in der Hochsaison, die ebenso wie die Touristen die Siesta dazu nutzte, zur Ruhe zu kommen und sich neu zu sortieren, um den kommenden Abend zu überstehen.

Ich stieg wieder in meine Schlappen, nahm meine Tasche und ging los in Richtung der verwaisten Shoppingmeile. Mein Magen meldete wieder Hunger an und ich beschloss, dem in der Stadt Abhilfe zu verschaffen. Merkwürdig, dachte ich, dass der Magen eines Lebensmüden keine Rücksicht auf dessen Befindlichkeiten nimmt. Der Überlebenstrieb des Körpers schien auch ohne die Motivation des Geistes noch zu funktionieren. Mein Plan blieb allerdings erfolglos, denn nicht eine einzige Pizzeria, kein Kiosk und nicht einmal ein Supermarkt hatte geöffnet. Woher hätte ich das wissen sollen? Denn schließlich hatte auch ich mich noch nie zuvor am frühen Nachmittag in die Innenstadt Bibiones verirrt. Einzig die Eisvitrinen zum Mitnehmen hielten ihre Stellung und es gehörte offensichtlich zur Grundausstattung eines solchen Geschäftes, dass ein in sein Smartphone vertiefter Teenager mit weit in die Stirn gezogenem Basecap kaum merklich hinter der Theke saß und versuchte, die Kundschaft so lange wie möglich zu ignorieren. Es war ihre heimliche Rache dafür, dass sie um ihre Siesta gebracht wurden.

Mit einem Mal fiel mir ein, dass Deboras Mann ja auch eine solche Eistheke betrieb, denn um viel mehr handelte es sich bei solchen Geschäften nicht: eine Theke, mal mehr, mal weniger lang, und wenn man Glück hatte, noch eine oder zwei Bänke auf dem Bürgersteig davor, auf denen man sich ausruhen konnte und tunlichst vermeiden musste, sich auf die Stühle zu setzen, die in der Regel viel bequemer als die Bänke aussahen, auf denen aber deutlich sichtbar „Privato“ geschrieben stand. Auch wenn Debora die Eistheke ihres Mannes als Eisboutique bezeichnete, so war das doch sehr schmeichelhaft, denn schließlich hatte ich diese Boutique am Abend zuvor gesehen.

Nach geschätzten zwanzig Minuten erreichte ich die kleine Seitenstraße, in der sich die Eisboutique befand. Sie war geöffnet, doch es stand keine Kundschaft davor. Ich ging auf sie zu und wurde direkt von einem gutaussehenden, strahlenden – erstaunlicherweise blonden, denn er war schließlich Italiener – Mann um die dreißig angelächelt. Am Abend zuvor war er mir nicht besonders aufgefallen, was sicherlich nicht an ihm, sondern an meiner Verfassung gelegen hatte. Ich fragte mich, ob er jeden so anlächelte oder ob er sich an mich erinnerte. Er konnte mich jedoch unmöglich gesehen haben, als ich mit Daniele, Debora und den Marien in der Menschenmenge stand. Oder vielleicht doch? Ich war mir allerdings sicher – und das schoss mir spontan bei seinem Anblick durch den Kopf –, dass ich mit ihm schlafen würde, auch wenn Debora mich das eigentlich gar nicht fragen wollte und auch wenn es mehr als unwahrscheinlich war, dass er mich das jemals fragen würde. Darüber hinaus fiel mir ein, dass ich ein trauernder Witwer war und mich mit einem Eis begnügen sollte, denn dafür war ich ja schließlich dort hingegangen.

„Was darf es sein?“, fragte er mich.

„Ein Eis“, sagte ich blöderweise.

„Davon habe ich mehr als genug“, erwiderte er verständlicherweise, lächelte abwartend und fügte dann „Im Becher oder in der Waffel?“ hinzu.

„Ich weiß nicht. Was empfehlen Sie mir?"

Er lachte, lachte mich aber nicht aus und sagte dann: „Empfehlungen spreche ich in der Regel erst nach der Entscheidung aus, aber ich würde Ihnen die Waffel empfehlen. Beim Becher kommt doch kein richtiges Eis-Feeling auf, finden Sie nicht? Eis muss man mit Mund und Zunge essen." Wie sonst, dachte ich und schob weg, dass es sich um eine sexuelle Anspielung hätte handeln können.

„Ich folge Ihrem Rat und nehme die Waffel", versuchte auch ich ein Lächeln, was mir aber misslang.

„Sehr gut. Wie viele Kugeln sollen es werden?", fragte er dann und da ich eine Sekunde zögerte, sagte er: „Ich würde drei nehmen."

„Warum drei?", wollte ich – jetzt wirklich interessiert – wissen.

„Eine Kugel ist für den Klassiker, wie Vanille oder Schokolade, eine für etwas Extravagantes, das Sie anspricht, und eine schließlich für eine Empfehlung von mir, mit der Sie nicht gerechnet haben." Der Mann gefiel mir und das nicht nur äußerlich.

„Gut, so machen wir es", willigte ich ein.

„Und?", fragte er.

„Und was?"

„Sie starten mit dem Klassiker."

„Ich verstehe. Vanille", wählte ich.

„Sicher?", fragte er. Ich war mir sicher, dass er dieses Spiel mit seinen Kunden am Abend nicht spielte, wenn Hochbetrieb war, aber mir war nicht klar, welche Reaktion er in dem Moment von mir erwartete.

„Warum nicht? Es ist ein Klassiker", hielt ich dagegen.

„Sie haben zu schnell gewählt, nur um mitzuspielen. Lassen Sie sich einen Moment Zeit. Es gibt noch andere

Klassiker. Es muss nicht die nichtssagende Vanille sein. Es sei denn, Sie bestehen darauf."

„Ich bestehe nicht auf Vanille. Sie haben recht. Ich sollte nicht das Erstbeste nehmen, auch wenn ich noch zwei weitere Joker habe."

„Kugel drei ist vielleicht kein Joker, sondern der Teufel, denn schließlich wähle ich sie aus", grinste er jetzt schelmisch. Ich musste schmunzeln und schaute dann suchend von einem der Eisbehälter zum nächsten. Alle waren sie kunstvoll mit stets etwas zur Eissorte Passendem garniert, und wenn es sich nur um Streusel, Schokoladensplitter oder kleine Marshmallows handelte.

„Malaga", sagte ich schließlich.

„Besser", sagte er, griff aber noch nicht zum Eisportionierer.

„Besser, aber immer noch zu nichtssagend?", fragte ich.

„Besser und ein guter Start", sagte er schließlich, rollte gekonnt mit dem Portionierer über die cremige Oberfläche, die mit zahlreichen Rosinen verziert war, und ließ die Kugel Malagaeis mit einem Klack in die Waffel gleiten, die er in der anderen Hand hielt.

„Jetzt etwas Extravagantes also, richtig?", erinnerte ich mich an das Prozedere.

„Jetzt etwas Extravagantes", bestätigte er und wartete genüsslich auf das, was ich sagen würde. Die Kühle, die von der Vitrine ausgestrahlt wurde, tat meinem Körper gut und der Charme dieses Mannes meinem Geist. Ich ließ meinen Blick wieder über die vielen Eissorten schweifen. Ich hatte kurz überschlagen, dass es sich insgesamt um etwa vierzig verschiedene Sorten handeln musste, die gewissermaßen gruppiert waren in Klassiker, Fruchteis und Extravagantes, auch wenn ich Letztere bis zu jenem Nachmittag in Bibione nach meiner mehr als halbtätigen Askese im Hotelzimmer und dem erfolglosen Versuch, mich im Thermalbad zu verstecken, nicht so bezeichnet hätte. Selbstverständlich waren alle Sorten beschriftet. Es gab *Donna Bianca, Zuppa Inglese, Fiesta Messicana, Amore Siciliano* und viele mehr. Ebenso wie besagte Garnitur begeisterten mich die fantasievollen Namen und die Erahnung des Geschmacks, der sich dahinter verbergen mochte. Mein Blick blieb schließlich bei einer Eissorte hängen.

„*Whisky Cream*“, sagte ich. Dieses Mal glitt er, was mich erstaunte, ohne Kommentar mit dem Portionierer über das Eis und setzte jene zweite Kugel auf die erste. Vielleicht, dachte ich, weil er gespannt auf meine Reaktion auf den von ihm gewählten Teufel war.

„Jetzt ich?“, fragte er.

„Jetzt Sie“, bestätigte ich. Ohne mich anzuschauen und ohne zu zögern, steuerte er *Io e Tu,* also *Ich und Du,* an und ließ den Portionierer über das Eis gleiten, das aus zwei Eissorten bestand, die jeweils in Vierteln in den Behälter gefüllt worden waren. Die eine Sorte war cremefarben mit, so schien es, Krokantsplittern und die andere hatte die Farbe von Nusseis, nur intensiver mit kleinen roten Sprenkeln.

„Wonach schmeckt *Io e Tu*?“, wollte ich wissen.

„Lassen Sie sich überraschen. Sie müssen nicht lange warten. Die Kugel liegt ja schließlich obenauf. Wenn Sie den Teufel überstanden haben, warten die anderen beiden auf Sie.“

Wenn Sie den Teufel überstanden haben, dachte ich und kramte nach meinem Portemonnaie, das ich aber weder in meiner Hosentasche noch in meiner Sporttasche fand. Da fiel mir ein, dass ich es gar nicht eingesteckt hatte. Als Hotelgast musste ich für das Thermalbad keinen Eintritt zahlen. Der Einlass wäre mir nach Vorzeigen meiner Zimmerkarte gewährt worden. Folglich hatte ich mein Portemonnaie auf dem Zimmer liegen lassen. Das Eis steckte in dem Halter, der auf der Theke stand, und begann zu tropfen. Deboras Mann stand dahinter, schaute mich immer noch lächelnd an und fragte dann: „Sie haben kein Geld dabei?"

„Es tut mir leid. Ich bin ein Idiot. Ich habe mein Portemonnaie im Hotel gelassen."

„Da hat dann wohl wirklich der Teufel seine Finger im Spiel gehabt", lachte er.

„Es ist mir so peinlich. Aber ich kenne Ihre Frau und Ihre Töchter. Gewissermaßen kennen wir uns also auch. Ich bringe Ihnen das Geld heute Abend. Wäre das für Sie in Ordnung? Oder Sie stellen das Eis in die Vitrine und ich laufe zum Hotel, hole das Geld und komme wieder."

„Jetzt nehmen Sie erst mal das Eis, setzen sich dort auf die Bank und sagen mir, was Sie von *Io e Tu* halten. So machen wir das und dann sehen wir weiter", versuchte er mich gewissermaßen zu beruhigen. Er musste mir angemerkt haben, wie unangenehm mir das war. „Nehmen Sie es, bevor es sich auflöst!", setzte er mit Nachdruck noch hinterher. Ich nahm das Eis widerwillig, schaute ihn fragend und auch wohl etwas skeptisch an und setzte mich auf die Bank. Er stand hinter der Theke und betrachtete mich nachdenklich. Ich wandte meinen Blick dem Eis zu, das mir auf die Finger tropfte, und versuchte, möglichst schnell dem Schmelzen des Teufels und seinem Fundament entgegenzuschlecken.

Io e Tu erzeugte in meinem Mund eine regelrechte Geschmacksexplosion aus Honig, Karamell, Salz, Nuss,

Schokolade und Chili. Man schmeckte aber nicht alles auf einmal, sondern es fühlte sich an, als würden meine Zunge und mein Gaumen die unterschiedlichen Aromen nacheinander, wenn auch in Bruchteilen von Sekunden, abrufen. Solch ein Eis hatte ich in der Tat noch nie gegessen. Deboras Mann kam hinter der Theke hervor, setzte sich neben mich und hielt mir eine Papierserviette hin, die ich dankend annahm.

„Der Teufel schmeckt fantastisch. Vielen Dank für diese Wahl!", sagte ich, nachdem ich versuchte, nun im Wechsel mit der Serviette und mit meiner Zunge dem fließenden süß-salzig-scharfen Rinnsal auf meiner Hand Einhalt zu gebieten.

„Das freut mich", sagte er, lächelte, fügte dann hinzu: „Ich bin nicht verheiratet und habe auch keine Kinder" und wartete auf meine Reaktion. Ich wäre am liebsten im Erdboden versunken oder hätte mich unter der Bank verkrochen, wie es Phillip, unser Hund, gerne getan hatte, wenn ich mit Sascha abends in der Stadt gewesen war und wir ein Eis auf die Hand gegessen hatten. Ich musste mich in der Seitenstraße geirrt haben. Diese Eisvitrine war nicht die Eisboutique von Deboras Mann. Vergeblich und ohne auf Erfolg zu hoffen, sagte ich mehr zu mir selbst als zu ihm: „Sie sind also nicht mit Debora verheiratet und haben keine zwei Töchter, richtig?"

„Sie kennen Debora, Mariachiara und Maria-Angela? Warum haben Sie das nicht gleich gesagt?", fragte er mich jedoch, stützte sich mit einer Hand auf der Rückenlehne der Bank ab und schaute mich neugierig und auch belustigt an. Ich verstand nicht. War er nun doch Deboras Mann und der Vater der Marien? Aber warum hatte er das kurz zuvor verneint? Hatte ich mich also doch nicht in der Seitenstraße geirrt?

„Aber haben Sie nicht eben gesagt, dass Sie nicht verheiratet sind und dass Sie keine Kinder haben?", fragte ich verwirrt, auch wenn das schmelzende Eis keine langen Pausen erlaubte.

„Ich bin auch nicht verheiratet, weder mit Debora noch mit sonst jemandem. Debora ist meine Schwester und die Mädchen meine Nichten", klärte er mich auf. Ich war mehr als verblüfft. Warum hatte Debora mich und auch Daniele belogen? Musste sie nicht befürchten, dass die Geschichte auffliegen würde. Es fiel mir schwer, gleichzeitig zu denken und das Eis zu essen. Deboras Bruder – und in dem Moment fragte ich mich kurz, ob vielleicht seine Version der Geschichte nicht der Wahrheit entsprach, aber warum sollte er mich belügen? – schaute mich vergnügt an. Wenn er wirklich der Bruder und nicht der Mann von Debora war, was musste er dann von mir denken? Dass ich etwas falsch verstanden hatte?

„Woher kennen Sie Debora und die Mädchen?"

„Vom Strand. Wir haben uns erst vor wenigen Tagen kennengelernt. Gestern Abend waren wir gemeinsam essen, bei Marco." Ich war gespannt, wie er darauf reagieren würde, denn schließlich hatte Debora behauptet, dass sie dort nur einen Tisch bekommen hätte, da ihr Mann Marco kannte.

„Der Marco war mit Deboras Mann befreundet, richtig", bestätigte er und mir war durchaus bewusst, dass er „war befreundet" gesagt hatte. Dann streckte er mir seine Hand entgegen und sagte: „Fabio."

Meine vom Eis verklebte Rechte wollte ich ihm nicht anbieten, also streckte ich ihm meine Linke entgegen und lächelte entschuldigend, worauf er sogleich reagierte, indem auch er mir seine linke Hand hinhielt, die ich nahm. „Umberto. Freut mich", stellte auch ich mich ihm vor.

„Mich auch", erwiderte er.

„Debora hat erzählt, Sie hätten noch einen Zwillingsbruder", sagte ich dann und bereute es sogleich, musste es doch klingen, als wollte ich überprüfen, ob ich in jenem Punkt richtig lag.

„Ja, Gianfranco, genau. Aus dem ist etwas geworden. Er ist Anwalt in Turin. Wir sind zweieiig, müssen Sie wissen", fügte er hinzu, wie um zu erklären, warum er Eisverkäufer war. Aber vielleicht war das auch nur meine Interpretation. „Was hat sie Ihnen noch alles erzählt?", fragte er mich noch.

„Sonst nichts", brachte ich nur hervor und war schließlich auch noch damit beschäftigt, mein Eis aufzuessen. Ich war mittlerweile zum Klassiker vorgedrungen.

„Wie kommen Sie darauf, dass Debora und ich verheiratet sind?"

„Da muss ich etwas falsch verstanden haben. Das tut mir leid", entschuldigte ich mich.

„Halb so wild", lächelte Fabio.

„Ich komme heute Abend, um das Eis zu bezahlen, ja? Es ist mir wirklich sehr unangenehm, dass ich kein Geld dabeihabe", griff ich das Thema noch einmal auf.

„Das Eis geht auf mich. Du bist schließlich mit Debora und den Mädchen befreundet. Das passt schon, Umberto."

„Ich muss ehrlicherweise dazu sagen, dass ich es nicht als Freundschaft bezeichnen würde. Wir sind eher bekannt miteinander", versuchte ich zu erklären, um keine weiteren falschen Behauptungen in die Welt zu setzen.

„Was nicht ist, kann ja noch werden", sagte er und zwinkerte mir zu, was ich nicht ganz einordnen konnte.

„Vielen Dank, Fabio." In dem Moment kamen zwei junge Mädchen auf die Theke zu, von denen eines einen eingerollten Geldschein in der Hand hielt. Fabio entschuldigte sich kurz bei mir, stand auf und bezog seinen Posten hinter den Klassikern, Extravaganzen und Teufeln. Ich aß mein Eis auf und schaute ihm währenddessen bei der Arbeit zu. Auch den Mädchen hat er nicht einfach nur ein Eis verkauft, sondern ein ähnliches, wenn auch anderes Spiel mit ihnen betrieben, was diese mit mehrfachem Kichern honorierten.

„Fabio, nochmals vielen Dank und ich komme bestimmt wieder. Das Eis ist wirklich außerordentlich gut", versicherte ich ihm, verabschiedete mich und beschloss, ins Hotel zu gehen, nicht zuletzt, um mir die Hände zu waschen.

Welch Ironie, dachte ich, als ich mich durch die Hitze auf den Weg machte. Ich hatte es mir vorgeworfen, nicht ehrlich zu Debora gewesen zu sein, und sie hatte ihren Bruder für ihren Mann und den Vater ihrer Töchter ausgegeben. Warum nur? Und Fabio hatte erwähnt, dass Marco mit Deboras Mann befreundet war, was hieß, dass sie es folglich nicht mehr waren. War Debora Witwe oder lebte sie von ihrem Mann getrennt oder vielleicht geschieden? Gerne hätte ich das Fabio gefragt, aber es erschien mir zu indiskret. Er musste ganz sicher davon ausgegangen sein, dass ich etwas falsch verstanden hatte. Aber ich wusste, dass es nicht so war.

Sie wollte dem Vater ihrer Kinder nah sein, damit die Mädchen ihn nicht nur von den Wochenenden kannten. Ersparen wollte sie ihnen, dass sie quasi ohne Vater aufwachsen würden – wenn es sich in dem Fall auch nur um die Sommersaison handelte –, so wie sie und ihre Brüder ohne Vater aufgewachsen waren. Vielleicht stimmte auch diese Geschichte nicht. Vielleicht wollte sie sich wichtigmachen, um Aufmerksamkeit oder gar Mitleid zu erlangen. Vielleicht. Gerne hätte ich Debora einen Kerl wie Fabio als Mann und den Marien als Vater gewünscht, denn er war genauso sympathisch wie sein Eis köstlich.

Interessant, wie das Lächeln eines gutaussehenden Mannes und die merkwürdige Geschichte einer jungen Mutter mich auf andere Gedanken brachten.

Schweißgebadet erreichte ich das Hotel, ging auf mein Zimmer, duschte und legte mich nackt aufs Bett. Erst in dem Moment fiel mir auf, dass ich mein Handy auf dem Nachttisch hatte liegen lassen. Ich nahm es in die Hand, schaute darauf und stellte fest, dass niemand versucht hatte, mich zu erreichen. Es gab keinen Anruf in Abwesenheit und auch keine Nachricht. Paradoxerweise war ich enttäuscht. Eigentlich hätte ich dankbar sein müssen, dass mich in meinem Urlaub niemand störte. Ich nahm den Zettel mit Danieles Nummer, entsperrte mein Handy und schrieb ihm eine Nachricht:

Können wir uns heute Abend sehen? Ich möchte dich gerne treffen. U.

In meinem Zimmer war es kühler als draußen, auch wenn ich die Balkontür aufgelassen hatte und die Klimaanlage nicht lief. Die Kühle der Laken und die Stille taten mir gut. Kurz überlegte ich, ob ich die Nachricht an Daniele löschen sollte. Ich schaute in den Verlauf. Er hatte sie noch nicht erhalten. Ich hätte sie zurückziehen können, aber ich tat es nicht und zwang mich, das Handy beiseitezulegen, um nicht auf das Display zu starren und auf das zweite kleine Häkchen zu warten.

Was versprach ich mir davon? Hatte ich die Kraft, ein neues Glück zu suchen? Ich hatte das größte Glück in meinem Leben erlebt. Was sollte noch kommen? Ich hatte gedacht, Liebe wäre ewig, aber ich lag falsch. Sie war endlich. Ich hatte einmal einen Text eines Kollegen gelesen, in dem es hieß, Liebe sei eine Entscheidung. Die erste Entscheidung war es, sie zuzulassen, und daraufhin würden unzählige Entscheidungen folgen, die einem immer wieder vor Augen führten, dass Liebe nicht selbstverständlich sei, sondern das Ergebnis eines aktiven Prozesses. Auch wenn das sehr technisch klang, so bot dieses Konzept doch die Möglichkeit der Einflussnahme. Liebe war kein Geschenk, sondern eine Wahl, kein Schicksal, sondern ein Weg, den man gemeinsam geht. Ich wartete auf Danieles Antwort und schlief darüber ein, bis mich der Signalton meines Handys weckte. Ich erschrak, nahm es in die Hand, entsperrte es und las:

Fantastisch. Oktoberfest auf dem Piazzale? Lass uns tanzen! 20 Uhr. D.

Tanzen auf dem Oktoberfest? Im August? Nun gut. Es war mittlerweile achtzehn Uhr. Ich hatte über anderthalb Stunden geschlafen und mir fiel ein, dass ich bis auf Fabios Eis den ganzen Tag nichts gegessen hatte. Ich ging ins Bad, zog mich an und beschloss, an das Hotelbüffet zu gehen. Tanzen auf dem Oktoberfest. Warum nicht?

KAPITEL 5
DAS KLEID

Am Büffet wählte ich Antipasti, Salat und Abgeschiedenheit. Ich traf niemanden, den ich hätte grüßen müssen. Auch Eloisa sah ich nicht, was sicherlich an der frühen Uhrzeit lag. Danach ging ich auf mein Zimmer, putzte mir die Zähne und duschte erneut. Ich gönnte meiner Haut, der ich am Strand beim Sonnenbaden entgegen Deboras Empfehlung etwas zu viel zugemutet hatte, ein wenig Lotion. Meine Uhr zeigte kurz nach neunzehn Uhr an, als ich in Unterhose vor dem geöffneten Kleiderschrank stand und nicht wusste, was ich zum Oktoberfest anziehen sollte. Es würde sicherlich niemand erwarten, dass ich in Tracht dort erscheinen würde. Farblich bot meine Garderobe blau, schwarz und weiß. Ich entschied mich nach langem Abwägen für eine weiße Leinenhose, ein dunkelblaues Leinenhemd und braune Römersandalen, dazu der silberne Armreif und ein wenig Duft des *Gartens über der Lagune.* Keine Tasche, einen Clip mit Karten und einem Schein konnte ich gut in der Hose vergraben. Das Portemonnaie ließ ich im Safe neben der Schachtel mit den Schlaftabletten.

Was würde dieser bayerische Abend in Bibione an der Adria bieten? Kulinarisch war mir nicht nach Oktoberfest zumute. Lass uns tanzen, hatte Daniele geschrieben. Hoffentlich nicht zu Blasmusik. Ich hatte mehr Zeit zur Verfügung, als ich benötigte, um zum Piazzale zu gelangen, machte mich aber dennoch auf den Weg und war froh, dass ich mich bei der immer noch anhaltenden Schwüle für Leinen entschieden hatte, wenn auch die

Lotion auf meiner Haut mit der Feuchte der Luft eine ungünstige Liaison einging.

Der Weg über die Strandpromenade fühlte sich nicht ganz so einsam an wie am Tag zuvor. Mir kam in den Sinn, dass wir keinen genauen Treffpunkt ausgemacht hatten ebenso wenig wie mit Debora und den Marien am Tag zuvor. Als ich diesen Gedanken nachging, wurde mir bewusst, dass mich diese wenigen Tage – auch wenn ich aufgehört hatte, sie zu zählen – verändert hatten. Debora, die Mädchen, Daniele und nicht zuletzt Eloisa waren merkwürdigerweise zu einem Teil meines Lebens geworden. Ich weiß, dass sich das seltsam und übertrieben bis vielleicht sogar lächerlich anhört, denn ich kannte diese Menschen erst seit wenigen Tagen. Waren es Urlaubsbekanntschaften, weil wir uns im Urlaub kennengelernt hatten? Auch wenn Debora nicht ihren Urlaub dort verbrachte, sondern die Nähe ihres Mannes oder Bruders oder wie auch immer suchte, damit die Töchter … aber ich war mir nicht sicher, welcher Version der Geschichte beziehungsweise welchen Teilen davon ich glauben sollte, und beschloss, mich damit frühestens nach dem Oktoberfest zu beschäftigen.

Zusätzlich zu meinem Plan, aus dem Leben zu scheiden, machte ich nun plötzlich Pläne, auch belanglose Dinge zu erledigen. Ohnehin erschien mir alles ohne Belang, dachte ich in dem Moment. Aber ich war nicht ehrlich zu mir. Wenn es wirklich so gewesen wäre, dann hätte ich nicht auf Danieles Nachricht gewartet und mich gefreut, als sie mich schließlich erreichte. Wenn die Geschehnisse der Tage zuvor keine Bedeutung für mich gehabt hätten, dann hätte ich mich nicht gefragt, warum Debora mich belogen hatte, und Eloisa hätte es nicht geschafft, mich zu verletzen. War es wirklich ihre

Absicht, mir Schmerzen zuzufügen? Oder wollte sie mit ihren verbalen Ohrfeigen einen Heilungsprozess anstoßen? Hätte ich mich auf Daniele eingelassen, wenn Eloisa nicht gewesen wäre? Erreichte ihr Kümmern die erwünschte Wirkung? Und welche Wirkung sollte das überhaupt sein? Sie hatte gesagt, dass der Kümmerer eine Aufgabe erfüllt. Kümmerte sie sich aus eigennützigen Gründen um mich? Hatte sie mit einem Wort erwähnt, was ich davon haben sollte? Ich müsse mich kümmern, hatte sie gesagt. Um jemand anderes. Erreichte ihr Kümmern letztendlich über den Umweg meiner fast erloschenen Existenz Daniele? Und auch Debora? War ich im Begriff, mich um die beiden zu kümmern? Und würde mich dieser Prozess heilen? Und vor dem Tod retten? Und damit weiter von Sascha entfernen? Wollte ich das?

In den zwei Jahren nach Saschas Tod hatte ich meine Kontakte zur Familie und zu Freunden fast vollständig abgebrochen, was vielleicht ursächlich dafür war, dass diese Urlaubsbekanntschaften den Stellenwert eingenommen hatten, den sie offensichtlich einnahmen, denn schließlich mussten sie nichts und niemanden verdrängen. Sie fielen in ein Vakuum, das so absolut war, dass sie nirgends anstießen und sich nirgends eingliedern mussten. Merkwürdig, denn meine Beziehung zu mir selbst war chaotisch und zerstörerisch, also alles andere als eine Leere, vielmehr ein Sumpf, der mich verschlang. Ich war allerdings noch nicht so weit, wirklich über eine Verdrängung der Sehnsucht, des Schmerzes und der Liebe zu Sascha nachzudenken, die Teil des Sumpfes waren und mich mit Sascha verbanden. Eine Verdrängung, für die Daniele sicherlich zu dem Zeitpunkt infrage kam, jedoch schwebte auch er bislang in meinem Vakuum und war mit dem Sumpf noch nicht in Berührung geraten, wenn er auch sicherlich schon eine Ahnung davon hatte.

Je näher ich dem Piazzale kam, desto mehr hallte italienische Popmusik zu mir herüber. Keine Blasmusik, keine Folklore, sondern Ricchi e Poveri, Pupo und Eros Ramazzotti, zum Besten gegeben von irgendeiner Coverband, die zwischen den Stücken ihr Publikum mit rufenden Fragen wie *„Bibione, wo bist du?"* aufzuheizen versuchte. Es wehte mir eine angenehme leichte Brise entgegen, die Bruchstücke aus *Più bella cosa* zu mir herübertrug, den Geruch von Frittiertem transportierte, sich ihren Weg durch den leichten Stoff meiner Garderobe suchte und mich fast ein wenig frösteln ließ. Mit jedem Schritt in Richtung dieser sensorischen Herausforderung wurde die Menschenmenge dichter und mein Selbstvertrauen schwächer. *Lass uns tanzen*, hatte er geschrieben. Ich wusste nicht, ob ich dazu bereit war. Ich wusste nicht einmal, ob ich das noch konnte.

Als Teenager, lange vor meinem Coming-out, hatte ich – wie so viele von uns – in einem Verein getanzt, mit einer Tanzpartnerin selbstverständlich. Ich erinnerte mich an Cornelia, ihren knochigen Rumpf und ihr abstoßendes Parfum. Ich musste sechzehn Jahre alt gewesen sein, als anlässlich meiner Firmung Besuch aus Belgien bei uns war. Was war ich in Michel verliebt. Er sah gut aus, war draufgängerisch, unkonventionell und witzig und doppelt so alt wie ich. Beim Essen, als wir alle zusammensaßen, kamen wir oder vielmehr er auf das Thema Tanzen. Er behauptete, Tanzen sei immer das Spiel zweier Sexualpartner, die sich anlockten und wieder abstießen, kokettierten und kämpften, um letztendlich miteinander zu verschmelzen. Ich wehrte mich gegen diesen Vergleich, sowohl äußerlich verbal als auch innerlich. Es war für mich unvorstellbar, dass mein Tanz mit Cornelìa auch nur im Ansatz irgendetwas mit Körperlichkeit oder gar Verlangen zu tun haben sollte. Natürlich hatte Michel recht, nur konnte ich das als verklemmter, schwuler Teenager nicht akzeptieren und protestierte. *Lass uns tanzen*, hat Daniele geschrieben.

Ich war am Piazzale angelangt und bahnte mir den Weg zwischen die Bier und Wein trinkenden Feiernden, die – ich war schließlich im Land der Plastikbecher – selbige in die Höhe hoben, um eunuchenhaft klanglos anzustoßen und die gelöste Stimmung des Abends zu preisen. Das Bouquet der Fritteusen spaltete sich erkennbar in fettig, fischig und süß auf; die Band hatte eine Pause eingelegt und lief Gefahr, vom aktuellen Album von Max Gazzè verhöhnt zu werden. Ich wusste nicht, wo ich in dem unübersichtlichen Gedränge Daniele suchen, geschweige denn finden sollte.

Jene schwitzende, sich laut anschreiende und in Grüppchen beieinanderstehende Masse machte mir Angst und ich versuchte, ihr möglichst auszuweichen. Ich wollte sie nicht an mein luftiges Leinen, meine duftende Haut und meine verletzliche Seele heranlassen, als fürchtete ich, sie könnte mich beschmutzen oder kontaminieren. Ich verfluchte mich dafür, dass ich mich auf Danieles Vorschlag eingelassen hatte. Was sollten wir dort tun, außer uns ebenfalls im Schall der ohrenbetäubenden Lautsprecher der Musikanlage anzuschreien, zu essen, zu trinken oder vielleicht, ja, zu tanzen?

Mir kam in den Sinn, dass ich einfach zurück in mein Hotel gehen könnte. Ich könnte ihm schreiben, dass es mir nicht gut ging, dass mir nicht nach Tanzen zumute war, dass ich allein sein wollte, dass ich gerne an einem anderen Abend Zeit mit ihm verbringen würde; ich wusste aber, dass es nicht anständig gewesen wäre, er eine so fadenscheinige Ausrede nicht verdient hätte und er es mir auch nicht geglaubt hätte. Es hätte ihm nur einen weiteren Einblick in den Sumpf meines Inneren gewährt und ihn entweder endgültig abgeschreckt oder ihn dazu veranlasst, mir helfen zu wollen, und mir war klar, dass ich weder das eine noch das andere wollte. Also wich ich den fröhlichen Menschen aus und suchte weiter nach Daniele. Es war Viertel vor acht. Vielleicht war er noch gar nicht da. Ich schaute auf mein Handy. Eine Nachricht. Von Daniele.

Lass uns gemeinsam hingehen. Ich warte bei dir in der Lobby des Savoy.

Na, hervorragend, dachte ich. Selbstverständlich hatte ich bei der Geräuschkulisse auf dem Weg zum Piazzale nicht den Signalton des Handys gehört. Ich hätte die Vibration aktivieren sollen. Er hatte die Nachricht um halb acht geschickt. Ihn anzurufen hätte keinen Sinn gemacht. Mir war nicht danach, ihn bereits jetzt anzuschreien, also tippte ich in mein Handy:

Bin schon da. Hatte deine Nachricht nicht gesehen. Wo bist du jetzt?

Ich schickte die Nachricht los. Ein Haken, zwei Haken, lange nichts, dann zwei blaue Haken. Er schrieb.

Hinter dir.

Hinter mir? In dem Moment tippte mir jemand auf die Schulter, ich drehte mich um. Daniele stand vor mir, setzte sein breitestes Lächeln auf und nahm mich in den Arm. Ich zögerte erst, doch erwiderte dann die Umarmung. Er fühlte sich gut an und er roch gut, wieder, wenn es auch an dem Abend ein anderer Duft war.

„Hast du schon etwas gegessen?“, fragte er mich. Ich nickte und schaute wohl etwas zu schuldbewusst, denn er schickte dann gleich hinterher: „Macht doch nichts. Ist es okay, wenn ich eben etwas esse und du zuschaust?“ Er legte den Kopf auf die Seite und lächelte mich an. Wie konnte ich ihm widerstehen?

„Selbstverständlich. Es tut mir leid. Wir hätten gemeinsam essen können“, versuchte ich zu erklären.

„Umberto, es geht nur ums Essen. Das ist doch nicht so wichtig. Komm, da drüben hatte ich schon etwas gesehen, was gut aussieht!“, wischte er meine Not beiseite, hakte sich bei mir unter – was mich an die alten Frauen in der süditalienischen Heimat meines Vaters erinnerte – und zog mich in Richtung der Essensstände, die alle mit dem Rücken zur Strandseite des Piazzale wie Perlen an einer Schnur aufgereiht waren, wenn auch nicht ganz so glanzvoll. Er entschied sich für ein *„wurstel“*, was gewissermaßen der in Italien verwendete Begriff für Bratwurst ist, in der Überzeugung, man würde dieses Wort auch in Deutschland verwenden, auch wenn jene Wurst eher wie eine bemitleidenswerte aufgeplatzte Bockwurst aussah und jedem Deutschen ein spontanes Grauen ins Gesicht gezeichnet hätte.

Die ohrenbetäubende Lautstärke der Musik und das Wurstel ließen keine weitere Konversation zu. Daniele kaute und schaute mich mit großen Augen lächelnd an. Er hatte an jenem Abend etwas jungenhaft Schelmisches an sich. Er war wesentlich legerer gekleidet als ich, trug eine hellgraue Jeans und ein dunkelgraues enges T-Shirt, das regelmäßige Work-outs mehr als erahnen ließ, aber das wusste ich ja bereits, denn schließlich hatte ich ihn am Strand kennengelernt.

Nachdem er gegessen hatte, folgten weitere Belanglosigkeiten. Wir tranken aus Plastikbechern, ich Rotwein, er Bier. Wir sahen uns an, ich bemüht freundlich, er amüsiert. Wir drängten uns durch die Menge, ich angewidert, er motiviert. Ich fragte mich, was ich dort eigentlich tat. Warum hatte ich mich darauf eingelassen? Ich verspürte das Bedürfnis, wieder allein in meinem Hotelzimmer zu sein, auf dem Boden sitzend mit dem Rücken zur Tür.

Dann zerrte er mich zu dem mit weißen Kreidequadraten verzierten Bereich des Parkplatzes, den man als Tanzfläche auserkoren hatte. Nein, eigentlich nahm er mich einfach nur bei der Hand. Es wäre ein Zerren gewesen, wenn ich dem Impuls wegzulaufen nachgegeben hätte, doch ich ging mit ihm und versuchte, auf dem Asphalt des Piazzale zu tanzen, der dort mehr als auf dem restlichen Platz die Hitze der Sonnenstrahlen des gesamten Tages an uns abgab. Wie auf einem außer Kontrolle geratenen Schachbrett, auf dem Dame, König und Bauer frenetisch pulsierend das Leben feierten, kam ich mir vor, als stolperte ich dem Rhythmus vergangener Zeiten nach und versuchte, der Schizophrenie des Sich-nicht-blamieren-Wollens bei zeitgleichem Fluchtinstinkt Herr zu werden. Es gab alles, was man auf schlechten Festen bestaunen konnte: Frauen, die in Ermangelung männlicher Begleitung gemeinsam zu jedem Beat Discofox tanzten, ungelenke Männer, die ihren Step-touch in den Boden massierten, Paare, die auf diesem Oktoberfest den Herbst ihres Lebens fest umklammerten, und dann waren da ich und Daniele, zwei schwule Männer, die so sehr in die regenbogenfarbene Schublade passten, dass es niemandem auffiel. Wir wurden nicht gesehen, denn wir verloren uns im Treibsand der Klischees und waren deshalb unsichtbar. Ich musste den Schmerz der Vulgarität aushalten und Daniele mich, denn ich war an jenem Abend eine schlechte Begleitung. Meine Fassung verblasste analog zum Sonnenschein in der Dämmerung. Je mehr die Sonne hinter den hässlichen Achtzigerjahre-Bauten versank, desto weniger verspürte ich den Mut in mir, diesen Abend zu wollen.

Daniele versuchte, mich aufzuheitern. Tanzend setzte er alles daran, mich mit seiner guten Laune anzustecken. Dass ich mich in ein und demselben Moment schämte, ärgerte und Angst hatte, wollte ich mir nicht anmerken lassen, was mir aber offensichtlich nicht gelang. Zumindest muss Daniele aufgefallen sein, dass ich mich unwohl fühlte, denn er machte einen Schmollmund, nahm mich wieder bei der Hand und zog mich von der Tanzfläche durch die Menschenmenge in Richtung Strand. Hand in Hand verließen wir den Piazzale und flanierten durch Palmen und Menschen, die abseits der Feiernden nach Abkühlung oder einer Zigarette suchten.

Sascha und ich waren nie Hand in Hand gelaufen. Auch wenn sicherlich jedem klar war, dass wir zusammengehörten, hatten wir in der Öffentlichkeit niemals Zärtlichkeiten ausgetauscht mit Ausnahme eines flüchtigen Kusses, wenn der eine den anderen beispielsweise nach einer längeren Dienstreise am Flughafen oder Bahnhof abgeholt hatte. Selbst nach zwanzig Jahren Ehe saß der Stachel des Versteckspiels noch tief in uns und wir redeten uns ein, dass wir es nicht anders wollten. Doch das stimmte nicht. Danieles verschwitzte Hand führte mich an jenem Abend über den in der Dämmerung zunehmend feuchten Strand in die banale Normalität der ungezwungenen Zweisamkeit.

Alle Schirme waren zugeklappt und die meisten von ihnen mit ihrer durchsichtigen Schutzhülle versehen. Die Liegen standen exakt ausgerichtet bis auf jene, auf denen sich abendliche Flaneure oder Oktoberfestler niedergelassen hatten, um zu reden, zu entspannen oder sich zu küssen. Daniele ging mit mir bis an die erste Reihe direkt ans Wasser. Es war schon fast dunkel geworden und der Mond spiegelte sich mittlerweile im Meer. Die Gischt der Wellen kräuselte sich auf dem Sand und es wäre der perfekte Abend für zwei Liebende gewesen, wenn die Szene nicht neben einem Hauptdarsteller lediglich einen Statisten aufgewiesen hätte, der jegliche Anleitung für das Leben und die Liebe verloren hatte, als hätte er sie nie besessen.

Wir standen nebeneinander und schauten auf das Meer. Die Musik vom Piazzale hatte ihre profane Kraft verloren. Umso mehr hielt Daniele meine Hand fest. Dann drehte er sich zu mir und küsste mich. Ich versuchte, seinen Kuss zu erwidern, was aber nicht funktionierte. Daniele zog sich sogleich zurück.

„Was ist los?“, fragte er mich und ich konnte ihm ansehen, dass er glücklicherweise nicht verärgert, sondern besorgt war.

„Ich kann das hier nicht“, sagte ich und wagte nicht, ihn anzuschauen.

„Was? Spaß haben? Tanzen? Küssen? Du bist doch schwul oder etwa nicht?“ Sein Gesichtsausdruck wechselte von fröhlich über verwundert zu irritiert.

„Ja, ich bin schwul, sicher. Das ist es nicht.“

„Was dann?“, wollte er verständlicherweise wissen. „Gefalle ich dir nicht?“

„Daniele, du bist wunderbar.“

„Was ist es denn dann?“

„Warum liegt dir etwas an mir, Daniele?“

„Warum mir etwas an dir liegt, willst du wissen?“

„Ja, sag es mir.“ Daniele schaute verwirrt und ließ sich auf eine der Liegen sinken. Ich ging ihm nach, zog eine andere Liege dazu und setzte mich ihm gegenüber. Der orangefarbene Bezug war jetzt durch die einsetzende Kühle der Nacht feucht geworden.

„Was mir an dir liegt?", wiederholte er und schaute mich an, als wartete er auf eine Bestätigung, dass er wirklich mit mir darüber sprechen sollte.

„Es tut mir leid, dass ich so kompliziert bin", erwiderte ich daraufhin und wich erneut seinem Blick aus.

„Nicht auszudenken, was alles schon zwischen uns gelaufen wäre, wenn du nicht kompliziert wärest", sagte er dann. Ich schaute auf und war mir nicht sicher, ob er sich über mich lustig machte. „He, das war ein Scherz!", schickte er gleich hinterher und legte mir eine Hand aufs Knie. Ich reagierte nicht und er nahm seine Hand von meinem Bein. „Nun gut", fuhr er fort, „du bist liebenswert, interessant – vielleicht gerade, weil du kompliziert bist –, nicht hässlich", woraufhin ich ihn anschaute und er lächelte, „und du schaust mir nicht ständig auf den Arsch. Oder: Du machst es hoffentlich, aber dezent."

„Ich bin älter als du", stammelte ich.

„Wie alt bist du?", fragte er unverblümt. „Nun sag schon!"

„Erst du."

„Nein du. Schließlich hast du damit angefangen." Er hatte recht.

„Fünfzig", sagte ich und kam mir vor wie auf einer Anklagebank, die ich mir gerade selbst zusammengezimmert hatte.

„Neununddreißig", konterte er wie aus der Pistole geschossen.

„Nein, auch noch die Drei vorne", sagte ich allen Ernstes und ließ meine Stirn in meine Hand sinken.

„Umberto, was soll denn das jetzt? Wo ist dein Problem?“

„Daniele, dein Leben ist leicht. Meines ist ... kompliziert“, sagte ich und mir war klar, dass das keine Erklärung war.

„Woher weißt du, dass mein Leben leicht ist?“ Sein Ton war ernster geworden. „Wäre ich einer, der jeden Abend einen neuen Typen aufreißt, würde ich mich schon längst nicht mehr für dich interessieren“, protestierte er zu Recht und schmerzhaft zugleich.

„Es tut mir leid. So hatte ich das nicht gemeint“, erwiderte ich und es hätte auch seine Entschuldigung sein können.

„Umberto, vielleicht ist dein Leben schwer und vielleicht ist meines nicht so unkompliziert, wie du denkst. Aber warum lässt du mich nicht dein Leben ein wenig leichter machen?“, fragte er ernst. Ich hielt immer noch den Kopf gesenkt und rieb mir die Stirn. Seine Frage hatte ich nicht beantwortet. Dann fuhr er fort: „Ich wollte eigentlich Kunst studieren, nicht Verpackungstechnik. Mein Vater wollte mich aber nicht unterstützen, weil ihm das Kunststudium zu schwul war. Er hatte mir gesagt, dass ich zumindest nach außen so tun sollte, als wäre ich ‚normal‘, so hatte er es formuliert. Ich hatte mir in den Kopf gesetzt, es ihm zu beweisen, und schrieb mich an der Kunstakademie ein. Zwei Semester hatte ich mich mit unterbezahlten Jobs in einem Einzimmerloch über Wasser gehalten und ernsthaft darüber nachgedacht, ob ich als Stricher nicht ein besseres Leben würde führen können.“ Ich sah auf. „Ich habe es nicht getan“, erzählte er weiter, „ich habe etwas viel Schlimmeres getan, um meine Würde zu verlieren.“ Wir schauten uns jetzt an. Er hielt inne, senkte den Blick dann zum Boden und kam zum vorläufigen Ende seiner Geschichte: „Ich ging zu meinem Vater und versprach ihm, etwas Männliches zu studieren, wenn er mich finanziell unterstützen würde. Er empfahl mir, mein Leben damit zu verbringen, Schachteln zu designen. Ich hätte kotzen können, gewann aber überraschenderweise zunehmend Gefallen daran, was perverserweise zu einer Genugtuung meinem Vater gegenüber wurde, denn ich wusste, dass er mich lieber leiden sehen wollte."

„Das ist nicht ganz so einfach, wie ich dachte", resümierte ich, schaute zu ihm und legte meine Stirn in Falten.

„Siehst du! Habe ich doch gesagt", schloss er und lächelte mich an. Der Mond erhellte sein Gesicht und ließ es fast monochrom zu seinem grauen T-Shirt erstrahlen.

„Das hast du jetzt aber nicht erfunden, oder?", entfuhr es mir.

„Umberto, wenn ich jetzt genauso kompliziert wäre wie du, wäre ich beleidigt."

„Es tut mir leid, Daniele. Das hätte ich nicht sagen sollen und auch nicht denken. Entschuldige bitte."

„Und da ich nicht so kompliziert bin …" Er stand auf und öffnete seinen Gürtel und den Reißverschluss seiner Jeans, „… werde ich jetzt genau das tun …", dann zog er sich sein T-Shirt über den Kopf, „und es ist nicht, was du vielleicht denkst" und er zwinkerte mit einem Auge, „denn ich werde schwimmen gehen und zwar jetzt, hier und mit dir." Dann streifte er sich die Sneaker von den Füßen, bückte sich, zog Jeans und Boxershorts aus und stand im Mondschein nackt vor mir. Er sah unwiderstehlich aus. Ohne Vorankündigung und ohne auf mich zu warten, lief er los und ich sah ihm nach. Ich zog mich aus, erst langsam, dann immer schneller und folgte ihm ins Meer, das mich mit seichten Wellen empfing und überraschend warm war.

Daniele stand gerade so tief im Wasser, dass die Wellen seine Lenden umspielten. Der Mond schien hinter ihm, was seine Silhouette erstrahlen und seine Gesichtszüge erahnen ließ. Als ich auf ihn zuging, warf er sich nach hinten, schlug mit den flachen Händen auf die Wasseroberfläche, was von einem lauten Klatschen begleitet wurde und das Wasser in Tausend kleinen leuchtenden Tropfen hochtanzen ließ. Nach wenigen Sekunden tauchte er wieder auf, kam tropfnass auf mich zu, lächelte und sagte: „Umberto, im Mondschein siehst du noch schöner aus." Dann küsste er mich mit seinem salzigen, nassen Mund, grinste und fügte hinzu: „Und man sieht dir dein Alter weniger an!" Daraufhin begann er wie wild, mich mit dem salzigen warmen Wasser zu bespritzen, und ich tat es ihm gleich. Wie zwei Teenager schrien und spielten wir im Meer und waren beide völlig außer Atem, als wir uns in die Arme fielen und gegenseitig unsere Erregung spürten. Wir hätten in dieser Nacht weitergehen können. Daniele war bereit, doch ich war es nicht.

Ich pendelte zwischen Tod und Verlust auf der einen Seite und Leben und Zukunft auf der anderen. Die Realität behauptete ebenso wie der leuchtende Mond am Himmel als wertende Instanz ihre Position dazwischen, denn meine Vergangenheit war Teil der Realität, aber auch die Gegenwart gehörte zu ihr und sie konnte meine Zukunft in eine entscheidende Richtung weisen. Nur ich selbst war nicht Teil der Realität, auch wenn sie die Realität *meines* Lebens war.

Der Tod Saschas, meine Todessehnsucht und der Verlust alles Lebenswerten waren für mich in meinem Erleben an schlechten Tagen stärker als das Bewusstsein für das Jetzt und sie töteten jeden aufkeimenden Gedanken an das Morgen. Schlecht waren diese Tage aus der Perspektive der wenigen guten Tage, also jener, die es zuließen, über meine Gegenwart und meine Zukunft nachzudenken. An schlechten Tagen suchte ich die Nähe zum Tod und zum Schmerz, an guten Tagen ekelte sich ein Teil von mir vor mir selbst, dass ich zu solcher Perversion von Normalität überhaupt in der Lage war. Der Abend mit Daniele war wunderschön und beängstigend zugleich. War ich wirklich im Begriff, mich zu verlieben und Verlangen zu spüren? Mein Körper hatte diese Frage ganz deutlich beantwortet, doch mein hinterlistiges Ich ließ mich vor mir erschaudern und so stand ich dort in Danieles Armen, war regungslos und berauscht zugleich vom Meer, dem Mond und der Magie dieser Nacht. Stumm waren wir wieder an den Strand zurückgekehrt, standen im Schein des Mondes und betrachteten uns gegenseitig. Lächelnd, fragend, sehnsüchtig, verunsichert, verständnisvoll und verschämt. Wir stiegen nass in unsere Kleidung, was insbesondere Daniele mit seinem engen T-Shirt und den Jeans schwerfiel. Er lachte, wofür ich ihm dankbar war, denn er löste damit die Spannung, die zwischen uns herrschte, und verhalf uns beiden, zu einer für mich erträglichen Leichtigkeit zurückzufinden.

Vom Mond erleuchtet und dennoch in der Intimität der Dunkelheit der Nacht gingen wir mit unseren Schuhen in der Hand am Wasser auf dem festen, nassen Sand entlang und malten durch unsere gesenkten Blicke und unsere laut schlagenden Herzen die erste Facette gemeinsamer Erinnerungen aus.

„Was sollen wir jetzt tun?“, fragte Daniele.

„Was möchtest du tun?“, fragte ich ihn.

„Ich möchte mit dir schlafen, aber ich weiß, dass du das nicht willst", entgegnete er entwaffnend ehrlich. Ich sagte nichts, vergrub eine Hand in die Hosentasche und schaute ihn an. „Ich warte gerne auf dich, Umberto. Ich möchte, dass du es auch willst." Wir waren stehengeblieben, als er das gesagt hatte. Ich nickte nur. Er nahm mich in die Arme, drückte mich, ließ dann von mir ab, lächelte schelmisch, wie er es gerne tat, und fügte hinzu: „Das Gute ist ja, dass in der Zwischenzeit nicht nur du älter wirst, während ich warte, sondern auch ich. Das ist doch fantastisch, oder?", und dann lief er los, dem Mond entgegen und ich hinterher.

„Warte, das hast du jetzt nicht wirklich gesagt!", rief ich, als er eine Pause machte und wir beide lachten und nach Luft rangen.

„Hab ich", neckte er mich, war vornübergebeugt und stützte sich mit den Händen auf den Oberschenkeln ab. Ich stellte mich hinter ihn, umschlang ihn mit beiden Armen und zog ihn zum Wasser.

„Na, warte, das wirst du noch bereuen!", drohte ich ihm, der sich mir widersetzte, sich aus meiner Umklammerung löste und versuchte, nun dasselbe mit mir zu tun. Wir rangen im knöcheltiefen Wasser miteinander, unsere Schuhe lagen in den Wellen verstreut um uns herum und uns war klar, dass unser jungenhaftes Spiel der Platzhalter einer tiefen Sehnsucht war.

„Daniele", fragte ich ihn, „bist du Single oder bin ich dein Urlaubsflirt?"

„Du meinst, ob ich im Begriff bin, jemanden zu betrügen?"

„Das meine ich."

„Für jemand so Geheimnisvolles, wie du es bist, ist das eine überraschende Frage", entgegnete er.

„Du hast recht. Du weißt nicht viel von mir."

„Aber, Umberto, das muss ich auch nicht."

„Du willst nicht mehr von mir wissen, als du bisher erfahren hast?" Ich war verunsichert.

„Das Leben ist wie ein Kleid, das du nie ausgesucht hast."

„Ich verstehe nicht."

„Das ist aus einem Lied von Marco Mengoni", erklärte er. „Ich spüre, dass es etwas gibt, worüber du nicht mit mir reden möchtest. Wir alle tragen Kleider, die uns nicht gefallen, zu groß, zu klein oder zerrissen sind und nie wirklich repariert wurden. Und doch schützen sie uns vor der Nacktheit – auch wenn ich nichts dagegen hätte, dich wieder nackt zu sehen", schickte er noch hinterher und in mein Erstaunen über seine plötzliche Tiefgründigkeit mischte sich ein Lächeln.

„Und auch du trägst ein Kleid, das du dir nicht ausgesucht hast?", wollte ich von ihm wissen.

„Auch ich. Soll ich es wieder ausziehen?"

„Lass es an", bat ich ihn und er schaute gespielt enttäuscht, wenn auch wenig überzeugend.

„Was machen wir jetzt, wenn wir nicht miteinander schlafen und wenn wir unsere Kleider anlassen, Daniele?"

„Lass mich überlegen: Wir könnten wieder auf das Oktoberfest gehen, aber dort hat es dir nicht gefallen", und bevor ich protestieren konnte, „und mir auch nicht und außerdem ist nicht Oktober. Dann könnten wir etwas trinken gehen, aber in unseren nassen Hosen sehen wir – zumindest ich, denn du hast mit deiner weiten Hose die bessere Wahl getroffen –, ich sehe also so aus, als wäre ich inkontinent." Ich musste lachen und er fuhr fort: „Dann könnten wir gemeinsam romantisch in den

Sonnenaufgang spazieren, aber dann wären wir voraussichtlich in Venedig angekommen." Ich musste wieder lachen und hörte ihm weiter zu. „Ich könnte einfach so weiterreden, denn ich liebe es, dich lachen zu sehen", und er strahlte mich an, „und dann muss ich dir gestehen, dass ich morgen früh um acht ein Online-Meeting habe, da eine Kollegin erkrankt ist und ich der Einzige bin, der einen unserer wichtigen Kunden beschwichtigen kann."

„Und daher sollten wir jetzt lieber vernünftig sein und schlafen gehen", schloss ich.

„Vernünftig? Was ist das? Kenne ich nicht."

„Das glaube ich dir aufs Wort!", bestätigte ich lachend, was ihn freute.

„Aber ja, so ist es. Das Dumme ist, dass ich für den Termin auch noch etwas vorbereiten muss und das entweder jetzt gleich noch oder morgen sehr, sehr früh."

„Was, wenn ich mit dir schlafen wollen würde?"

„Ich pfeife auf den Kunden, Umberto! Zu dir oder zu mir oder hier im Sand?"

„Daniele, das war eine hypothetische Frage!", stellte ich klar. Er war so ein Schalk und ich begann, das an ihm zu lieben.

„Wieder so ein Wort, das ich nicht kenne, Umberto. Komm, lass uns schlafen gehen, jeder brav in seinem Bettchen."

Wir gingen weiter am Wasser entlang und bogen auf der Höhe von Danieles Hotel in Richtung der Strandpromenade, die zu der Zeit das Pflaster der Heimkehrer, der Verliebten und der im Arm ihrer Eltern schlafenden Kinder war. Es musste ungefähr zehn Uhr abends sein oder vielleicht elf. Wir hielten uns nicht an den Händen, nicht dort.

Als sich unsere Wege trennten, standen wir uns gegenüber und versuchten, in den Augen des anderen zu ergründen, wie es weiterginge. Mit uns. Es gab ein Uns. Ein neues Uns. Für mich. Für ihn auch? Ich wusste es nicht. Es war sicher auch für ihn ein Uns. Vielleicht ein anderes. Ganz sicher ein anderes. Vielleicht ein besseres. Zum Abschied kein Kuss, nur ein Blick, ein Augenblick.

Mein Kopf und mein Herz quollen über, als ich am Abend zu meinem Hotel ging. Und ich wusste zu dem Zeitpunkt nicht, ob es mein Kopf war, der Nein, und mein Herz, das Ja sagte, oder ob es genau umgekehrt war. Heute weiß ich es. Doch selbst die bevorstehende Prüfung durch Eloisa bot – zumindest mir – an jenem Abend keinen Aufschluss darüber, denn ich traf sie an dem Abend wieder an der Bar des Savoy.

„Umberto, da sind Sie ja", begrüßte sie mich sogleich.

„Eloisa, wie geht es Ihnen?"

„Setzen Sie sich zu mir." Es amüsierte mich, dass sie Fragen, die ihr unwichtig erschienen, nicht beantwortete.

„Mein Mann und ich haben uns oft gesiezt", eröffnete ich die neue Einheit unserer Konversation. Es war eine spontane Eingebung.

„Umberto, Sie kommen gleich zur Sache und sprechen nicht über Schmerzen?" Sie war in Bestform, wie immer. Ich musste schmunzeln. „Sie meinen wie Simone de Beauvoir und Jean-Paul Sartre?", fragte sie mich.

„Wir hatten allerdings keine getrennten Schlafzimmer."

„Warum nicht?", wollte sie wissen. Gute Frage. Warum eigentlich nicht?

„Eloisa, kann ich Vergangenheit und Zukunft zugleich leben?"

„Sie können nur die Gegenwart leben, Umberto. Und: Ich möchte beim Sie bleiben. Und: Unterstehen Sie sich, über unsere Schlafzimmer zu sprechen.“ Sie lächelte. Unsere Beichtstunden erhielten eine neue Dimension, die mir gefiel. „Was trinken Sie?“, klärte sie das Organisatorische.

„Was Sie trinken“, beschloss ich und sie winkte dem jungen Mann mit der Knollennase. Der Flügel war verwaist, aus den Lautsprechern ertönten Hits von Mina.

„‚Ein vergessener Kuss, ein verlorener Blick kehren nie mehr im Leben zurück‘“, sagte sie unvermittelt und knüpfte doch an meine Frage an.

„Das ist schön. Von Mina?“ Wieder ein Lied, dachte ich. Sie schmunzelte, möglicherweise, weil ich es als Zitat entlarvt hatte.

„Alexandra, eine deutsche Chansonnière. Sie starb viel zu früh durch einen Verkehrsunfall. Sie sang von Sehnsucht, Schmerz und Liebe. Sie füllte ihre Lieder so sehr mit ihrer Stimme und ihrem Leben, dass für ihr eigenes nicht genug davon übrigblieb.“

„Das klingt traurig. Ich habe nie von ihr gehört.“ Sie nickte. „Eloisa, Sie meiden die deutsche Sprache, hören aber deutsche Chansons.“

„Das bleibt unser kleines Geheimnis, Umberto.“

„Ist es unser erstes? Geheimnis?“

„Was meinen Sie?“ Sie schaute mich abwartend an.

„Mir kommt es vor, als wären all unsere Gespräche ein Geheimnis, Eloisa.“

„Vielleicht, weil Sie sie zu einem machen, Umberto.“ Sie hatte recht.

„Eloisa, ich hätte heute Abend mit Daniele schlafen können.“

„Er ist also nicht mehr belanglos?“ Touché.

„Nein, das ist er nicht und war es nie."

„Warum haben Sie es dann nicht getan?"

„Es ist zu früh, ich bin zu alt, für ihn ist es einfach, für mich kompliziert", versuchte ich zu erklären.

„Sie sind kompliziert, Umberto. In diesem Punkt stimme ich Ihnen zu. Sie können nicht warten, bis das Leben wieder leicht ist, um glücklich zu sein."

„Sie meinen, es ist eine Entscheidung? Ich kann mich entscheiden?" Eigentlich benötigte ich ihre Antwort nicht.

„Sehen Sie das nicht so?" Ich nickte, sie fuhr fort: „Warum meinen Sie, dass es für Daniele einfach ist? Das anzunehmen, ist eine Schwäche des Geistes. Es ist viel einfacher, andere in Schubladen zu stecken, als ihnen ihre komplexe Einzigartigkeit zuzugestehen. Und gleichzeitig nehmen wir sie für uns selbst in Anspruch, die Einzigartigkeit." Uns wurden unsere Negroni serviert.

„Sie haben recht. Ich tue ihm Unrecht. Wenn ich gewollt hätte, hätten wir miteinander geschlafen."

„Doch Sie wollten nicht, weil er zu jung und Sie zu kompliziert sind", schlug sie mich mit meinen lächerlichen eigenen Waffen. „Wie alt ist er?"

„Neununddreißig."

„Mit neununddreißig kennt man das Leben, Umberto." Sie fragte mich nicht nach meinem Alter.

„Ja."

„Nicht das ganze Leben besteht aus Vergnügen und trotzdem kann es Freude bereiten."

„Ja. Epikur?"

„Epikur", bestätigte sie. „Dass Sie diesen tiefen Verlust für Ihren verstorbenen Mann empfinden, Umberto, ist eine Bestätigung der innigen Nähe, die Sie miteinander verband. Es ist eine Nähe, die auch nach seinem Tod Bestand hat. Aber diese Nähe sollte Sie nicht daran hindern zu leben, weiterzuleben." Ich fragte mich, ob Sie ahnte, mit welchem Vorhaben ich in jenen Urlaub gereist war. Ich nickte nur. Sie fuhr fort: „Hatte ich Ihnen nicht schon gesagt, Sie sollen aufhören, sich zu bemitleiden?"

„Haben Sie?" Ich war mir nicht sicher. Auch wenn sie es nicht ausdrücklich gesagte haben sollte, so fühlte sich diese Botschaft in dem Moment zu Recht wie eine Ohrfeige an.

„Habe ich nicht? Dann sage ich es jetzt."

„Sagen Sie es!", forderte ich sie auf.

„Sie möchten es hören?" Ich beantwortete diese Frage nicht. „Umberto, hören Sie auf, sich zu bemitleiden!", tat sie mir den unausgesprochenen Gefallen.

„Eloisa, wie konnten Sie weiterleben, nach alldem, was Ihnen widerfahren ist?"

„Warum sprechen Sie über mich in der Vergangenheit? Mein Leben ist noch nicht vorbei, Umberto."

„Verzeihen Sie."

„Mein Mann hat mich verlassen. Das passiert. Ich habe nicht lange gezögert, mich zu trösten. Dass meine Töchter vor mir gegangen sind, ist ein Schmerz, den ich nie verwinden werde. Es ist unnatürlich, doch ich muss dieses Schicksal annehmen. Ich muss versuchen, einen Sinn darin zu erkennen."

„Und gelingt es Ihnen, einen Sinn darin zu erkennen?" Sie überlegte länger, als ich es von ihr gewohnt war.

„Es hat meinen Mann und mich wieder zu Menschen gemacht." Ich verstand nicht, doch sie erklärte es mir: „Als er mich verlassen hatte, war ich nicht mehr ich selbst. Und das machte auch aus ihm ein Monster." Sie verwendete den gleichen Begriff wie ich: Monster. „Wo ich nur konnte, versuchte ich, ihm sein Leben zur Hölle zu machen. Ganz nach Sartre war ich seine Hölle und er meine."

„Und als Ihre Töchter starben ..."

„Als Alma starb, erloschen die Feuer unserer Höllen langsam. Und als Viola starb, versöhnten wir uns. Wir wurden wieder zu Menschen. Nicht ganz die Menschen, die wir vorher waren, doch zu Menschen. Ein hoher Preis für unsere Katharsis, aber wir hatten uns nichts von alledem ausgesucht."

„Das Kleid", fiel mir ein.

„Was meinen Sie?"

„Wenn Sie erlauben, erkläre ich Ihnen das ein andermal."

„Wie Sie meinen." Ich war ihr dafür dankbar.

„Wie kann es sein, dass der Tod Ihrer Töchter Sie und Ihren Mann wieder zu Menschen gemacht hat?"

„Vielleicht weil es ein Schmerz war, den wir uns nicht gegenseitig zugefügt hatten, sondern der uns zugefügt wurde. Wir hatten nach allem, was uns trennte, wieder etwas gemeinsam. Etwas, das uns verband."

„Sind Sie wieder zusammengekommen?"

„Nein, das war uns nicht mehr möglich. Aber wir lebten in Frieden getrennt voneinander." Ich nickte, sie fuhr fort: „Umberto, wenn Sie nicht beginnen weiterzuleben, werden Sie den Sinn im Tod Ihres Mannes nie erkennen. Wenn Sie das Gestern zu sehr in das Heute lassen, werden Sie das Morgen nie erleben." In dem Moment ertönte ein Signalton meines Handys.

„Sie gestatten?", fragte ich Eloisa.

„Nur zu. Das ist ein Teil von heute, den ich mir allerdings erspart habe." Sie lächelte. Ich zog mein Handy aus der Hosentasche. Es war eine Nachricht von Daniele. Er bedankte sich für den Abend und teilte mir mit, dass er am nächsten Tagen nicht am Strand sein würde. Warum nicht, erklärte er nicht. Ganz so einfach war er offensichtlich doch nicht.

„‚Aus Verzweiflung wächst das Hoffen, das uns die Kraft zum Atmen schenkt'“, sagte Eloisa und riss mich aus meinen Gedanken, die um Daniele kreisten.

„Wieder Alexandra?“

„Wieder Alexandra. Aus ‚Was ist das Ziel?' Was ist Ihr Ziel, Umberto?“ Sie ließ nicht locker.

„Ich weiß es nicht, Eloisa. Ich hatte ein Ziel, als ich nach Bibione gekommen bin, doch das verschwimmt gerade.“

„Ein schönes Bild für einen Badeort.“ Als sie das aussprach, musste ich lachen. Sie hatte recht, auch wenn es nicht meine Absicht gewesen war. „Lassen Sie uns darauf anstoßen!“, forderte sie mich auf.

„Darauf, dass ich mein Ziel aus den Augen verliere?“

„Darauf, dass Ihr Blick sich dabei erhellte, als Sie es sagten, Umberto.“ Wir stießen an, dann erhob sie sich aus ihrem Sessel, wünschte mir ohne Überleitung eine gute Nacht und ging. Der Kellner mit der Knollennase war damit beschäftigt, die Bar zu schmücken. Er band rote Luftballons an verschiedenen Stellen der Theke an, wie zu einem Kindergeburtstag. Ich stand auf und ging zum Fahrstuhl.

Als ich mein Zimmer betrat, empfing mich meine alte Freundin, die Trauer, wieder. Das Gefühl, Freude zu empfinden, kannte ich nicht ohne Sascha. An die Freude vor ihm konnte ich mich kaum erinnern und die Freude mit ihm erdrückte mich.

Der Mond, der Daniele und mir das Liebesspiel hätte erhellen wollen, schien jetzt wie zum Trotz in mein Zimmer. Ich ging auf den Balkon, setzte mich mit angezogenen Beinen und dem Rücken an die Wand gelehnt auf den Boden und weinte. Ich schämte mich. Ich schämte mich vor Sascha und vor mir selbst. Aber ich schämte mich auch, weil ich etwas empfand. Für Daniele. Und das war ein Anfang, der mich zugleich anlockte und erschreckte. Der Tag stellte einen Wendepunkt dar. Es sollte jedoch nicht der einzige in jenem Urlaub bleiben.

KAPITEL 6
CONTESSA DI SAVOIA

„Signora, ich hoffe, es hat Ihnen gefallen."

„Sie spielen gut. Bleiben Sie dran, Bernardo."

„Vielen Dank. Es bedeutet mir sehr viel, das von Ihnen zu hören."

„Kaufen Sie sich einen neuen Anzug und Schuhe. Lassen Sie sich von Elisabetta das Geld dafür geben."

Er nickte und ging.

Auch sie nickte und setzte schweren Schrittes ihren Weg über den Marmorboden durch die Halle fort, um dann dem schmalen Gang zu folgen, der schließlich zu ihrem Büro führte. Die massive Messingklinke gab dem ehemals starken Druck ihrer Hand immer noch nach, die Mahagonitür öffnete sich lautlos und sie betrat den sonnendurchfluteten Raum, der wie ein Renoir inmitten einer Ausstellung für moderne Kunst nicht zum Rest des Gebäudes zu gehören schien oder vielleicht gerade aufgrund seiner die Jahrhunderte überdauernden Klasse dem weisen Kopf eines der Jugend nacheifernden Körpers gleichkam.

Der Aufenthalt in allen Räumen und Gängen außerhalb ihres Büros ließ sie erst wieder den Duft ihrer Bücher in den deckenhohen Regalen wahrnehmen, der ihr Gestern mit dem Heute verband, ihr Leben mit ihrer Existenz. Auf dem Tisch lagen die Aufmerksamkeiten ihrer Mitarbeiter in Form von Papieren, die ihrer Kontrolle nicht bedurften, die aber dennoch darauf warteten, dass ihr Füllfederhalter sie zu einem Teil der Geschichte des Hauses machen würde.

Sie setzte sich mit dem Rücken zum Fenster auf ihren Stuhl, der samt Schreibtisch seinen Weg über den Ozean dorthin gefunden hatte. Clementina hatte den Kaffee und das Wasser auf einem der silbernen, ovalen Tabletts für sie dort hingestellt, denn nur so duldete sie es. Die Bestellungen, die Rechnungen und die Auswertungen des vergangenen Monats ließ sie auf ihrer ledernen Schreibtischunterlage wie abgegriffene Partituren eines ehemals geliebten Komponisten warten und klappte den Deckel der silbernen Zuckerdose hoch.

Das gestrige Gespräch über ihren Ehemann und die verstorbenen Töchter hatte sie die Nacht wachgehalten, doch den Preis zahlte sie gerne als Gegenleistung für ein wiederaufkeimendes Leben. Clementina bezeichnete die Hotelgäste, um die sie sich zu kümmern ersuchte, immer als Opfer ihres messerscharfen Geistes. Ihr jedoch bedeutete es viel, in den wenigen Jahren, die ihr noch bleiben sollten, Abdrücke in Seelen zu hinterlassen.

Letztendlich war ihr eigenes Leben geprägt von Abdrücken, die teils sacht, zum großen Teil jedoch brutal in sie gepresst worden waren. So viele Abdrücke, dass sie für mehr als nur ein Leben ausreichten und dort immer noch Schaden anrichteten. Solch zerstörerische Abdrücke gehörten jedoch nicht zu ihrem Repertoire. Es waren eher die leichten, wenn auch manchmal dennoch schmerzhaften, das war ihr bewusst. Auch war ihr klar, dass ein Zaungast ihrer Gedanken ihr hätte zum Vorwurf machen können, dass sie ein und denselben Begriff, nämlich den des Abdruckes, sowohl für etwas Unheilanrichtendes als auch für etwas Heilendes zugleich verwendete. Die Abdrücke, die sie jedoch bei den Bekümmerten hinterließ, waren Globuli eines Giftes, das sie kannte und deshalb nur zu gut zu dosieren wusste.

Heilung hatte ihr schließlich die Flucht auf den Kontinent verschafft, der so viel Unheil über sie und ihre Familie gebracht hatte. Die Flucht zurück in das Land der Verräter und auf den Kontinent der Mörder. Das Land, in dessen Palästen sie hätte glänzen sollen, und der Kontinent, der die Keimzelle all dessen war, was sie liebte. Doch wie eine wilde Pflanze mit giftigen Früchten hatten Land und Kontinent vor vielen Jahrzehnten ihre Physis und ihren Verstand bedroht und sie auszulöschen versucht, um jegliche Erinnerung an sie, ihre Familie, ihre Freunde und den Stand ihres Mannes zu tilgen. Die Flucht aus dem rettenden Land war jedoch die einzige Möglichkeit, um selbst heilen zu können. Fliehen aus dem Land, das sie auf Bühnen feierte, sie, die Mutter ihrer verstorbenen Kinder. Ein Zustand, für den es keinen Begriff gab. Nicht Witwe, nicht Waise, sondern Leidende, Zerstörte und Überlebende war sie und das in mehr als in einer Hinsicht.

Das Publikum und die Musik hatten ihr Versöhnung zuteil werden lassen, bis ihre Hände sie daran erinnerten, dass es Unrecht war, sich an einem Leben zu erfreuen, das ihr ihre Töchter genommen hatte. Und so begannen ebendiese Hände zu protestieren, indem sie sich anschickten, sich zu krümmen und zu deformieren. Ein neuer Schmerz, der ihr vor Augen führte, dass es einen noch viel tieferen Kummer in ihrem Leben gab, den sie fast vergessen hatte. Das Band der Nähe, die sie auch nach dem Tod mit ihren Töchtern vereinte, drohte seinerzeit sich zu verlieren und zu reißen. Sie musste es wiederfinden. Nicht zuletzt wegen dieser Erkenntnis floh sie zurück in das Land, aus dem sie gekommen war. Ihren Flügel hatte sie mit auf die Reise über den Ozean genommen, jedoch lediglich als Mahnmal eines konzertanten Hedonismus, vor dem sie sich hüten sollte.

Das war viele Jahre her. Das Hotel, aus dem sie sich kaum hinaus in die Obszönität begab, war ihr Refugium geworden. Die neue Welt lernte sie durch die Menschen kennen, die zu ihr fanden. Menschen, die ein Abbild von allem waren, was sie hasste, liebte und was ihr gleichgültig war. Mehr brauchte sie nicht. Es war von allem etwas dabei.

Wie hätte ihr Leben aussehen können, wenn es ein anderes geworden wäre? Ein Leben mit Kindern, Enkelkindern und einem Mann an ihrer Seite, der nicht auf fremden Bettkanten saß, und ohne die Männer, die sie nach wenigen Stunden oder manchmal nur Minuten des Vergnügens nicht einmal mehr auf der eigenen Bettkante duldete. Ein Leben ohne die Wucht des Aufpralls, sondern mit dem seichten Schwung der Liebe, auch wenn sie Liebe in ihrem Leben erfahren hatte. Und dennoch hätte es ein Leben mit weniger Tod und mehr Hoffnung sein können. Aber das war ihr Leben nicht. Wäre sie ohne das Gift, das sie erdulden musste, zu dem Menschen geworden, der sie war? Sicherlich nicht. Nur die Gegenwart können wir leben. Das hatte sie zu Umberto gesagt.

Sie stellte die Kaffeetasse auf das Tablett zurück, nahm ihre Brille aus der Schublade zu ihrer Linken, um sie sich dann auf die Nasenspitze zu setzen, und widmete sich dem überschaubaren Stapel an Papieren. Sie war sich sicher, dass der Einkauf und die Auftragserteilung auch ohne ihr Zutun funktionierten, doch ebenso sicher war sie sich, dass ihre Mitarbeiter nach drei Jahrzehnten, die sie sie an der Adriaküste steuerte, ohne jemals einen Fuß ins Wasser gesetzt zu haben, nicht mit der Situation würden umgehen können, ihre eigenen Entscheidungen nicht durch sie bestätigt zu wissen. Und doch würde es nicht mehr lange dauern, und sie wären dazu gezwungen. Die Zeit, die ihr noch blieb, wollte sie mit ihrer mühsam erarbeiteten Routine am Leben erhalten und jegliche Veränderung wie eine Beute witternde Schlange mit einem langen, knorrigen Stock mittels eines flinken und kraftvollen Schlages in die Ferne katapultieren.

Das Savoy war ihr Schloss, ihr Land und ihr Kontinent, die Menschen, die für sie arbeiteten, ihre Vertrauten, Schützlinge und Kinder und Gäste wie Umberto ihre Aufgabe. Ob ihre Gespräche nicht alle geheim waren, hatte er sie gefragt. Diese Frage hatte ihr bisher noch niemand gestellt. Umberto war anders. Anders als die junge Mutter, deren Tochter drei Tage verschwunden war, anders als die Eltern, deren Sohn fast zu Tode geprügelt worden war, und auch anders als das junge Paar, das sich im Verlaufe der Gespräche bewusst wurde, dass es ein Fehler gewesen war zu heiraten. Um Umberto würde sie sich bald schon nicht mehr kümmern müssen, da war sie sich sicher.

Ihr war einmal der Gedanke gekommen, diese Geschichten aufzuschreiben. Doch wie sollte sie das mit ihren Händen tun? Sie wusste, dass es technische Möglichkeiten gab, die ihr dazu hätten verhelfen können, aber was mit Fortschritt zu tun hatte, stieß sie ab. Hätte sie ein junges Schreibtalent auf der Straße finden können, so wie Bernardo, der in einem obszönen Einkaufszentrum am Klavier saß und einen leuchtenden, wenn auch nahezu unbeachteten Ruhepol in all dem sinnlosen Treiben der Menschen bot? Es war das erste Mal, dass sie den Schlund dieses Shopping-Centers betreten hatte, und es sollte auch das letzte Mal bleiben. Das Gute an ihrem Besuch dort war Bernardo gewesen. Wäre sie ihm nicht begegnet, würde er vermutlich heute noch dort an dem weißen Klavier auf einem widerwärtig gepflasterten Boden sitzen, umgeben von Betonwänden und -trägern, kreischenden Kindern, überforderten Eltern und kaugummikauenden Teenagern.

Ein junges Schreibtalent, dem sie ein Heim bieten und das ihr ein Denkmal setzen könnte. Sogleich verwarf sie den Gedanken. War dieses Hotel nicht Denkmal genug? Und hallten die ausgesprochenen und verschwiegenen Worte derer, die dort in all den Jahren ein- und ausgegangen waren, nicht vom kühlen Granitboden, den geblümten Stofftapeten und den mit Stuck verzierten hohen Decken wider, wenn man nur genau hinhörte? Und doch hatte der Gedanke der Verschriftlichung ihrer Geschichten seinen Reiz nicht ganz für sie verloren. Sie trank den letzten Schluck ihres Kaffees, verließ ihren Schreibtisch und beschloss, sich das Gemälde anzuschauen, das sie in Auftrag gegeben hatte.

KAPITEL 7
FAST EINE FAMILIE

Nach meinem letzten Gespräch mit Eloisa hatte ich eine ganze Weile auf dem Boden meines Balkons gesessen, bis der Mond aus meinem Blickfeld gerückt war. Dann legte ich mich ins Bett und schlief irgendwann ein. Am nächsten Morgen trieb es mich ohne Frühstück an den Strand, als wollte ich überprüfen, ob Daniele wirklich nicht auf seiner Liege lag.

Das tat er nicht.

Es war aber auch noch zu früh. Nur das alte Paar eine Reihe hinter mir hielt bereits seine Stellung und grüßte nickend. Ich grüßte zurück. Da saß ich wieder, wie die Tage zuvor, fast so, als wäre nichts geschehen. Das Meer präsentierte sich spiegelglatt, der Sand unter meinen Füßen erwärmte sich langsam und die Luft wartete noch darauf, vom Duft der Sonnencremes geschwängert zu werden. Ich zog Shorts und T-Shirt aus, holte Handtuch und Roman aus der Tasche, machte es mir im Liegestuhl bequem und schlug das Buch auf, auf das ich mich jedoch nicht konzentrieren konnte. Zu sehr gingen mir die Geschehnisse des vorherigen Tages durch den Kopf.

„Buongiorno, Umberto." Debora und die Marien standen vor mir. Alle drei trugen an dem Tag Strohhüte, der von Debora zeichnete sich durch eine sehr breite, wehrhafte Krempe aus. Zusätzlich zu ihrer Sonnenbrille, einem neonfarbenen Bikini und dunkelblau lackierten Nägeln hatte sie sich ein fast durchsichtiges Tuch um die Hüften geschwungen, das im Grunde nichts kaschierte, wobei sie auch nichts zu verstecken hatte. Die Marien schienen noch nicht ganz wach zu sein und hielten es für überflüssig, mich eines Blickes zur würdigen, geschweige denn zu begrüßen.

„Buongiorno, Debora. Wie geht es dir heute?“

„Umberto, wie soll es mir gehen? Aber ich will nicht klagen. Wo warst du gestern? Wieder am Pool?“

„Am Pool“, log ich, „und ich war Eis essen.“ Den restlichen Verlauf des Tages ließ ich unerwähnt.

„Was du nicht sagst!“, lachte sie.

„Allerdings.“

„Und wie war es, das Eis?“

„Hervorragend. Wirklich außerordentlich gut.“

„Lass das nicht meinen Mann hören, denn er behauptet, dass sein Eis das Beste in ganz Bibione ist.“

„Was du nicht sagst!“, spielte ich den Ball zurück.

„Wo warst du?“, fragte sie mich.

„Bei Fabio.“

„Kenne ich nicht.“

„Eine kleine Eisboutique unweit meines Hotels. Hattest du nicht erwähnt, dass einer deiner Brüder auch Fabio heißt?“

„Hatte ich das erwähnt? Ja, Fabio und Gianfranco. Aber die haben beide studiert und haben es nicht nötig, sich den Sommer hier um die Ohren zu schlagen.“ In der Zwischenzeit hatte sie die Marien im Sand abgelegt, einen Berg an Spielzeug aus ihrer Flechttasche auf den Boden fallen lassen, ihr Hüfttuch an eine der Speichen des Sonnenschirms gehängt und sich mit einem lauten Seufzer erschöpft in ihren Liegestuhl fallen lassen. Ich parkte Elena Ferrante auf dem kleinen Tisch meines Schirmes und nahm meine Sonnenbrille ab. Mit der Sonne im Rücken schaute ich sie an, die offensichtlich bemerkt hatte, dass ich ihr etwas sagen wollte. Ihre Unterlippe begann zu zucken, wie ich es schon einmal beobachtet hatte.

„Debora, es geht mich nichts an, aber ich möchte dich nicht belügen. Ich war bei Fabio, deinem Bruder in der Eisboutique, wo wir neulich Abend gemeinsam waren. Er hat mir erzählt, dass er nicht dein Mann, sondern dein Bruder ist. Ich war zufällig bei ihm." Der letzte Satz entsprach nicht ganz der Wahrheit.

Debora war wie versteinert und ich spürte ihren Blick auf mir, wenngleich ich ihre Augen durch die dunkle Sonnenbrille nicht sehen konnte. Dann schaute sie zur Seite. „Ich wollte mich in nichts einmischen. Es tut mir leid, wenn ich dir damit zu nahetrete. Ich hatte mein Geld vergessen, konnte nicht zahlen und so kamen wir ins Gespräch. Er ist ein feiner Kerl, dein Bruder."

„Was musst du jetzt von mir denken?", fragte sie mich, schaute aber immer noch in die Ferne.

„Ich denke, dass du einen guten Grund hattest, ihn als deinen Mann und den Vater deiner Töchter auszugeben." Daraufhin drehte sie sich zu mir, nahm ihre Brille ab und hielt eine Hand gegen die Sonne, um nicht zu sehr blinzeln zu müssen.

„Hast du ihm gesagt, dass ich behauptet habe, er wäre mein Mann?"

„Das habe ich. Nicht gut?"

„Scheiße", sagte sie nur, ließ sich in die Rückenlehne fallen und schaute zum Himmel.

„Als ich bemerkte, dass ich mein Portemonnaie im Hotel hatte liegen lassen, habe ich ihm gesagt, dass ich seine Frau und seine Töchter kenne und dann …"

„Dann kam es raus", unterbrach sie mich.

„Leider. Ja. Es tut mir leid." Und das tat es wirklich, denn es war nicht zu übersehen, wie unangenehm es ihr war. Ich war mir noch nicht sicher, ob es sie mehr störte, dass ich diese Lüge aufgedeckt hatte, oder dass ihr Bruder davon erfahren hatte. „Debora, du musst mir nichts erklären. Ich wollte nur, dass du es von mir erfährst, für den Fall, dass Fabio es dir erzählt. Er hat dir nichts erzählt, richtig?“

„Er geht abends lange aus und ist morgens schon früh im Laden. Wir laufen uns manchmal ganze Tage nicht über den Weg. Er ist mir keine Rechenschaft schuldig. Er führt sein eigenes Leben. Er ist schließlich nicht mit mir verheiratet.“ Nach diesem letzten Satz seufzte sie und schaut neben sich in den Sand.

„Sicher. Ich verstehe“, entgegnete ich nur.

„Die Geschichte wiederholt sich, weißt du, Umberto?“

„Welche genau?“, fragte ich, auch wenn ich mir denken konnte, was sie meinte.

„Mariachiara und Maria-Angela wachsen genauso ohne Vater auf wie meine Brüder und ich. Erst schlief er nicht mehr mit mir – der Teil der Geschichte ist wahr – und dann …“ Sie sprach den Satz nicht zu Ende. Ich nickte nur und sie öffnete sich weiter: „Und ich gebe mir die Schuld. Warum musste es so kommen?“

„Debora, niemand ist schuld, wenn der andere ihn verlässt. Manchmal leben sich zwei Menschen auseinander. Und die Geschichte wiederholt sich nicht so, wie sie war, denn schließlich kümmerst du dich um deine Kinder. Deine Mutter hat das wohl nicht getan.“

„Aber ich bin schuld, dass meine Töchter keinen Vater mehr haben.“

„Auch das ist nicht deine Verantwortung. Hat er noch Kontakt zu euch, zu den Kindern?“

„Nein, sie interessieren ihn einen Scheiß. Nicht einmal zu Weihnachten oder zum Geburtstag hat er sich gemeldet. Ich weiß auch nicht, wo er wohnt.“

„Zahlt er wenigstens Unterhalt?“, fragte ich sie verwundert.

„Umberto, du lebst zu lange in Deutschland. Hier in Italien kannst du froh sein, wenn deine Familie dich unterstützt. Aber es muss dein eigen Fleisch und Blut sein, verstehst du?“

„Und Fabio unterstützt dich?“

„Ja. Und Gianfranco auch. Sie sind immer für mich da. Wenn auch nicht jeden Tag, aber sie sind meine Familie und sie sind die Familie meiner Töchter.“

„Das ist gut.“

„Ja, das ist es.“ Sie war jetzt den Tränen nah.

„Debora, ich möchte auch ehrlich zu dir sein. Ich bin schwul.“ Auch wenn mir dieser Satz so banal und deplatziert erschien, stellte diese Ehrlichkeit doch eine Verbindung zwischen ihrer Tragödie und meiner Farce dar.

„Hast du etwa Angst, ich würde dir Avancen machen wollen? So nötig habe ich es nun auch wieder nicht.“ Sie lachte, aber nicht gehässig.

„Wäre ich denn etwa keine gute Partie?“, wollte ich wissen.

„Doch sicher, aber mir war neulich Abend klar, als ich dich mit Daniele gesehen habe, dass du auf ihn stehst und er auf dich. Das war nicht zu übersehen.“

„Das war nicht zu übersehen?“

„Umberto, du kennst den Blinden mit dem Krückstock“, versicherte sie.

„Ich kenne ihn“, bestätigte ich, „der hat es also auch bemerkt.“

„Hat er.“

„Hat er“, wiederholte ich.

„Hat er“, wiederholte sie und lachte, wofür ich dankbar war, denn es machte die gedrückte Stimmung, die bis vor wenigen Sekunden geherrscht hatte, leichter.

„Ich glaube, ich habe mich in ihn verliebt“, gestand ich Debora.

„In den roten Mann?“, fragte sie gespielt verwundert.

„In genau den“, blieb ich ihr die Bestätigung nicht schuldig.

„Das ist schön. Ich beneide dich, Umberto. Nicht, dass er mein Typ wäre …“

„Natürlich nicht! Du hast gesagt, er sei abstoßend!“, schob ich lachend dazwischen.

„Das war sehr dumm von mir. Er ist kein bisschen abstoßend. Ich würde sogar sagen, er ist heiß“, sagte sie dann und fächelte sich mit einer Hand Luft auf ihr Dekolleté.

„Ja, das ist er. Heiß und neununddreißig“, entgegnete ich und schaute sie absichtlich übertrieben enttäuscht an.

„Das ist doch perfekt. Was willst du noch, Umberto?“

„Debora, ich bin fünfzig.“

„Na und? Wo ist das Problem?“

„Das hat er mich auch gefragt.“

„Und er hat recht.“

„Ich habe mir immer geschworen, dass ich nie einer von diesen lüsternen alten Säcken werden wollte, der jüngeren Männern hinterhersieht.“

„Umberto, nichts von lüstern, alt und Sack sehe ich in dir. Und dann ist Daniele nun auch nicht gerade erst volljährig geworden. Er ist ein Mann. Und ihr passt gut zusammen.“

„Wir leben über eintausend Kilometer voneinander entfernt“, fuhr ich fort.

„Ihr müsst ja nicht gleich morgen heiraten. Und das Thema mit dem Alter haben wir also geklärt, ja?" Sie lächelte mich entfesselnd an und ich musste lachen. „Versuch es!", fuhr sie fort, „verliebe dich weiter in ihn! Genieße es einfach! Was hält dich davon ab?"

„Vielleicht hast du recht", wagte ich ein erstes Zugeständnis.

„Vielleicht? Also bitte!", spielte sie empört.

„Nein, du hast ganz sicher recht", gab ich schließlich zu.

„Hand drauf!", forderte sie mich auf, und als ich ihr meine Hand reichen wollte, stand sie auf und sagte: „Ach, was, komm her, lass dich in den Arm nehmen!" Da standen wir also und Debora drückte mich wie eine alte Freundin, dich ich nie hatte.

„Ach, verliebt wäre ich auch gerne mal wieder", sagte sie dann, als wir uns hingesetzt hatten, „aber du weißt ja, die Kinder …"

„… machen eine Frau unattraktiv", zitierte ich sie. Wir mussten beide lachen. „Gibt es in deinem Leben niemanden? Ich meine außer den Kindern und deinen Brüdern?"

„Ich weiß schon, du meinst, ob es einen Mann in meinem Leben gibt?" Ich nickte. „Nein, den gibt es nicht." Sie machte eine Pause und sprach dann weiter: „Und ich weiß auch nicht, ob es jemals wieder einen geben wird. Meine Ehe war keine gute Erfahrung, verstehst du?"

„Das tut mir sehr leid. Möchtest du darüber reden?" Sie überlegte lange, bevor sie antwortete.

„Nein, das würde zu teuer. Das könnte ich mir nicht leisten", wiegelte sie ab.

„Debora, ich meine es wirklich ehrlich", sagte ich und war mir sicher, dass sie es auch so verstanden hatte.

„Nein, nicht heute. Lass uns weiter über dich und Daniele sprechen."

„Ich befürchte, viel mehr gibt es noch nicht. Du weißt alles."

„Na, wirklich alles? Das glaube ich nicht", versuchte sie mich zu necken.

„Es gibt nichts weiter, ich schwöre", versicherte ich ihr und ließ unser Bad im Mondschein außen vor.

„Nun gut, dann will ich dir das mal glauben", sagte sie dann lächelnd und ich versuchte, das Thema zu wechseln.

„Debora, du bist alles andere als unattraktiv."

„Oh, danke, Umberto! Aber findest du wirklich? Ich meine, ihr schwulen Männer habt ja Geschmack. Sollte ich nicht irgendetwas an mir verändern?"

„Ach, Debora, es wäre so schön, wenn alle schwulen Männer Geschmack und Stil hätten. Glaub mir, das ist leider nicht so." Ich spielte eine übertriebene Enttäuschung.

„Na, ich kenne aber schon mal mindestens zwei schwule Männer, auf die das zutrifft, und einer von den beiden heißt Umberto", strahlte sie mich an. Ich musste lachen. „Aber lass uns weiter über mich sprechen! Was würdest du an mir verändern?", beharrte sie dann.

„Debora …", bat ich.

„Nein, wirklich", ließ sie nicht locker.

„Wirklich?"

„Wirklich."

„Also gut. Den Nagellack."

„Was ist mit dem Nagellack? Der war teuer. Du meinst, er passt nicht? Den neonfarbenen hatte ich gestern. Du hast recht, der hätte besser zum Bikini gepasst."

„Nein, das bezweifle ich."

„Nicht?“, fragte Debora verdutzt.

„Ja, vielleicht farblich zum Bikini, aber die Farben, die ich bisher an deinen zwanzig Nägeln gesehen habe, sind alle grässlich“, gestand ich zerknirscht und hoffte, sie damit nicht zu verletzen. Aber schließlich hatte sie mich gefragt.

„Da siehst du's. Das hätte mir ein Hetero niemals gesagt. So etwas sehen nur schwule Männer.“

„Es gibt bestimmt auch viele heterosexuelle Männer, die das genauso sehen.“

„Vielleicht. Vielleicht sogar ganz bestimmt. Deswegen schaut mich keiner an“, stellte sie fest.

„Debora, so weit würde ich nicht gehen. Aber ... wie soll ich es sagen?“

„Raus damit, Umberto! Wer in den roten Mann verliebt ist, hat Geschmack und ich will es jetzt wissen.“

„Auch, wenn der Nagellack teuer war, sieht er billig aus. Es verleiht dir nicht die Klasse, die du verdienst.“

„Ach, Umberto, das ist so süß von dir!“

„Ich wollte nicht süß, sondern ehrlich sein.“

„Das ist auch süß!“, bestand sie auf ihrer Einschätzung. „Welche Farbe hebt meine Klasse?“, wollte sie dann berechtigterweise von mir wissen.

„Wenig Farbe.“

„Wenig Farbe? Was ist das?“ Auf diese ihre Reaktion musste ich lachen. „Umberto, lach mich nicht aus!“, forderte sie, musste aber auch lachen.

„Na, dezent. Transparent oder ein Beige-Ton vielleicht.“

„Beige? Meinst du wirklich?“

„Ja, das meine ich wirklich.“

„Passt das denn zu meinen Haaren?“

„Womit wir beim nächsten Thema wären.“

„Meine Haare? Was ist mit ihnen? Ich habe sie gerade erst selbst getönt, mehrmals“, protestierte sie. In dem Moment schrien beide Marien plötzlich auf, was mir einen Schrecken einjagte, Debora jedoch reagierte sehr gelassen. Ganz die souveräne Mutter bat sie ihre Töchter erst, mit dem Geschrei aufzuhören, und fragte sie dann, was denn passiert sei. Maria-Angela beschwerte sich darüber, dass sie die Hexe sein wollte, ihre Schwester aber diese Rolle für sich beanspruchte. Welch ein Dilemma. Ob es denn nicht auch zwei Hexen geben könnte, fragte Debora daraufhin. Nachdenklich schauten die beiden Mädchen erst ihre Mutter und dann einander an und vergaßen dabei ihr Geschrei ganz und gar. Mariachiara schlug ihrer kleinen Schwester dann vor, dass sie die Hexe Nummer zwei sein könnte, was diese mit einem kaum wahrnehmbaren Nicken und leicht bebendem Kinn akzeptierte. Daraufhin widmeten sich beide wieder ihrem Spiel und ich wunderte mich selbst darüber, dass ich an jenem Morgen die Namen richtig zuordnen konnte.

„Nun also zu meinen Haaren“, erinnerte mich Debora.

„Es ist nicht deine natürliche Farbe.“

„Das stimmt. Woran hast du es bemerkt?“

„Debora, du kennst den Blinden mit dem Krückstock?“, griff ich ihre Formulierung auf.

„Mist. Man sieht es?“, wunderte sie sich ungläubig. Ich nickte nur und lächelte verschämt. Ganz wohl war mir nicht dabei, sie enttarnt zu haben, aber es gehörte nicht viel Expertise dazu, ihre Haarfarbe als unecht zu entlarven. Und dann war es im Vergleich zur Demaskierung in Bezug auf ihren Bruder Fabio ganz und gar lapidar.

„Ein natürlicher Look würde dir viel besser stehen. *Clean and simple*“, fügte ich hinzu.

„Umberto, was willst du mir jetzt auch noch mit *clean* sagen?“

„Ich meine damit nicht sauber, sondern schlicht und einfach.“

„Schlicht und einfach“, wiederholte sie nachdenklich. „Ich dachte, ich müsste auffallen, um gesehen zu werden.“

„Du bist eine attraktive Frau. Du wirst gesehen, wenn man dir ansieht, dass du das weißt.“

„Da ist er, der Psychotherapeut. Ich hatte ihn schon vermisst.“

„Das war nicht der Therapeut. Das war nur ich“, sagte ich, vielleicht eine Spur zu nachdenklich.

„In der Stadt gibt es einen Frisör, Gigi. Würdest du mich dorthin begleiten?“, riss sie mich aus meinen Gedanken.

„Ich weiß nicht. Warum sollte ich dich begleiten? Ist Gigi etwa nicht schwul?“, scherzte ich.

„Nein, doch, vielleicht. Ich weiß es nicht, aber doppelt hält besser.“

„Wann?“

„So gefällst du mir. Heute Nachmittag?“

„Brauchst du keinen Termin?“

„Umberto, wir sind in Italien. Ich mache ihm schöne Augen und dann … Mist. Wenn er schwul ist, bringt das nichts. Ich werde heute Mittag fragen, ob ich am Nachmittag kommen kann, und dann gehen wir gemeinsam hin. Wie lange willst du heute am Strand bleiben? Und wo ist Daniele überhaupt? Warum ist er noch nicht da?“

„Daniele muss heute arbeiten. Er kommt nicht.“

„Arbeiten? Ich denke, er macht Urlaub“, fragte sie verwundert. Ich erklärte ihr, dass er für eine Kollegin einspringen musste, und unterschlug dabei, dass jener Termin nicht der Grund für Daniele war, an dem Tag den Strand zu meiden. Ich versicherte Debora, dass ich bis zum Nachmittag auf sie warten würde und wir dann gemeinsam samt der beiden Marien zu Gigi gehen könnten, vorausgesetzt, sie bekam denn so kurzfristig einen Termin .

Sie bekam einen Termin und so zogen wir wie der Archetyp der Kleinfamilie mit unseren Taschen und den Schlappen in der einen und jeder ein Mädchen an der anderen Hand über den heißen, staubigen Strand zur Promenade, um dann über den dampfenden Asphalt – Bürgersteige gab es in einigen Straßen in Bibione nicht – weiter Richtung Innenstadt zu gehen. Wir brachen gegen fünf Uhr auf. Um halb sechs war ihr Termin. Mein Job sollte es sein, sie zu beraten und die Marien in Schach zu halten. Ich fühlte mich weder der einen noch der anderen Aufgabe gewachsen.

Gigi war tiefbraungebrannt, hatte eine glänzende Glatze, ein schmales Gesicht und schiefe Zähne. Mit geöffneten Armen und überzeugendem Lächeln empfing er uns in einem kaftanartigen, beigefarbenen, leinenen Gewand. Ein guter Anfang, dachte ich. Kaum hatte Debora in einem der altmodischen Stühle Platz genommen, die eher in eine Zahnarztpraxis gepasst hätten, wurde sie mittels eines goldenen Umhangs zu einer Beinahegöttin gekürt und Gigi begann, in ihren Haaren zu wühlen, als erhoffte er sich Informationen, die sie nicht in der Lage war, ihm verbal zu liefern. Dennoch erklärte sie, dass sie sich für den Look *clean and simple* entschieden hatte, womit er offensichtlich etwas anfangen konnte, was mir wiederum ein wenig Genugtuung verschaffte.

Die Marien hatten sich auf eine – Gott sei Dank vorhandene – Spielecke gestürzt und waren erst einmal beschäftigt. Eine ältere, sehr distinguierte Dame mit kurzen kupferfarbenen Haaren und Lesebrille, die an einer goldenen Kette auf ihrer Brust ruhte – ich nahm an, Gigis Mutter –, bot sogleich an, den Mädchen Limonade zu bringen und sich um sie zu kümmern. Gegen eine Limonade hätte auch ich nichts eingewendet, wurde aber nicht gefragt. Stattdessen kam ein junger, kaugummikauender Mann von schätzungsweise maximal achtzehn Jahren, der eine ultrakurze Jeans, ein rosa T-Shirt und goldene Flipflops trug, auf mich zu und bot mir einen Haarschnitt an, da bei ihm gerade ein Termin ausgefallen sei. Ich lehnte dankend ab, was aber Debora, die es mitbekommen hatte, dazu veranlasste, Gigi zu bitten, mich zu überzeugen, doch auch etwas an meinem Äußeren zu verändern.

„Debora, ich sollte dich doch beraten", versuchte ich mein Schicksal in eine für mich weniger beängstigende Richtung zu lenken.

„Das ist nicht mehr nötig, Umberto. Ich bin bei Gigi in sehr guten Händen. Er hat Geschmack und Stil, wenn du verstehst, was ich meine", bemerkte sie auffällig zwinkernd. Ich verstand.

„Signore, kommen Sie!", forderte mich der junge Mann auf. „Gehen wir zum Waschbecken. Mein Name ist Valerio."

„Vielen Dank, Valerio." Welchen Sinn hätte es gehabt, mich zu sträuben? Und dann lag mein letzter Haarschnitt in der Tat schon einige Wochen zurück. Ich hoffte nur, dass Valerio wirklich auf Menschen mit Geschmack und Stil vorbereitet war. „Sie können mich Umberto nennen", bot ich an.

„Signor Umberto, kommen Sie, nehmen Sie diesen", sagte er und zeigte auf den mittleren von drei Stühlen. Ich fragte mich, warum der mittlere, denn die beiden äußeren sahen nicht anders und alle drei sehr sauber aus. „Ich komme dann von hinten", flüsterte er mir noch zu. Auch das noch, dachte ich. Ich setzte mich auf den Stuhl – eigentlich war es vielmehr ein Sessel –, neigte meinen Kopf nach hinten und hörte das Wasser fließen.

„Ist das Wasser zu heiß?"

„Einen Moment, ich spüre noch nichts", bat ich.

„Was meinen Sie, Signor Umberto?"

„Es ist gut."

„Das Wasser?", fragte er.

„Das Wasser", bestätigte ich. Er begann, meinen Kopf zu massieren.

„Ist das so gut oder härter?"

„Gerne mit mehr Kraft", schlug ich vor.

„Was meinen Sie?"

„Härter." Und Valerio bewies, dass er Kraft in den Händen hatte.

Als ich fertig geschnitten und frisiert einen kritischen Blick in den Spiegel wagte, war ich erstaunt über das Resultat, das sich durchaus sehen lassen konnte. Ich hatte es Valerio nicht zugetraut, musste aber eingestehen, dass es mir gefiel. Viel konnte man aus meinen Haaren ohnehin nicht machen. Er hatte jedoch das Beste aus ihnen herausgeholt. Debora saß mit in Alufolie gewickelten Haaren in ihrem Stuhl und hielt Gigi eine Hand hin, der gerade einen cremefarbenen Nagellack auftrug. Die Mädchen waren noch in der Spielecke beschäftigt, Mama Gigi hatte es sich in einem Stuhl bequem gemacht und blätterte – die Lesebrille jetzt auf ihrer Nasenspitze – in einer Illustrierten und Valerio brachte mir eine Limonade.

Ein Leben, das meines hätte sein können, kam mir in den Sinn. Wenn es nicht so viele Wenns gegeben hätte. Ein Leben, für das ich mich vor vielen Jahren hätte entscheiden können, was aber dann nicht mein Leben gewesen wäre. Ein Leben, für das man sich eben nicht entscheidet, sondern das sich dir anbietet wie ein Canapé auf einem Silbertablett auf einer Dinnerparty und du es doch verschmähst. Wenn wir uns auch vieles in unserem Leben aussuchen können, so doch nicht das, was uns in unserem tiefen Inneren ausmacht. Was in uns ist, dringt nach außen, gewinnt die Oberhand und lenkt uns. Es zeigt uns einen Weg, unseren Weg. Und es gibt Wege wie viele andere und dann gibt es Wege, die anders verlaufen als die meisten. Wege, die dich besonders und zugleich bedrohlich machen für die, die den anderen Weg gehen. Wege, die dich ausgrenzen und zugleich Gemeinschaft schaffen.

Da Deboras neue Haare noch eine halbe Stunde benötigten, nahm auch ich mir eine Illustrierte und setzte mich zu Mama Gigi.

„Sie haben eine wundervolle Familie“, sagte sie zu mir, sah von ihrer Illustrierten auf und wartete lächelnd auf meine Reaktion.

„Oh, ich bin nur ein Freund. Aber sie sind wunderbar. Da gebe ich Ihnen recht.“

„Sie sind nicht verheiratet?“, fragte sie dann. Doch, ich war es, dachte ich. Und war es noch immer. Und warum schloss sie aus meiner Erklärung, ich wäre unverheiratet?

„Richtig“, ließ ich sie dennoch in ihrem Glauben und blätterte von Madonna zu Prinz Harry.

„Mein Sohn ist ja auch nicht verheiratet."

„Und ich dachte, Valerio sei vielleicht sein Sohn", log ich.

„Ach, wo denken Sie hin? Nein, nein, er ist allein. Er hat nur mich." Ich war mir sicher, dass Gigi nicht oft allein war.

„Mariachiara, warte, ich helfe euch!" Ich legte die Schönen und Reichen beiseite, stand von meinem Stuhl auf und wurde meiner Verantwortung als Leihpapi überflüssigerweise gerecht, indem ich ein Spiel mitmachte, das von den Spielern erforderte, kleine, bunte, geometrische, hölzerne Figuren über mehrere geschwungene Drähte von einer Seite zur anderen zu schieben und dort festzuhalten, obwohl es nicht eine Spur wackelte, geschweige denn umzukippen drohte. Mama Gigi, der wohl nicht entgangen war, dass ich das Gespräch mit ihr nicht fortsetzen wollte, schaute mich pikiert an und steckte ihre Nase samt Brille wieder in ihre Zeitschrift.

Deboras Haar wurde durch Valerios flinke Hände aus der Alufolie befreit und anschließend von Gigi im ebenfalls mittleren Waschbecken ordentlich geknetet und ausgespült, dass es mich an die Zubereitung eines Hefeteigs erinnerte. Zum Vorschein kam mittelblondes Haar, das im trockenen Zustand noch heller werden sollte. Erreicht wurde ebendieser Zustand nach Deboras von Gigi und Valerio eskortiertem Catwalk zurück zu ihrem Stuhl, indem ihr Haar über eine Rundbürste bei höllischem Lärm und im ohnehin schon überhitzten Salon von einem altersschwachen Föhn unaufhörlich wie aus einem Höllenschlund angefaucht wurde, als wollte man es dort festschweißen. Es fiel dann aber dennoch in großen blonden Locken in geschwungenen

Wellen herab und machte aus der wenig überzeugenden schwarzen Debora eine überraschende Naturschönheit.

„Du hättest nicht für mich bezahlen dürfen, Umberto!"

Nach rund neunzig Minuten, diversen Umarmungen mit Gigi und Valerio sowie dem Ablehnen mehrfacher Prosecco-Angebote unter den einerseits entzückten, aber auch kritisch prüfenden Blicken von Mama Gigi hatten wir den Salon verlassen und waren aus der unerträglichen Schwüle jenes Tempels in die erträglichere Hitze des Viale delle Costellazioni getreten.

„Debora, es war mir ein Vergnügen und schließlich fühle ich mich dafür verantwortlich, dass du …"

„… dass ich jetzt wie Jennifer Lopez aussehe! Umberto, ohne dich hätte ich mich das nie getraut. Vielen Dank! Ich fühle mich so schön wie nie zuvor!", unterbrach sie mich.

„Debora, du *bist* schön! Ich freue mich sehr, dass ich dir damit eine Freude machen konnte." Das meinte ich wirklich. Debora strahlte mich an und fiel mir um den Hals. In dem Moment liefen die beiden Marien auf einen Feuerwehrwagen für Kinder zu, der vor einer der unerträglich lauten und obszön schrillen *Sala Giochi* – einem Spielsalon für Kleinkinder, Gelangweilte und Zocker – stand und mit seinen aufleuchtenden Blinkern und Warnleuchten und einer Musik, die an meinen ersten Computer in den Neunzigerjahren erinnerte, alles, was laufen konnte und unter acht Jahren war, anlockte. Wir fanden noch zwei Münzen in unseren Portemonnaies und waren froh, dass in diesem wackelnden Gefährt zwei Kinder Platz fanden, was für vergnügte und einvernehmliche Zerstreuung der beiden Mädchen sorgte und Debora und mir die Möglichkeit bot, ungestört miteinander zu sprechen.

„Wir haben noch nicht weiter über Fabio und meinen Mann gesprochen“, knüpfte Debora an das eigentliche Thema jenes Strandtages an.

„Das müssen wir auch nicht. Nur, wenn du es willst.“

„Heute nicht mehr.“

„Nein, es ist schon spät. Die Mädchen haben doch sicherlich schon Hunger.“

„Lass uns hoffen, dass die Fahrt zu ihrem brennenden Haus niemals endet.“ Ich musste schmunzeln. „Umberto, danke.“

„Wofür?“

„Ich kann es gar nicht genau sagen. Wir kennen uns erst wenige Tage, aber ich habe das Gefühl, dass ich zu dir wie zu einem Freund sprechen kann.“

„Das freut mich sehr, Debora. Mir geht es auch so“, doch ich ersparte ihr nicht, „auch wenn ich dich anfangs *sehr* anstrengend fand.“ Sie lachte.

„Ich weiß. Das tut mir leid.“

„Das muss es nicht.“

„Mama, ich habe Hunger!“ Das war die Kleinere. Wie hieß sie noch?

„Das Feuer ist gelöscht. Das Abendessen steht jetzt auf dem Programm. Gehen wir noch ein Stück zusammen? Wir müssen ja in dieselbe Richtung.“

„Selbstverständlich tun wir das. Auf mich warten auch nur die Dusche und das Abendessen im Hotel“, nahm ich Deboras Angebot selbstverständlich an.

Da Gigis Salon von unserem Strandabschnitt aus betrachtet fast am anderen Ende von Bibione lag und da die beiden Mädchen die Zerstreuung, durch die größte Geschäftsstraße der Stadt zu laufen, sichtlich genossen, was sie dadurch demonstrierten, dass sie an allen Spielzeuggeschäften – und davon gab es viele – mit großen Augen und in versteinerter Kontemplation stehenbleiben mussten, gingen wir eine gute halbe Stunde. Schließlich sagte Debora, dass sie in die Via del Leone abbiegen würden, und gab mir unmissverständlich zu verstehen, dass es nicht nötig wäre, sie bis an die Haustür zu begleiten. Zu dem Zeitpunkt hatten es sich schon zahlreiche Touristen auf den Terrassen der Restaurants bequem gemacht und sahen hungrig und braungebrannt ihrem Abendessen entgegen.

Wir verabschiedeten uns auf die italienische Art mit Küsschen. Die Mädchen fielen mir um den Hals, Debora drehte sich einmal im Kreis, ließ ihr Hüfttuch und vor allem ihre neuen Haare wirbeln und winkte mir strahlend zu. Sie fragte nicht, ob wir uns am Tag darauf sehen würden. Ich dachte auch nicht daran. Vielleicht war es für uns selbstverständlich.

Es waren nur noch zwei Blocks bis zu meinem Hotel und ich beschloss, in einer der Bars noch einen Espresso zu trinken. Zu Hause in Deutschland konnte ich nach siebzehn Uhr keinen Kaffee mehr trinken, ohne zu riskieren, die halbe Nacht wach zu liegen. Im Urlaub war und ist es stets kein Problem. Ich nahm auf der Terrasse einer Bar Platz, deren mit Stofftischdecken aufgehübschte Tische eine willkommene, wenn auch seltene Abwechslung zu den sonst auf Massentourismus angelegten nackten Holzplatten bot.

„Es tut mir leid, aber das ist jetzt die Zeit des *aperitivo*“, wurde meine Espressobestellung von einem älteren, künstlich vornehm wirkenden Kellner in zerschlissenen schwarzen Hosen und einem schlecht gebügelten Hemd quittiert.

„Aber Sie haben doch eine Espressomaschine, nicht wahr? Oder ist die etwa ausgeschaltet?“, wollte ich ihn provozieren.

„Wir haben selbstverständlich eine Maschine und sie ist auch eingeschaltet, aber zu dieser Zeit halten wir unsere Tische gerne für Gäste frei, die einen Aperitif trinken möchten“, wurde ich belehrt. Ich schaute über die mindestens vier freien Tische, die ich spontan ausmachen konnte.

„Ich habe nicht den Eindruck, dass ich in den drei Minuten, die ich hier sitze, irgendjemandem den Platz wegnehme“, versuchte ich es erneut.

„Es tut mir leid, Signore, aber so ist es bei uns und so war es schon immer. Wenn Sie sich für einen Aperitif entscheiden oder morgen Vormittag einen Kaffee einnehmen möchten, bin ich gerne für Sie da.“ Ich schaute ihn verständnislos an, stand auf und ging, ohne mich zu verabschieden. Die Lust auf einen Espresso war mir vergangen.

KAPITEL 8
DUNKEL UND LICHT

„Du bist eine Schlampe genau wie deine Mutter!“, schrie er sie an, packte sie bei den Haaren und zog sie aus der Küche ins Esszimmer. Die Kraft in ihren Beinen verließ sie. Nur mit Mühe schaffte sie es, nicht zu stürzen. Ihr Blick wurde von den Tränen und der einsetzenden Schwellung ihres linken Auges getrübt. So versuchte sie stolpernd und vornübergebeugt mit seinem Tempo mitzuhalten, damit der Schmerz, der durch den Zug an ihren Haaren verursacht wurde, sie nicht gänzlich betäuben würde. Sie hatte schon längst aufgegeben zu schreien, denn sie wusste, dass es weder ihn davon abhalten würde, wieder zuzuschlagen, noch ihre Nachbarn dazu veranlassen würde, die Polizei zu rufen. Und sie wusste, dass ihre Schreie die Mädchen noch mehr verängstigen würden, als sie es ohnehin schon waren.

„Seitdem du diese Brut geworfen hast, bist du nicht mal mehr fürs Bett gut!“, spie er ihr verächtlich ins Gesicht, als sie gekrümmt auf dem Teppich lag und versuchte, ihren Leib vor seinen Tritten zu schützen. In diesen endlosen Momenten gelang es ihr, sich von ihrem Körper zu lösen. Sie ließ ihn seine Wut entladen und flüchtete sich in die Bilder ihrer Hochzeit mit dem Mann, der sie eines Tages vielleicht töten würde. Sie spaltete sich von ihrem geschundenen Körper ab in die Abendsonne unter den Baldachin auf dem grünen Hügel, der im Mai so wunderbar nach Gras und Blumen duftete. Blumen, die ihre Freundin Matilda gepflückt und ihr daraus einen kleinen Kranz geflochten hatte, den sie vor ihm verstecken musste, denn er hasste Matilda, die mit ihr von klein auf in derselben Straße gewohnt und mit der sie ihr ganzes bisheriges Leben geteilt hatte.

„Schlampe!", fauchte er verächtlich und trat wieder zu. Schnell wieder weg, dachte sie. Weg aus jenem schäbigen Zimmer in jener schäbigen Wohnung in jenem heruntergekommenen Viertel der Stadt, die nicht ihre, sondern seine war. Weg von dort und hin in ihre Welt, die in der Hochzeitsnacht mit einem Monster aufhörte zu existieren. Ein Monster, das sie zuvor nicht erkannt hatte. Eine Bestie, die sich ihr noch nicht als solche zu erkennen gegeben hatte. Nur in ihren heimlichen Gedanken war alles noch so, wie es vorher war. Nur dort sah sie die Bilder, die ihr Trost gaben und es ihr ermöglichten, nicht zu weinen, wenn sie die blau anlaufenden Schwellungen im Gesicht und die roten Abdrücke an ihrem Hals überschminkte, damit ihre Töchter sie nicht sahen. Damit sie keine Fragen beantworten musste, denn es wären Fragen gewesen, die die Welt noch ein Stück mehr unerträglich gemacht hätten.

Über zu viele Jahre hinweg hatte sie gedacht, es sei rechtens, wenn er sich nahm, was er wollte und wann er es wollte. Ihre Töchter waren nicht die Frucht der Liebe, sondern entstanden in endlosen Minuten, in denen er sie nahm, wann immer es ihm passte. Es interessierte ihn nicht, ob sie wollte oder nicht. Es war ihm egal, ob es ihr gut ging oder nicht. Es war ihm egal, ob sie gerade das Essen für ihn zubereitete, und es war ihm auch egal, wenn er ihre Unterwäsche und ihre Strumpfhosen zerriss, weil sie ihm nicht schnell genug gefügig wurde. Es kümmerte ihn nicht, ob er es auf dem Küchentisch, dem Boden oder an der Spüle tat. Für ihn zählte, dass sie ihn währenddessen nicht anschauen konnte. Ihre Ehe glich der Vorstellung, wie sie sie von ihrer Mutter gelernt hatte. Die Frau musste ihrem Mann gefallen und gehorchen. Als ihre zweite Tochter zur Welt kam, hatte er aufgehört, sie zu vergewaltigen, was nicht hieß, dass er sie zärtlich behandelte. Er suchte sich andere Frauen. Sie erfüllte nur noch den Zweck, von ihm geschlagen zu werden. Doch auch wenn ihre Töchter nicht aus Liebe gezeugt wurden, so bedeuteten sie für Debora Liebe in ihrer reinsten Form.

Manchmal schaute sie ihre Töchter an und erstarrte vor Angst, dass sie eines Tages in ihren Blicken, in ihrem Lächeln oder in einer ihrer Gesten ihn würde erkennen können. Ihren Vater. Den Mann, der ihr die Luft zum Atmen nahm. Und dann wieder musste sie ihre Tränen unterdrücken, denn sie verspürte unendliche Dankbarkeit dafür, dass ihr Leib im Stande gewesen war, zwei so göttlichen Geschöpfen aus Schmerz und unter Schmerz das Leben zu schenken.

Doch die Welt, in der ihre Töchter lebten, entsprach nicht der Welt, in die sie sich flüchtete, wenn er zutrat oder sie schlug. Die Welt ihrer Flucht gehörte der Zeit an, in der sie selbst noch ein kleines Mädchen war. Ein Mädchen, dessen Träume noch strahlten. Ein Mädchen, dem die Welt noch alles zu schenken vermochte. Sie erinnerte sich an Bilder aus den Tagen und Jahren davor. Sie teilte ihr Leben in die Zeit vor seinen Schlägen, den Vergewaltigungen, den verächtlichen Blicken und den demütigenden Beschimpfungen und die danach ein. Ihre Hochzeitsnacht bildete die Zäsur zwischen Licht und Dunkel, zwischen Freude und Schmerz, zwischen Leben und Überleben.

Dass sie nicht in ihrer Heimatstadt lebte, bot den Vorteil, dass ihre Brüder nicht wussten, was mit ihrer großen Schwester geschah. Ihr Ehemann wusste ganz genau, wann er seine Hände und seine Füße kontrollieren musste, damit ihre Blutergüsse rechtzeitig wieder verheilten. Niemals hätte er zugelassen, dass einer ihrer Brüder sie unangekündigt besuchen würde. Er wusste, wie er seine Frau mit Liedern aus der Zeit davor blenden konnte, die er auf ihrem Kassettenrecorder in der Küche abspielte, um die Hoffnung wieder und wieder aufkeimen zu lassen, dass alles besser werden würde. Er vermochte so lange zu lächeln und stillzuhalten, bis er die Tür hinter ihren Brüdern ins Schloss fallen ließ und das Geräusch des Motors des Wagens hörte, um Fabio und Gianfranco Idioten zu schimpfen, sie zu beleidigen und wieder zuzuschlagen. Die Schläge an solchen Tagen waren brutaler und zahlreicher als an den normalen Tagen. Irgendwann würde er sie umbringen.

„Krepier in deinem Dreck, du Schlampe!", hatte er sie angefaucht, als er sie das letzte Mal getreten, das letzte Mal beleidigt und das letzte Mal angespuckt hatte. Dass es das letzte Mal sein sollte, wusste sie in dem Moment nicht. Sie lag im Bad bäuchlings auf den kalten Fliesen neben der Badewanne und schmeckte das Blut in ihrem Mund. Sie traute sich nicht aufzustehen, denn das hätte ihn ermuntern können, erneut zuzuschlagen. Sie blieb also liegen. Die Mädchen lagen in ihren Betten und schliefen. Inzwischen hatten sie sich an seine Schreie und den Aufprall seiner Hand auf ihrem Körper gewöhnt. Sie hörte seine Schritte, erst ins Schlafzimmer, dann seine Schritte in der Küche, der Geschirrschrank, die Dose, in der sie das Geld für die Einkäufe im Supermarkt und beim Bäcker aufbewahrte. Dann das Geräusch von Metall, das auf die Fliesen fiel. Der Deckel der Dose, dachte sie. Welchen Tag des Monats hatten sie, schoss es ihr in den Sinn. Hatte sie genügend Vorräte ihm Haus, um für ihre Töchter Essen zubereiten zu können? Schritte. Er stand an der Türschwelle zum Bad. Sie hielt die Luft an. Er musste wohl auf ihren nackten Körper starren. Sein Atem ging schwer. Sie spürte seinen Blick auf ihrer Haut. Schritte. Er spie aus. Sie spürte seinen Speichel, der ihren Oberschenkel traf und langsam an der Innenseite herunterfloss, um auf dem harten Boden so kalt zu werden, wie sie es war. Dann wieder Schritte. Von ihr weg. Er war im Flur. Ging er ins Kinderzimmer? Nicht zu den Mädchen! Sie hatte er noch nie angerührt. Noch nicht. Warum kam ihr der Gedanke erst in dem Moment? Sie musste ihre Töchter vor ihm schützen. Dann hörte sie, wie er die Wohnungstür öffnete. Wieder Schritte. Die Tür fiel ins Schloss. Sie würde das Türschloss austauschen lassen. Sie durfte ihn nicht an ihre Töchter lassen. Dann Stille. Endlose, tröstende Stille. Sie gestattete sich zu weinen. Leise, um die Töchter nicht zu wecken.

KAPITEL 9
ENDLOS TAUMELND

Es war schon fast halb neun, als ich das Foyer des Savoy betrat und mir für den Abend gekleidete Hotelgäste entgegenkamen. Ich nahm die Sonnenbrille ab und forderte per Knopfdruck einen der drei Aufzüge an. Ein seltener Service des Hotels bestand darin, dass nach dem Drücken eine Leuchte den Aufzug anzeigte, der als Nächstes bereitstehen würde. Eigentlich unnötig, aber irgendwie doch auch schön.

Als ich duschte, mich für den Abend fertigmachte, mich am Büffet bediente und anschließend an der Bar saß, nach Eloisa Ausschau hielt und mich fragte, ob ich mich bei Daniele melden sollte, denn er hatte es den ganzen Tag über noch nicht getan, wusste ich nicht, wie jener Tag enden würde, der mit dem aufrichtigen Gespräch zwischen Debora und mir begonnen und sich mit dem Friseurbesuch fortgesetzt hatte.

Es war schon spät. Ich hatte den ganzen Abend an der Bar verbracht, als wartete ich auf irgendetwas oder irgendwen. Eloisa hatte sich rar gemacht und auch Daniele hatte nicht von sich hören lassen. Ich hatte sicherlich schon meinen dritten Negroni hinter mir, als plötzlich Marco vor mir stand.

„Umberto, ciao, da bist du."

„Marco, ja, da bin ich. Du wolltest neulich kommen. Hast du schon Feierabend?" Ich richtete mich in meinem Sessel auf und spürte den Alkohol, den ich während des Essens und an der Bar zu mir genommen hatte.

„Es sind nur noch wenige Gäste da und aufräumen können sie im Lokal auch ohne mich. Ich wollte mit dir sprechen, Umberto."

„Ja, ich weiß. Es tut mir leid, dass ich … was im Restaurant passiert ist."

„Das muss dir nicht leidtun. Deshalb bin ich auch nicht hier." Marco rückte sich einen freien Sessel zurecht und setzte sich fast frontal vor mich.

„Du möchtest mit mir über Sascha sprechen, ich weiß." Im Wechsel starrte Marco mich an und dann zur Seite hinüber zur Theke. Bis auf die beiden Tische rechts und links neben uns waren die anderen besetzt. Als hätten alle geahnt, dass wir für das folgende Gespräch ungestört bleiben sollten.

„Ich wollte gestern schon zu dir …"

„Es ist dir sicherlich etwas dazwischengekommen. Das macht doch nichts", unterbrach ich ihn und erwähnte nicht, dass ich ohnehin nicht in der Lage gewesen war, mit ihm zu sprechen, und mich an den Sessel meines Hotelzimmers gefesselt gefühlt hatte.

„Das ist es nicht. Ich wollte kommen, traute mich aber nicht, Umberto."

„Du trautest dich nicht? Du hattest Angst, dass ich wieder zusammenbrechen würde."

„Hat er dir nicht von uns erzählt?"

„Er? Wer? Von uns? Wen meinst du?" Mir war völlig unklar, worauf Marco hinauswollte. Von da an verlief das Gespräch wie ein Crescendo in einer Symphonie, das den Lauschenden vom Largo über das Adagio zum Prestissimo führt.

„Wir liebten uns. Er wollte dich verlassen. Wir haben uns in München getroffen, wenn er bei seinem Kunden war", erklärte Marco, doch ich verstand nicht.

„Ich kann dir nicht folgen. Von wem sprichst du?"

„Sascha wollte dich verlassen, kurz bevor er starb."

Die Worte drangen bis an mein Trommelfell, doch nicht weiter in meinen Verstand vor. Marco sprach von Sascha und seinem Tod und er sprach von „uns", meinte aber damit sich und Sascha. Das passte ebenso wenig zusammen, wie das Wort „verlassen" für mich eine Bedeutung hatte, die in diesen Kontext gepresst werden sollte.

„Er wollte es dir sagen. Wir hatten am Tag seines Todes noch telefoniert. Er wollte es dir während eines Spaziergangs sagen und dann am nächsten Tag zu mir kommen."

Mein Verstand öffnete sich und ich begriff, was er sagte, war mir aber nicht sicher, ob ich es dennoch nicht falsch verstand. Er zeigte mir Fotos auf seinem Smartphone von sich und Sascha in München und wieder in München und wieder. Selfies und Aufnahmen, die von einer dritten Person gemacht worden sein müssen, die es wusste. Die wusste, dass sie glücklich waren und verliebt. Sascha und Marco. Ich nahm alles – die Bilder, seine Worte, sein Parfum gemischt mit Schweißgeruch, den Klang des Flügels und das Gemurmel der anderen Gäste – wie durch einen Trichter wahr, der mir alles in kleinen, schmerzhaften Tropfen auf meine nicht heilen wollende Wunde träufelte. Tropfen für Tropfen vernichteten mich diese Minuten, die ich mit Marco verbrachte. Der Schmerz des Verrats überdeckte den Schmerz der Trauer und ließ mich wie ein welkes Blatt endlos taumelnd auf einen morastigen Boden fallen. Marco, von dem ich dachte, er wäre ein Freund, und Sascha, dem ich ewige Treue und Liebe geschworen hatte, sie beide – der eine direkt und der andere posthum – stachen auf mich ein und töteten mich. Dass Marco noch erwähnte,

Ornella habe es gewusst, da sie eine Postkarte gefunden hatte, die versehentlich nicht in Saschas Postfach gelandet war, rang mir fast ein Lächeln ab. Es machte alles so gewöhnlich und billig. Mir wurde schlecht, doch ich wollte mich nicht schon wieder vor Marco erbrechen und bat ihn zu gehen.

„Umberto, es tut mir leid." Auch er hatte Tränen in den Augen, doch das stand ihm nicht zu.

„Geh! Verschwinde!"

„Umberto, auch ich trauere. Ich habe ihn geliebt." Jetzt sprang ich von meinem Sessel auf und schrie ihn an. Die anderen Hotelgäste um uns herum erschraken. Ich zitterte am ganzen Körper und meine Worte waren durchnässt von meinem Speichel und meinen Tränen und dem Rotz, der mir aus der Nase lief.

„Marco, geh mir aus den Augen! Ich will dich nicht sehen. Nie wieder."

Er ging.

Der Kellner mit der Knollennase schaute mich fragend an. Ich wusste nicht, was ich sagen sollte, und verließ die Bar in Richtung der Fahrstühle. Ich wollte auf mein Zimmer, musste dort weg. Der Alkohol und die Tränen verschleierten mir die Sicht. Der Kellner folgte mir nicht. Er kannte mich und meine Zimmernummer. Ich forderte den Fahrstuhl an, und als die Tür des ersten Aufzuges sich öffnete, starrte mich eine Fratze im Spiegel der Rückwand an. Erbärmlich. Ein Impuls sagte mir: Mit dem kannst du nicht allein sein. Die Tür des Fahrstuhls schloss sich wieder. Er fuhr aufwärts. Ohne mich. Ich ging zurück zur Bar und ließ mich in meinen Sessel fallen. Der Tisch war in der Zwischenzeit schon abgeräumt worden. Die anderen Gäste schauten mich verstohlen an. „Whisky", bestellte ich beim Kellner, der an meinen Tisch trat, „doppelt, pur." Ich trank und schmeckte nichts. Ich trank noch einen und der dritte wurde mir von der Knollennase verwehrt. Ich wollte mich beschweren, brachte jedoch nur ein wirres Murmeln heraus. Alles drehte sich. Ich stand auf und wäre beinahe auf den harten weißen Marmorboden gefallen. Die Knollennase wollte mich stützen, doch ich schob ihn von mir und schrie so etwas wie: „Ich kann das. Geh weg!"

Ich torkelte am Empfang vorbei zum Ausgang des Hotels. Die Schiebetüren öffneten sich und die Schwüle der Nacht empfing mich. Ich musste hemmungslos weinen und stützte mich an einen der Pinienbäume, wie es sie zu Tausenden in Bibione gab. Seine Rinde war hart und spröde. Ich ging weiter und sagte vor mich hin: „Italy, Hotel Italy." Ich musste dorthin, zu Daniele. Auch wenn meine Sinne wegen des Alkohols und der Schmerzen nicht verlässlich waren, so wusste ich doch, dass Danieles Hotel nur wenige Straßen weiter lag. Ich musste nur die Parallelstraße zur Strandpromenade entlanggehen und dann in die zweite oder dritte rechts rein. Ich würde es finden.

Auf dem Weg dorthin fiel mir Ursula ein, Saschas Mutter, die Bärin. Seit der Beerdigung hatte ich sie nicht mehr gesehen und auch nicht gesprochen. Als Sascha noch lebte, war sie eine Vertraute, mit der ich über alles reden konnte. Sie war immer ehrlich zu mir gewesen. Das zumindest hatte ich angenommen. Ich nahm mein Handy aus der Hosentasche, setzte mich auf die Stufen eines kleinen Lebensmittelgeschäftes, das um diese Uhrzeit geschlossen hatte, und fand mühsam ihre Nummer in meinen Kontakten. Es war nach dreiundzwanzig Uhr, welcher Wochentag, wusste ich nicht. Ich wählte ihre

Nummer. Es klingelte fünfmal, dann wurde abgenommen und ich hörte Ursulas erstaunte Stimme.

„Umberto, bist du das?" Auch sie hatte meine Nummer nicht gelöscht. Ich konnte nichts anderes als weinen, minutenlang. „Umberto, was ist los? Geht es dir nicht gut? Wo bist du?" Ihre Stimme klang zunehmend verzweifelt. „Sag doch etwas."

„Ursula."

„Ja, ich bin es, Schatz. Was ist los mit dir? Ich höre dir zu."

„Ursula", wiederholte ich und dann: „Wollte Sascha … ich meine … hatte Sascha …?" Weiter kam ich nicht und bekam wieder einen Weinkrampf. Ich konnte es nicht aussprechen.

„Hatte Sascha *was*, Umberto?"

„Weißt du von Sascha und Marco, Ursula?"

Stille.

Ich legte auf.

KAPITEL 10
DIE BÄRIN

„Ich verstehe dich nicht." Sie schaute ihren Sohn an und es kam ihr der Gedanke, dass sie zum ersten Mal in ihrem und auch in seinem Leben nicht seine Partei würde ergreifen können.

„Mutter, wie soll ich es dir erklären?"

„Nenn mich nicht Mutter!"

„Ursula ..." Er nannte sie immer nur dann Mutter, wenn er sie nicht ernst nahm, und dieses Thema war ernst, auch wenn es um sein Leben ging und nicht um ihres.

„Weißt du, was du ihm antust? Wie lange geht das schon?"

„Ein Dreivierteljahr." Sie ertrug es in dem Moment nicht, ihn anzuschauen, und drehte sich zum Fenster. Der Blick in ihren Garten beruhigte sie immer; sie musste die verblühten Narzissen noch abschneiden. Doch der Gedanke half nicht. Sascha warf sein Leben weg. Ein Leben, das sie sich für sich selbst immer gewünscht hatte.

„Fast ein Jahr?" Sie drehte sich zu ihm um. Er nickte und schaute zum Boden. „Warum?", wollte sie wissen. Er blieb stumm. „Was fehlt dir?"

„Wie meinst du das?"

„Was fehlt dir an ihm? Wann hast du aufgehört, ihn zu lieben?"

„So ist es nicht. Ich liebe ihn noch. Es ist ...", doch weiter kam er nicht.

„Ich habe euch immer als Einheit erlebt. Ich kenne kein anderes Paar, das so viel Liebe ausstrahlt wie ihr zwei.“ Er nickte. „Auch als dein Vater noch bei uns war, war es nie so wie bei euch.“ Konnte er den Schmerz in ihrem Gesicht sehen? „Seitdem ihr zusammen seid, bist du …“ und ihr fehlte das passende Wort, „… gewachsen“, sagte sie dann schließlich.

„Ich kann nicht aus Dankbarkeit bei ihm bleiben.“

„Ich rede nicht von Dankbarkeit. Aber sag mir, dass ich unrecht habe!“, forderte sie ihn auf. Er schüttelte den Kopf. „Was?“, wollte sie wissen.

„Du hast nicht unrecht. Ich bin gewachsen. Wir sind beide nicht mehr die, die wir zu Beginn unserer Beziehung waren. Zwanzig Jahre sind eine lange Zeit.“

„Ja. Und was heißt ‚bei ihm bleiben‘? Ihr habt doch ein gemeinsames Leben.“ Wieder nickte er. „Und jetzt ist da ein neuer Mann“, fragte sie ihn. Oder war es eine Feststellung?

„Ursula, ich bin dir keine Rechenschaft schuldig.“

„Nein, das bist du nicht. Nicht mir. Wann willst du es ihm sagen?“

„Ich warte auf den richtigen Moment“, flüsterte er. Sie musste sich wieder abwenden, schaute nach unten in die Spüle, in die sie das Kaffeegeschirr gestellt hatte. Das gute Geschirr. Er hatte ihr am Telefon gesagt, er müsste etwas Wichtiges mit ihr besprechen. Damit hatte sie nicht gerechnet.

„Der richtige Moment?“ Schweigen. „Um ihm sein Leben zu zerstören? Wann soll der sein, dieser Moment?“ Sie hörte, wie er tief Luft holte.

„Und was ist mit meinem Leben?“

„Was ist mit deinem Leben?“ Ihr war klar, dass sie in diese Frage mehr Verständnis hätte fließen lassen sollen. Ihr Ton war vorwurfsvoll. Das war nicht gerecht, auch wenn es sich für sie richtig anfühlte.

„Ich kann diese Lüge nicht länger leben." Es klang wie ein Geständnis und das war es letztlich ja auch.

„Das fällt dir früh ein."

„Wie immer nimmst du ihn in Schutz. Ich frage mich manchmal, ob er in deinem Leben meinen Platz eingenommen hat. Oder füllt er die Leere in deinem Herzen, die Vater hinterlassen hat?"

„Jetzt werde nicht widerlich!", fauchte sie ihn an. Er hielt ihrem Blick stand, sagte aber nichts. „Was ist mit Phillip?", wollte sie dann wissen.

„Was soll mit ihm sein?", fragte er.

„Ich weiß, dass er nur ein Hund ist. Aber wer soll ihn bekommen? Oder wechselt ihr euch dann an den Wochenenden ab?" Der Sarkasmus in ihrer Stimme war nicht zu überhören.

„Mach dich bitte nicht über mich lustig." Er verließ die Küche und ging ins Esszimmer, wo der Kirschkuchen noch auf dem Tisch stand. Hätte er gleich erzählt, worum es ging, hätten sicherlich nicht zwei Stücke auf der Platte gefehlt. Sie ging ihm nach.

„Du weißt, dass wir – du und ich – die erste richtige Familie in seinem Leben sind."

„Das weiß ich."

„Zumindest die ersten, die ihn so lieben, wie er ist."

„Auch wenn es nicht schwer ist, ihn zu lieben."

„Bitte beleidige ihn nicht!" Sie war wieder lauter geworden.

„Merkst du, dass du mehr auf seiner Seite stehst als auf meiner?"

„Ich stehe auf eurer Seite", korrigierte sie ihn.

„Du stehst immer auf seiner Seite", warf er ihr vor und auch sein Ton wurde bestimmter. Sie entgegnete nichts, öffnete die Terrassentür, wechselte ihre Hausschuhe gegen die Gartenclogs und nahm die Rosenschere vom Pflanztisch. Die Sonne hatte bereits an Intensität gewonnen und es würde nicht lange dauern, bis sich der Garten von seiner frühsommerlichen Seite zeigen würde. Die Narzissen und auch die Tulpen hatte sie früher immer gleich geschnitten, sobald sie verblüht waren, bis sie irgendwo gelesen hatte, dass es die Zwiebeln kräftigen würde, wenn man das Laub noch einige Zeit stehen lässt. Aber auch der Zeitpunkt war überschritten. „Was verwelkt ist, ist verwelkt und kommt weg", sagte sie sich und ging mit den Pflanzen weniger behutsam um, als sie es verdient hätten.

„Ursula!" Er war ihr gefolgt.

„Es ist richtig, dass er auch mir viel bedeutet", sagte sie, ohne sich nach ihm umzudrehen. Er entgegnete darauf nichts. „Doch ich stehe nicht auf seiner Seite."

„Doch, das tust du und …" Sie wollte ihn unterbrechen, doch er sprach weiter: „Und das ist auch gut, denn er hat es verdient." Sie kniete im Blumenbeet und drehte sich nach ihm um.

„Warum gerade Marco?", wollte sie wissen. Er schaute sie fragend an. „Ihr kennt ihn beide. Muss es auch noch ein gemeinsamer Freund sein?"

„Das habe ich nicht geplant."

„Aber du hast dich auch nicht dagegen gewehrt", klagte sie ihn an.

„Nein, das habe ich nicht, zumindest nicht lange."

„Wann willst du es ihm sagen?", fragte sie ihn erneut, doch er blieb ihr ein weiteres Mal die Antwort schuldig. „Ich werde nicht so tun können, als wäre nichts", sagte sie dann schließlich.

„Was willst du damit sagen?" Sie hatte jetzt von den Pflanzen abgelassen, hielt in der einen Hand die Schere und in der anderen eine verschlissene Plastikwanne mit den verwelkten Narzissen.

„Du ziehst mich da in etwas mit rein, das mir nicht gefällt. Ich wünschte, du hättest es mir nicht erzählt, Sascha."

„Bitte sag ihm nichts. Ich werde es ihm sagen. Schon bald."

Wortlos lief sie an ihrem Sohn vorbei, um die Wanne auf dem Komposthaufen zu entleeren. Er sah ihr nach. Als sie zurückkam und an ihm vorbei zum Haus ging, konnte er erkennen, wie sie ihre Tränen unterdrückte. Er blieb noch eine Weile vor dem Blumenbeet stehen, bevor auch er ins Haus zurückging.

„Ich glaube, es ist besser, wenn du jetzt gehst." Sie stand wieder in der Küche, als er zu ihr kam. Er sagte nichts. Sie nahm die Platte mit dem Kirschkuchen, die nicht mehr im Esszimmer auf dem Tisch stand, sondern auf der Anrichte, öffnete den Mülleimer und ließ den Kuchen hineingleiten. Er ging, ohne sich zu verabschieden.

KAPITEL 11
VERGANGENES ZURÜCKLASSEN

Mein Kopf fühlte sich plötzlich klar an. Mein Körper wollte jedoch nicht funktionieren. Mühsam erhob ich mich von den Stufen, ich torkelte, fiel in einen Busch, kratzte mir die Haut an einem Unterarm und im Nacken auf, der Arm blutete, ich kniete mich auf den Boden und übergab mich. Als mein gesamter Mageninhalt vor mir lag, stütze ich mich auf einem Knie auf und kam beim zweiten Versuch auf die Beine. Hotel Italy, es musste hier irgendwo sein, Hotel Italy.

Der saure Geschmack in meinem Mund war widerlich; ich ekelte mich vor mir selbst. Ich bemerkte, dass Erbrochenes auf einem meiner Knie gelandet war, strich darüber und versuchte, es wegzuwischen. Mit mäßigem Erfolg. Mein Kopf war plötzlich klar. Ich stolperte über eine der Wurzeln, die von den jahrzehntealten Pinien wie Krampfadern durch die Betonplatten der Gehwege gedrückt worden waren. Jetzt bluteten auch meine Hände. Hotel Italy. Ich bog in die nächste Straße ein. Hinten rechts war Licht, ein Hotel. Das musste es sein. Doch das war es nicht. Ich stolperte wieder zurück und hörte, wie Menschen, die an mir vorbeigingen, abfällige Bemerkungen machten. Er hat mich betrogen, wollte ich ihnen zurufen. Er wollte mich verlassen.

Weiter, torkelnd, einen Schritt vor den anderen setzend. Nicht wieder hinfallen. Mir tat alles weh: die Knie, die Hände, der Kopf, auch er tat weh, aber er konnte denken. Sascha wollte mich verlassen. Er wollte mit Marco leben. Er wollte es mir während des Spaziergangs sagen. Den hat er nicht überlebt. War es das wert gewesen? Die Linden duften. Der Fahrer schreit. Er schreit in meinem Kopf. Phillip ist tot. Warum auch er? Warum hat Sascha ihn mitgenommen?

Die nächste rechts rein. Hinten rechts wieder Licht. Eine andere Straße. Nicht stürzen. Weitergehen. Zu Daniele. Hotel Italy. Steht es wirklich dort? Eine steile Treppe. Die Stufen sind beleuchtet. Es sieht aus, als hätte man in jeder Stufe Lichterketten hinter einer Glaswand angebracht. Lichterketten im August. Hotel Italy. Es steht oben über der Tür. Ich setze mich auf die untersten Stufen der Treppe und weine. Dann fange ich an zu summen. Worte finden ihren Weg aus meinem Kopf auf meine Lippen. Ich singe vor mich hin.

Malade, je suis malade …

Menschen laufen an mir vorbei. Die Treppe hoch, die Treppe runter. Zu zweit, allein, wieder zu zweit.

Comme quand ma mère sortait le soir …

Es weht ein angenehmer Wind. Die Grillen zirpen.

Je ne rêve plus, je ne fume plus / Je n'ai même plus d'histoire …

Jemand greift nach meiner Schulter.

Je suis sale sans toi / Je suis laide sans toi

„Umberto, was tust du hier?"

Träume ich? Ist das wirklich Daniele?

„Daniele, da bist du ja."

„Du bist verletzt. Und total betrunken. Und du stinkst nach Kotze. Was ist passiert?"

… tous les whiskies / Pour moi ont le même goût

Daniele setzt sich zu mir und hört mir zu. Er hört mir zu, wie ich singe, und lächelt.

„Pass auf! Ich liebe dieses Enjambement …"

„Umberto, ich habe keine Ahnung, was das ist, aber ich passe auf", sagt er und lächelt weiter. Er lächelt. Er lächelt mich an. Er ist schön. Ich singe lauter.

Comme quand ma mère sortait le soir / Et qu'elle me laissait seule avec / Mon désespoir je suis malade … „Da war es. Hast du es bemerkt?"

„Ich habe es bemerkt", lügt er. Auch er lügt, doch er lächelt. „Umberto, wie lange sitzt du hier schon so?"

„Weiß nicht", sage ich nur. Mir wird schwindelig.

„Ich komme gerade aus Verona zurück. Gut, dass ich dich hier finde und nicht die Carabinieri."

„Verona? Warum?"

„Das erkläre ich dir morgen", sagt er. „Jetzt gehen wir erst mal rein. Ich kann dich so nicht allein lassen. Kannst du aufstehen?"

„Klar kann ich", lalle ich, will aufstehen, was mir nicht gelingt, und setze mich wieder auf die Stufen.

Mein Handy klingelt. Umständlich ziehe ich es aus der Hosentasche. Es ist Ursula. Saschas Mutter.

„Sie wusste es. Auf seiner Beerdigung. Und sie hat nichts gesagt. Vielleicht wussten sie es alle, nur ich nicht."

„Welche Beerdigung?", fragt Daniele. „Willst du nicht rangehen?" Ich schaue ihn an. „Na, vielleicht besser nicht", sagt er dann. „Wer ruft dich mitten in der Nacht an?"

„Seine Mutter", kommt es mir über die Lippen und ich schaue auf die Schürfwunden in meinen Handflächen und weine.

„Ist egal. Komm her." Daniele rückt an mich heran und nimmt mich in den Arm. Wir sitzen auf der Treppe des Hotel Italy. Das Telefon verstummt. Die Geschichte ist vorbei, denke ich in dem Moment, aber sie geht weiter. Doch es wird eine andere.

KAPITEL 12
EINE LIEBESGESCHICHTE

Das Erste, was ich fühle, noch bevor ich die Augen öffne, ist mein Kopf, der höllisch schmerzt. Ein Pochen, das sich anfühlt, als würde es meine Frontallappen sprengen und die Augen gleich mitnehmen wollen. Ich wage einen Blick. Zu hell. Schnell die Augen wieder zu. Ich spüre, dass ich nicht in meinem Hotelzimmer bin und nicht in meinem Bett liege, und ich trage noch meine Unterhose, was ich nachts sonst nie tue. Das Laken fühlt sich rau an und ich rieche Kaffee. Ich öffne die Augen wieder. Sonnenstrahlen, die quer durch das Zimmer scheinen und an der Wand gegenüber Van Goghs „Brücke in Arles“ erstrahlen lassen. Ein Bild, das keine Sonne benötigt. Ich setze mich auf. Der Kopfteil des Bettes ist aus Holz, härter als das mit Leder überspannte im Savoy. Meine Hände schmerzen. Ich wundere mich über Schürfwunden auf meinen Handflächen und an einem Unterarm. Der Duft des Kaffees leitet meinen Blick. Daniele sitzt auf einem Sessel, mit einer Tasse in der Hand und übereinandergeschlagenen Beinen. Er trägt nur Boxershorts und lächelt mich an.

„Buongiorno“, sagt er. Ich freue mich über ihn und sein Lächeln, aber ich weiß nicht, wie ich hierhingekommen bin. „Gut geschlafen?“

„Ich weiß nicht“, sage ich. Sein Lächeln wird breiter.

„Kaffee?“

Ich nicke. Selbst das tut weh. Mein Kopf duldet diese Bewegung noch nicht. Daniele steht auf und geht an den Schreibtisch, auf dem sich eine kleine Kaffeemaschine befindet. Er legt eine Kapsel ein, nimmt eine Tasse und drückt auf einen Knopf. Mit lautem Getöse pumpt das Gerät das heiße Wasser durch das Kaffeemehl. Noch mehr Duft erfüllt das Zimmer. Daniele wendet mir den Rücken zu und mir kommen fast die Tränen bei all dieser wundervollen Selbstverständlichkeit, die ich so lange nicht mehr erlebt habe. Er kommt mit der Tasse in der Hand auf das Bett zu, nimmt sich im Vorbeigehen noch seine vom Tisch und setzt sich zu mir auf die Bettkante.

„Zucker?" Ich schüttele den Kopf. Er hält mir die Tasse hin. Ich muss mich noch weiter aufsetzen. Daniele duftet nach Kokos. Vielleicht ein Duschgel. Er sieht so frisch und strahlend aus, dass es sich anfühlt, als würde in diesem sonnendurchfluteten Zimmer von ihm eine angenehme Kühle zu mir herüberwehen. Der Kaffee schmeckt bitter, aber gut.

„Was ist passiert?", fragt er mich, nachdem auch er einen Schluck von seinem Kaffee genommen hat.

„Soll ich bei dem beginnen, woran ich mich erinnere, oder bei dem, was weg ist?" Der erste lange Satz an diesem Morgen. Daniele muss grinsen, schaut kurz zum Fenster und dann zu mir.

„Du warst sturzbesoffen und hast auf der Treppe des Hotels – meines Hotels hier – auf Französisch gesungen." Seine Augen leuchten amüsiert.

„Dalida", sage ich nur. Daran kann ich mich erinnern.

„Ich wusste, es musste etwas Besonderes sein", neckt er mich.

„Du kennst sie nicht?"

„Lebt sie noch?"

„Nein, sie hat sich vor vielen Jahren das Leben genommen."

„Da bin ich ja froh, dass ich dich noch rechtzeitig gefunden habe“, scherzt Daniele, ohne zu wissen, dass ich vor wenigen Tagen kurz davor gewesen bin, mich umzubringen.

„Ja“, sage ich nur und versuche zu lächeln.

„Jetzt der Teil, an den du dich erinnerst“, fordert er mich auf, geht hinüber zum Schreibtisch und macht sich noch einen Kaffee. Woran ich mich erinnere, denke ich und bin mir nicht sicher, was mehr schmerzt: das Denken selbst oder die Erinnerung.

„Daniele, ich weiß, dass ich dir eine Erklärung schuldig bin, aber ich weiß noch nicht, ob ich dir das alles zumuten kann und möchte.“

Der Kaffee läuft wieder mit lautem Getöse in die Tasse, die Daniele festhält, als er zu mir herüberschaut. Er wartet ab, bis das Gerät wieder Ruhe gibt, schaut mich aber weiter verwirrt an. Dann kommt er zu mir, nimmt dieses Mal den Stuhl vom Schreibtisch mit, stützt sich – die Tasse in beiden Händen – mit den Ellbogen auf den Knien ab und schaut mich fragend an.

„Ich habe Zeit und ich bin hart im Nehmen“, sagt er, bevor er einen Schluck seines Kaffees nimmt. Wo soll ich anfangen?

„Ich habe gestern Abend etwas erfahren, das mich am Boden zerstört hat.“

„War das nach oder vor dem Friseurtermin?“ Er öffnet die Augen für eine Sekunde ganz weit und lächelt dann. „Entschuldige.“

„Nein, du hast recht, wir waren bei Gigi.“

„Wir?“

„Debora, die Marien und ich. Aber das hat mich nicht aus der Bahn geworfen. Im Gegenteil, es war ein schöner

Nachmittag. Debora hatte mich nach Tipps gefragt, wie sie mehr aus sich machen kann."

„Und die hast du ihr gegeben?" Selbstverständlich sagt Daniele das schmunzelnd zwischen zwei Schlucken Kaffee.

„Ja." Das scheint ihm zu genügen. „Weißt du, dass Fabio gar nicht Deboras Mann, sondern ihr Bruder ist?"

„Wer ist Fabio?", fragt Daniele zu Recht.

„Der Mann aus der Eisboutique."

„Der Hübsche?"

„Der Hübsche", bestätige ich.

„Ihr Bruder?"

„Ja." Auch die Antwort reicht fürs Erste.

„Umberto, was hat dich am Boden zerstört? Was ist passiert?", fragt er dann. Eine so einfache Frage, deren Beantwortung mich jedoch derart viel Energie kostet. Ich weiß nicht, wo ich anfangen soll, was Daniele mir wohl ansieht. „Umberto, du musst es mir nicht erzählen. Ich bin froh, dass du zu mir gekommen bist und dass ich dich gefunden habe. Ich hatte eigentlich überlegt, die Nacht zu Hause in Verona zu bleiben, und bin nur gestern Abend schon losgefahren, weil ich den Urlaubsverkehr nach Bibione heute meiden wollte. Es ist Samstag und da steht man jetzt in der Hauptsaison stundenlang im Stau, um die letzten Kilometer zurückzulegen."

„Hattest du nicht gesagt, dein Meeting gestern wäre online gewesen?"

„War es auch, aber es kam zu einer Eskalation bei einem Kunden und meine Kollegin ist immer noch krank. Ich musste wohl oder übel hin."

„Und hast du es retten können?"

„Selbstverständlich. So wie dich“, flüstert Daniele mit gespielter Überheblichkeit.

„Was für eine dumme Frage“, spiele ich mit. „Ich bin in einen Busch gefallen“, fällt mir wieder ein, während ich mir die Schürfwunden an meinen Armen und Händen anschaue.

„So etwas in der Art habe ich mir gedacht. Heiligabend ist alles wieder gut.“ Er wartet, wie ich reagiere. Ich kann mir ein Grinsen nicht verkneifen und muss den Kopf schütteln. Das gefällt ihm.

„Ich habe zu viel getrunken“, sage ich dann.

„Was du nicht sagst!“, meint Daniele, lacht und nimmt wieder einen Schluck aus seiner Tasse. Er schaut mich an. Verständnisvoll. Warm. Vertraut. Verliebt?

„Ich habe mich wohl absolut danebenbenommen, nicht wahr?“ Auch ich nippe an meinem Kaffee.

„Ich hätte niemals erfahren, was ein Jambon ist“, lacht er.

„Ein was? Ein Jambon?“

„Du hast gestern behauptet, es gäbe einen Jambon in diesem Lied von … Wie heißt sie noch?“

„Dalida und ich haben sicher nicht Jambon gesagt.“

„Also doch kein Schinken“, grinst Daniele und ich frage mich, was er noch insgeheim weiß. „Ein Enjambement, ist schon klar. Google hat es mir erklärt. Auch wenn ich dir in den letzten zwei Stunden gerne beim Schlafen zugeschaut habe, habe ich doch auch ein wenig Weiterbildung betrieben.“

„Daniele, haben wir …?“

„Haben wir *was*?“ Er grinst, wie nur er es kann. Ich schaue auf meine Hände. „Die Schürfwunden sind nicht von wildem Sex, Umberto, das haben wir ja schon geklärt. Du meinst, ob wir miteinander geschlafen haben?“ Ich nicke. „Nun das kommt auf die Definition an. Wir haben im selben Zimmer geschlafen, allerdings nicht im selben Bett." Er zeigt auf die Couch, auf der ein zerwühltes Laken und ein Kissen liegen – beides war mir vorher nicht aufgefallen –, „und ich wäre ja bereit gewesen für Sex, aber du leider nicht", sagt er wehleidig. „Und es lag dieses Mal nicht an deinen Prinzipien, mein Lieber", schmunzelt er und auch ich kann es mir nicht verkneifen. Ist das bereits ein Kosename für mich? Wie soll ich ihn nennen?

„Ganz der Gentleman."

„Aber jetzt nicht mehr. Sex?", fragt er mich.

„Jetzt?", frage ich überrascht und schaue ihn wohl zu ungläubig an.

„Na gut, dann eben nicht", lacht er und lehnt sich mit gespreizten Beinen auf seinem Stuhl zurück, als wollte er dennoch ein Angebot unterbreiten. „Venedig?", fragt er dann unvermittelt.

„Du meinst, nach Venedig?"

„Ich befürchte, es würde nicht zu uns kommen. Und? Lust? Wir könnten mit dem Wagen nach Latisana fahren und dort in den Zug steigen", schlägt er vor. „Warst du schon in Venedig?"

„Ich? Ja, viele Male." Mit Sascha, füge ich in Gedanken hinzu.

„Aber noch nicht mit mir, mein Lieber", sagt Daniele, als hätte er meine Gedanken gelesen.

„Nein, mit dir noch nicht."

„Ich werde dir *mein* Venedig zeigen."

„Das hört sich gut an."

„Aber vorher solltest du duschen, denn du stinkst, Herr Professor."

„Ich bin kein Professor und wo ist der Gentleman geblieben?", frage ich ihn und spiele beleidigt.

„Den lasse ich nur raus, wenn absolut notwendig“, antwortet er und schaut mich abwartend an. „Sollen wir dann runter zum Frühstück oder möchtest du lieber hier auf dem Zimmer was essen oder in deinem Hotel? Und du ziehst noch andere Klamotten an, die du nicht vollgekotzt hast, hoffe ich doch.“

„Oh, Daniele, so viele Fragen auf einmal. Lass mich duschen. Und hast du vielleicht eine Aspirin für mich?“

„Aspirin ist für Weicheier. Ich habe eine Ibu für dich“, grinst er, steht auf und geht ins Bad. Ich stelle meine Tasse auf dem Nachttisch ab, setze mich auf die Bettkante und stelle fest, dass ich mich erst an diese vertikale Position gewöhnen muss. Daniele kommt mit der Tablette und einem Glas Wasser aus dem Bad. In diesem Moment bin ich ihm so dankbar dafür, dass er da ist, dass ich blinzeln muss, um Tränen zurückzuhalten. Ich will nicht schon wieder weinen, nehme Wasser und Schmerzmittel und verabschiede mich in das fensterlose kleine Bad.

Wir beschließen, uns um zwölf Uhr im Foyer des Savoy zu treffen, da ich vermeiden will, dass mich nach meiner gestrigen Szene vor seinem Hotel jemand wiedererkennt. Daniele leiht mir für den Weg ins Savoy eine Hose, damit ich nicht in meine verschmutzte steigen muss, die er für mich in eine Plastiktüte stopft. Mit einem „Die ist gut verpackt“ überreicht mir der Verpackungsingenieur den Beutel und öffnet seine Zimmertür, um mich für die nächsten zwei Stunden mir selbst zu überlassen. Auf der Schwelle bleibe ich stehen, drehe mich um und küsse ihn, kurz, flüchtig, verstohlen. Dann trete ich einen Schritt zurück und wir schauen uns an. Er lächelt.

„Danke“, sage ich zu ihm.

„Ich kann noch mehr“, flüstert er mir zu.

„Da habe ich keine Zweifel“, flüstere ich und gehe.

Auf dem kurzen Rückweg zu meinem Hotel kommt mir das gestrige Gespräch mit Marco in den Sinn. Ich soll Verständnis für ihn haben, da auch er trauere. Er trauert um meinen Mann, der mich mit ihm betrogen hat. Ich frage mich, wie ich damit umgegangen wäre, wenn ich vor oder kurz nach Saschas Tod von … – mir fehlt das passende Wort dafür. Von ihrem Verhältnis? Ihrer Beziehung? Ihrer Liebe? – erfahren hätte. Hätte ich genauso getrauert, wie ich es getan habe? Warum ist Marco nicht zur Beerdigung gekommen, wenn er doch durch Ornella von Saschas Tod erfahren hat? Vielleicht hat sie es ihm erst später mitgeteilt. Hätte es etwas an meiner Liebe zu Sascha verändert? Hätte ich dennoch den Plan gefasst, mich umzubringen? Welche Ironie, denke ich. Ich wollte mich umbringen, um wieder mit Sascha zusammen zu sein. Mit ihm, der mich verlassen wollte. Bei dem Gedanken, dass er mich im Jenseits abgewiesen hätte, kann ich mich nicht entscheiden, ob ich lachen oder weinen soll. Im Jenseits. Diese Überlegung kann ich mir sparen, da ich mir sicher bin, dass es für uns Menschen kein – zumindest kein erlebbares – Jenseits gibt. Ich hätte mich also getrost umbringen können und mit keinen negativen Konsequenzen rechnen müssen. Außer dem Tod. Der Gedanke amüsiert mich und ich frage mich, ob ich schon ganz nüchtern bin.

Lass uns über Nacht bleiben, ja? Ich kenne ein gutes Hotel, das gar nicht teuer ist. Pack Zahnbürste und Unterhose ein. Kein Pyjama. Smiley mit roten Wangen.

Ich gehe gerade durch die Hotelhalle, als mich Danieles Nachricht erreicht. Mit ihm in Venedig übernachten, ohne Pyjama. Wie oft haben Sascha und Marco miteinander geschlafen? In München. Sicherlich auch ohne Pyjama. Wie lange ging das mit ihnen beiden, bis Sascha sich dann von mir trennen wollte? Hat er sich dazu durchringen müssen? Wurde er von Marco gedrängt? Wie lange wusste Ursula von den beiden? War die Aussicht, sich von mir zu trennen, für Sascha eine Erlösung? Ich dachte immer, wir wären das perfekte Paar gewesen. Dachte er das nicht auch? Offensichtlich nicht. Was fehlte ihm? An mir? In dem Leben mit mir? Marco sieht gut aus, ja. Er ist ein toller Mann, ja. Er ist jünger als ich und jünger, als Sascha es war, ja. Ist es das gewesen? Hat das gereicht, um zwanzig Jahre Beziehung wegzuwerfen? War das das einzige Geheimnis, das Sascha mit in den Tod genommen hat?

Ich fahre mit dem Aufzug in meine Etage und mit jedem Meter, den ich meinem Zimmer näherkomme, wachsen die Zweifel in mir, ob es das Richtige ist, mit Daniele nach Venedig zu fahren. Was ist mit meinem Schmerz von gestern? Was ist mit der Verzweiflung, die ich mit in diesen Urlaub gebracht habe? Sehne ich mich etwa danach? Bin ich so gestört vor Traurigkeit, Wut und Enttäuschung, dass sich ein wenig Glück für mich nicht richtig anfühlt? Ist es falsch, mich in Daniele zu verlieben? Ich bin niemandem mehr Rechenschaft schuldig. Keinem Lebendigen und keinem Toten. Nur mir. Eloisa hat gesagt, dass ich mich für das Glück entscheiden kann. Ich dürfe nicht warten. Ich möchte mit Daniele schlafen. Ich möchte wieder die Hände eines Mannes auf meinem Körper fühlen. Ich möchte wieder Teil eines Ganzen sein, eines lebendigen Ganzen, nicht eines Schattens, dem ich nachgejagt bin und der mich beinahe das Leben gekostet hätte.

Ich schließe die Tür zu meinem Zimmer auf, gehe hinein, ziehe mich um und packe Danieles Hose und einiges für zwei Tage und eine Nacht ein. Dann öffne ich den Safe, nehme die Packung mit den Tabletten heraus und gehe ins Bad. Meine Hände zittern nicht, nicht heute. Ich bin ruhig, stehe vor dem Spiegel und starre mich an. Minutenlang verharre ich dort, in der einen Hand die Packung mit den Tabletten, mit der anderen halte ich mich am Waschbecken fest. Dann öffne ich die Schachtel, drücke alle Tabletten aus dem Blister, halte sie in einer Hand, öffne den Toilettendeckel, werfe sie hinein und schaue, wie sie eine nach der anderen nach unten absinken. Ich betätige die Spülung. Als der Wasserstrudel sich in der Toilettenschüssel wieder beruhigt, schließe ich den Deckel, wasche mir die Hände und verlasse mit meiner Tasche das Zimmer. Wenn ich es wieder betrete, werde ich der Umberto sein, der mit Daniele eine Nacht in Venedig verbracht hat. Eine harmlos wirkende Entscheidung, die jedoch für mich eine weitere Zäsur bedeuten wird. Es ist halb zwölf. In einer halben Stunde will er mich abholen. Ich gehe an die Bar, um ein Cornetto zu essen.

Daniele, der in Italien sozialisierte Italiener, kommt selbstverständlich eine Viertelstunde zu spät, was mich, den Deutsch-Italiener, erst beunruhigt und dann ärgert, um schließlich in seinem entschuldigenden Lächeln zu versinken. Wir fahren wie geplant mit seinem Wagen eine gute halbe Stunde mit der Küste im Rücken nach Latisana und steigen dort in eine Regionalbahn, die uns zu La Serenissima bringt.

Als wir mit dem Vaporetto vom Bahnhof Santa Lucia bei strahlendem Sonnenschein zum Markusplatz fahren, stellt sich Daniele Titanic-like an die Reling des Bugs und ruft „Venezia, ich bringe dir Umberto!", was die anderen Passagiere belustigt, mir erst peinlich ist, mich dann aber auch zum Lachen bringt. Ich beginne, mich mehr und mehr in Liebe zu diesem wundervollen Mann zu verlieren. Ja, ich weiß, Liebe kann es noch nicht sein, aber eine Verliebtheit, die mich zunehmend berauscht.

Wir verbringen in der Stadt, die sich nicht zwischen Braut und Hure entscheiden kann, einen wundervollen Tag miteinander, an dem wir viel sehen, lachen, sprechen und selbstverständlich das obligatorische Dogenbrot essen. Daniele glaubt mir nicht, dass wir in kurzen Hosen nicht bei Harry's Bar reingelassen werden – *No shorts and no dogs*, mussten Sascha und ich schon erfahren –, und so lasse ich ihn vorgehen, warte draußen und nehme ihn in die Arme, der keine dreißig Sekunden später wieder vor mir steht und spielt, als müsste er bitterlich weinen, da es auch ihm mit seinem Charme nicht gelungen ist, einen der Kellner davon zu überzeugen, uns einen Tisch zu geben.

Nachdem wir in einer Seitengasse hervorragend zu Abend gegessen und den Zauber der untergehenden Sonne in der Lagunenstadt genossen haben, gehen wir erst zurück zum Bahnhof, wo wir in einem Schließfach unsere Taschen deponiert haben, um dann zum nahegelegenen Hotel zu schlendern, das Daniele für uns gebucht hat. Die Casa Sant'Andrea ist ein ehemaliges Kloster, das am Rande Venedigs liegt und seinen Gästen bescheidene, aber gepflegte Zimmer bietet. Nicht ganz der Ort für romantische Stunden, aber die verbringt man in Venedig ohnehin allerorts und spart sich das Geld lieber für Museen und Kulinarisches, anstatt es für überteuerte Hotels auszugeben.

Daniele hat ein Doppelzimmer für uns gebucht und ich will es. Ich will mit ihm schlafen. Das Zimmer verfügt zwar auch über eine Schlafcouch – ich frage mich, ob er bei der Buchung absichtlich diese Option gewählt hat –, doch wir nutzen sie nur, um unsere Taschen darauf zu werfen. Wir duschen beide – nacheinander, nicht zusammen –, und als Daniele in Unterhose vor mir steht, sagt er: „Nur, damit du dich nicht wunderst, ich habe nur eines."

„Ein was?"

„Ein Ei."

„Du meinst, einen Hoden?"

„Ja, Herr Doktor."

„Warum?"

„Das erzähle ich dir ein andermal. Aber das eine, das ich noch habe, ist belastbar für zwei. Also nur zu!" Und er zwinkert.

„Muss ich sonst noch etwas wissen?", frage ich eher rhetorisch.

„Ach ja, da ist noch etwas." Und er macht eine Pause. Ich muss lachen.

„Und das wäre?"

„Ich bin an den Knien kitzelig. Wenn du also nicht möchtest, dass ich beim Poppen lache …"

„Ich werde deine Knie nicht anrühren", unterbreche ich ihn.

„Wir verstehen uns. Und bei dir? Irgendwelche Einschränkungen?"

„Du meinst, abgesehen von meiner Psyche?"

„Ach, die Psyche, mit der komme ich klar." Wir müssen beide lachen und Daniele hält sein Versprechen, dass er noch mehr kann.

Als wir am Morgen im Hotel beim Frühstück sitzen, unterbreche ich unser Schweigen mit der Frage: „Krebs?"

„Ja", sagt er zwischen Cornetto und Cappuccino.

„Wie lange ist es her?"

„Im September werden es acht Jahre nach der OP."

„Wie war das für dich?"

„Für mich? Es war, wie es war. Ich habe mich gegen ein Silikonei entschieden und mein damaliger Freund hat mich verlassen."

„Deswegen?"

„Ich war mitten in der Chemo und er kam damit nicht klar." Daniele legt sein Cornetto beiseite und schaut mich an. „Ich hoffe, es ist für dich kein Problem."

„Daniele, du bist ein wundervoller Mann." Er nickt und bekommt glasige Augen.

„Was anderes hättest du auch nicht verdient", sagt er dann und ich bin gerührt.

„Was machen wir jetzt, bevor wir hier beide heulend am Tisch sitzen?"

„Das Zimmer ist noch bis zwölf bezahlt. Wir könnten wieder …", sagt er und schaut mich gespielt erwartungsvoll an. Mir kommt in den Sinn, dass der eine Hoden wirklich seinen Dienst tut, doch ich schiebe den Gedanken beiseite.

„Weißt du, was ich in Venedig noch nie gemacht habe?"

„Sag es mir! Ich bin für alles zu haben", fordert er mich auf, „auch wenn ich mir fast sicher bin, dass es nicht das ist, was ich im Sinn habe."

„Ich bin noch nie in einer Gondel gefahren."

„Oh, Umberto, das ist kitschig! Das brauchen wir nicht!"

„Daniele, lass uns kitschig sein! Das könnte ich mit niemandem besser als mit dir!“, versuche ich ihn zu überzeugen.

„Na, das habe ich jetzt aber nicht gehört. Ich und Kitsch, das ist so wie … wie …“ Und es fällt ihm nichts Passendes ein.

„Siehst du. Es ist dein Schicksal. Eine Gondelfahrt mit mir durch Venedig“, schwärme ich. Daniele nimmt sein Cornetto und schiebt sich so viel in den Mund, dass er Schwierigkeiten hat, den Mund beim Kauen geschlossen zu halten. Während er kaut, schüttelt er den Kopf und macht mit beiden Händen eine abwehrende Bewegung. Ich schaue ihm dabei zu und wiederhole mehrere Male: „Doch, das machen wir. Wir machen es. Du und ich.“

„Also gut“, sagt er schließlich, als er den letzten Rest des Hörnchens heruntergeschluckt hat, „aber dafür bist du mir dann sehr, sehr viel schuldig.“

„Alles, was du willst“, gestehe ich ein.

„Alles?“

„Na gut, fast alles.“

„Umberto, das wird eine kurze Gondelfahrt.“

„Gut, alles“, gebe ich klein bei.

„Besser“, sagt er schließlich und wir gehen zur Rezeption, um zu fragen, ob wir unsere Taschen im Hotel lassen können, um sie dann am Nachmittag oder Abend vor unserer Abreise abzuholen. „*Ma certamente*!“, versichert uns der junge Mann am Empfang. Der Gondelfahrt steht nun nichts im Wege.

Sehr zu Danieles Leidwesen und meinem Entzücken absolvieren wir während der fast dreistündigen Fahrt auf einer schwarzen, mit goldenen Verzierungen geschmückten Gondel die Touristenroute schlechthin, die keine, aber auch überhaupt keine Wünsche offenlässt. Schon lange habe ich nicht mehr so viele Selfies mit meinem Smartphone gemacht – ich überwiegend lächelnd, Daniele gerne auch mal schmollend – und ich muss den Gedanken unterdrücken „Marco und Sascha, dieses noch für euch“, da ich mich vor der lauernden Bestie fürchte, die mir zuflüstert, ich tue dies nur, um es ihnen heimzuzahlen.

Zurück am Markusplatz, von wo wir abgelegt hatten, gehen wir auf der Riva degli Schiavoni entlang, überqueren die Seufzerbrücke und finden in einer der vielen kleinen Seitengasse ein Restaurant, in dessen klimatisiertem Gastraum wir uns ein spätes Mittagessen gönnen, ich das typisch venezianische Gericht mit Tintenfisch und schwarzer Soße, Daniele eine Schinkenpizza. Nach dem Espresso bitte ich Daniele, mich für zehn oder fünfzehn Minuten zu entschuldigen.

„Ich hoffe, du willst nicht wieder singen, Umberto!“

„Und wenn es so wäre? Oder meinst du, ich kann das nur, wenn ich betrunken bin?“ Wir lachen, ich küsse ihn, er schaut mich neugierig an und ich gehe.

Nach rund dreißig Minuten erst in die falsche und dann glücklicherweise in die richtige Richtung und der Beantwortung dreier Nachrichten von Daniele bin ich wieder zurück und lege ihm ein in braun-goldenes Papier eingepacktes Paket auf den Tisch.

„Was ist das?“

„Ein Geschenk.“

„Für mich?“

„Warte, lass mich schauen! Wir könnten es der alten Dame drüben schenken. Die sieht so einsam aus“, scherze ich.

„Und wenn ich es doch nehme?“ Daniele schaut mich verliebt an.

„Na gut, dann nimm du es! Es ist für dich, Daniele. Pack es aus!“

„Warum?“

„Weil du sonst nicht siehst, was drin ist, du Schelm.“

„Nein, ich meine, warum bekomme ich ein Geschenk von dir?“

„Ich möchte mich bedanken, dafür, dass es dich gibt, und für diese wundervolle Zeit mit dir in Venedig. Pack es endlich aus!“ Er lässt sich nicht noch einmal bitten und reißt in Windeseile das Papier von der Schachtel.

„Du bist verrückt! Das war teuer!“

„Du weißt doch noch gar nicht, was drin ist.“

„Von der Marke ist alles teuer“, sagt er und hält die Schachtel wie eine Trophäe mit beiden Händen. „Jetzt weiß ich: Ich hätte nicht so lange in dieses Schaufenster starren dürfen.“

„Ich bin froh, dass du es getan hast. Mach die Schachtel auf!“

„Umberto, die ist schön. Vielen Dank. Das ist eine *hip bag*. So was trägt man wieder.“

„Früher haben wir sie auf Deutsch ‚Bauchtasche‘ genannt.“

„*Hip bag* hört sich aber viel hipper an“, schwärmt Daniele, steht vom Tisch auf, gibt mir einen Kuss und passt sogleich die Länge des Gurtes an, damit die Tasche – genau, wie es sein soll – fest, aber auch locker über der Hüfte liegt. „Was da alles reinpasst …“ Ich freue mich, dass er sich freut. „*Sugardaddy*“, flüstert er mir ins Ohr und grinst.

„Noch so eine Bemerkung und ich nehme sie dir wieder weg!“ Wir lachen und fallen uns in die Arme. Dann verlassen wir das Restaurant und schlendern zurück zur Piazzetta des Markusplatzes, wo uns eine Gruppe von

Touristen auffällt, die sich jeweils zu zweit nebeneinander in einer schnurgeraden Linie direkt hinter der Säule mit dem geflügelten Markuslöwen aufgereiht haben. Am Ende der Schlange steht eine junge Frau mit dem obligatorischen Schirm, den sie in die Höhe hält und der sie als Guide zu erkennen gibt. Als wir uns der Reisegruppe nähern, erkennen wir, dass sie genau in dem Schatten stehen, der von der Säule auf das Pflaster geworfen wird. Daniele muss diese Kuriosität auf einem Foto festhalten, was von den Touristen mit einem Applaus belohnt wird. Wir verneigen uns zum Dank und gehen weiter am Dogenpalast vorbei links auf die Piazza, um auf der Terrasse des ältesten Kaffeehauses Italiens, dem Caffè Florian, Platz zu nehmen und uns der Dekadenz des hoffnungslos überteuerten Aperol Spritz hinzugeben, zum Klang eines vierköpfigen kleinen Orchesters, das – wie soll es anders sein – Vivaldi zum Besten gibt.

Schließlich machen wir uns auf in Richtung Accademia und schließlich zu unserem Hotel, wo wir unsere Taschen abholen und weiter zum Bahnhof laufen. Alles in allem absolvieren wir diese Strecke in einer guten Stunde und sind froh, dass wir im Zug nach Latisana auf Anhieb zwei freie Sitzplätze finden.

Dieser Tag in Venedig verlief genauso schön wie kitschig und tat meiner Seele gut. Die Nacht mit Daniele war aufregend und hat mich meinen Körper wieder spüren lassen. Glücklich, wenn auch erschöpft sitzen wir mit anderen Tagestouristen und dem einen oder anderen Geschäftsmann in unserem Abteil und werfen einen letzten Blick auf die Lagunenstadt, als wir über den Damm auf Mestre zusteuern.

Als wir in Latisana auf den Bahnsteig treten, dämmert es fast. Der kurze Fußmarsch zum Parkplatz an der überraschend frischen Luft tut uns nach der Fahrt im überhitzten Waggon gut. Wir wollen gerade die Straße überqueren, als ein LKW auf uns zurollt. Daniele will einen Fuß auf die Fahrbahn setzen, die viel zu schmal für einen Laster wie diesen ist. Der Fahrer bremst, die Reifen quietschen. Mir kommt es vor, als würde ich alles in separaten Standbildern wahrnehmen, als hätte jemand eine Diashow der Tragödie meines Lebens gestartet. Einzelne, überbelichtete Bilder, die im Stakkato unaufhaltsam aufblitzen, um in den kurzen Intervallen zwischen ihnen die Welt zu verdunkeln.

Ich lasse meine Tasche fallen und fasse Daniele von hinten um die Hüfte. Ich fühle das Leder der Hip Bag, die ich ihm geschenkt habe, und seinen schweißnassen Rücken an meinem Oberkörper. Auch er lässt seine Reisetasche fallen, die auf der Bordsteinkante liegt, falschherum. Ich reiße ihn von der Straße weg, weg vom LKW, weg vom Tod. Der süße Duft von Linden, doch das kann nicht sein. Ein Hund, nicht Phillip. Der harte Bordstein. Rücklings, er auf mir. Festhalten. Nicht loslassen.

Die Diashow ist vorbei. Ich bin wieder da. Daniele ist da. Er rappelt sich auf und kniet auf dem Bordstein vor mir. Ich lasse mich fallen. Mein Kopf liegt in seinem Schoß. Wir atmen beide schwer.

„Geht es dir gut?"

„Ja, Umberto, mir ist nichts passiert."

„Geht es dir wirklich gut?"

„Ja, doch, es ist nichts passiert."

„Es geht dir gut." Ich liege noch immer in seinem Schoß und bin wie versteinert.

Etliche Minuten verbringen wir auf dem Bordstein zusammengekauert wie zwei ineinander verhakte Tonfiguren, von denen mindestens eine bei dem Versuch, sie voneinander zu lösen, zerbrechen würde. Zwei Figuren, die exakt so auf der Töpferscheibe geformt worden sind, um ausschließlich in dieser Anordnung das Gleichgewicht zu erlangen.

Schließlich flüstert Daniele mir zu: „Umberto, ich kann mich nicht mehr halten. Ich kriege gleich einen Krampf im Fuß." Ich löse mich von ihm, lasse mich nach hinten fallen und komme auf dem Bordstein zum Sitzen. Ich wage es nicht, ihn anzuschauen. Zu groß ist meine Scham, zu groß die Lähmung nach dieser Szene, die mich innerhalb von Minuten zurück in den Schmerz gerissen und mit einer Wunde mehr im Jetzt wieder abgesetzt hat.

„Umberto, es wäre nichts passiert. Wir waren nicht in Gefahr. Ich war nicht in Gefahr", sagt Daniele nicht vorwurfsvoll, sondern unendlich zärtlich. Doch ich kann kaum reagieren. Ich bin gefangen in meinem Schock und mehr als ein Nicken, den Blick auf meine Hände gerichtet, die ich zwischen meine Knie klemme, gelingt mir nicht. „Wir fahren jetzt nach Bibione und dann will ich es wissen. Ich will wissen, was mit dir geschehen ist. Verstehst du?" Ich schaue ihn an und sehe, dass ihn die Trauer in meinem Gesicht schmerzt. „Kannst du aufstehen?" Ich nicke abermals. Es geht. Mit seiner Hilfe geht es. Ich stehe vom Boden auf.

Als wir in Bibione eintreffen, ist es schon dunkel. Daniele fährt zu seinem Hotel, wo er den Wagen im Parkdeck abstellt. Ganz selbstverständlich gehen wir gemeinsam auf sein Zimmer. Ganz selbstverständlich legen wir uns in sein Bett. Ganz selbstverständlich schlafe ich in seinen Armen ein. Ohne zu reden, ohne zu weinen, ohne zu denken. Nur bei ihm.

KAPITEL 13
ES WAR DAS LETZTE MAL

Es war der erste Tag, an dem es ihm etwas besser ging. Er hatte sich am Morgen nur einmal übergeben müssen und war sogar imstande gewesen, etwas zu essen. An den Anblick im Spiegel hatte er sich nur schwer gewöhnt. Das Basecap tief ins Gesicht gezogen half. Die Flecken auf den Armen. Nur auf den Armen. Das sei untypisch. Lieber untypisch als auf dem gesamten Körper. Es war acht Uhr. Was sollte er mit diesem Tag anfangen, der auf seiner Beschissenheitsskala von eins bis zehn mit einer Sieben glänzte? Eine Sieben. Die erste seit Beginn der Therapie. Davor nur Zehn, einmal eine Neun. Er brauchte die Skala und die Zahlen, um sich nicht zu verlieren.

Die Jeans zu groß, die Ärmel zu lang, nur die Schuhe passten. Wie konnten die Ärmel zu lang sein? Er verließ seine Wohnung. Das erste Mal seit Tagen. Die Treppe nach unten ließ mit jeder Stufe seinen Magen erschaudern, der dies nicht mehr gewohnt war. Die Kekse und das Wasser jetzt hier auf die Stufen zu erbrechen, würde Signora Palumbo aus dem Erdgeschoss gar nicht gefallen, fiel ihm spontan ein. Sollte er wieder in seine Wohnung gehen und warten? Worauf? Er hatte den Abstieg geschafft und stand im Treppenhaus mitten auf dem Stern aus kleinen gelben Fliesen, die vor Jahrzehnten von einem geschickten Handwerker im falschen Haus zum Erstrahlen gebracht worden waren. Das zumindest hatte Signora Palumbo ihm erzählt, als er eingezogen war. Das war sieben Jahre her. Alle sieben Jahre sollte sich im Leben etwas ändern. Nun, dass das der Fall war, ließ sich nicht von der Hand weisen.

Er ging an der Flusspromenade entlang. Das bunte Laub mied er. Als Kind liebte er es, seine Schuhe in den feuchten Blättern zu vergraben und sie vor sich herzuschieben. Seit er mehrmals in die Hinterlassenschaften von Hunden getreten war, machte er einen großen Bogen um das Laub und es war ihm egal, wenn das bei Passanten, die ihm entgegenkamen, für Belustigung sorgte. Sollte es doch ruhig ihren Weg zur Arbeit am Morgen erheitern. Das Leben war beschissen genug. Dass diese vielen kleinen Umwege eines Tages negativ auf seinem Energiekonto verbucht würden, hätte er niemals für möglich gehalten.

Seit Tagen hatten sie sich nicht gesehen. Er habe viel zu tun, hatte er gesagt, deswegen schaffe er es nicht, bei ihm vorbeizuschauen. Seit Tagen nicht. Wie viele Tage waren es genau? Das spielte keine Rolle. Alles über eins war für ihn eine unerträgliche Abweichung von der Toleranz. Zur Übelkeit, dem Schwindel, der Müdigkeit, den Flecken und dem Verlust seiner Haare und Muskeln kam das hinzu. Er entzog ihm seine Liebe. Nur Telefonate und Smileys und auch die wurden rarer. Hierfür hatte er noch keine Toleranzgrenze definiert.

Wo hingehen, wenn man nichts trinken möchte, wenn man alle Kirchen schon kennt und die Geschäfte noch geschlossen sind? Sein Slalom durch das Laub führte ihn zur Piazza delle Erbe. So zentral zu wohnen, macht keinen Sinn, hatte sein Vater ihm gesagt, als er sich für die Wohnung im Haus mit dem unrechtmäßigen Stern im Eingangsbereich entschieden hatte. Sie wird dich arm machen. Hat sie nicht. Er verdiente genug, um dort zu wohnen. Es war halb neun und die ersten Touristengrüppchen bildeten wie das Laub Hindernisse, die er umschiffen musste. Bitte nicht gefragt werden, ein Foto zu machen. Daher der Abstand. Anders als beim Laub aber genauso wichtig.

Seine Wohnung war nicht so zentral. War er zu Hause? Noch? Oder auf einer Geschäftsreise? Er hätte ihn anrufen können. Doch wofür? Um wieder zu sagen, wie schlecht es ihm ging? Auch wenn es immerhin eine Sieben war an dem Tag. Doch selbst die Sieben gab ihm nicht die Kraft für die ehrlichen Fragen, die er ihm stellen wollte. Er hatte sich einen Katalog von fünf Fragen überlegt. Frage fünf würde er nur stellen, wenn Frage vier verneint würde. Nur dann. Sonst nicht.

Er nahm an der Stazione San Fermo den Bus. Zwanzig Minuten Fahrt. Auch im Bus wollte er die Kekse nicht auf den Boden erbrechen, was ihm nur mit geschlossenen Augen, viel Mühe und Konzentration gelang. Sie waren da. Er stieg aus. Die Luft tat gut. Er musste sich am Schild mit dem Busfahrplan festhalten. Nur einen Moment, dann ging er los. Fünf Minuten. Er hatte einen Schlüssel. Feierlich überreicht hatte er ihm den Schlüssel zum Dessert, als sie drei Monate zusammen waren.

Es gab einen Fahrstuhl, doch er entschied sich für die Treppe in den dritten Stock. *Die Ruhe der Mütter,* nannte seine Mutter diese Zeit immer. Die Männer zur Arbeit, die Kinder zur Schule, die Mütter kurz für sich, bevor sie sich mit dem Haushalt beschäftigten. Entweder hatte sie mit ihrem alten Rollenbild recht oder auch die Mütter hatten alle das Haus verlassen. Es war still. Er klingelte nicht. Wieso auch? Das tat er schon seit Jahren nicht mehr. Hätte er Frage vier schon gestellt, würde er es vielleicht tun. Er öffnete die Tür und trat in den Flur. Sein Instinkt sagte ihm, nicht zu rufen. Still wie die Mütter. Er hörte nichts. Die Wohnung war leer. Sonst hätte er auch den Schlüssel zum Öffnen nicht zweimal umdrehen müssen. Das war nur nötig, wenn niemand da war, anders als in seiner Wohnung, die er nie abschloss. Er glaubte an Statistiken und die sagten ihm, dass es sehr unwahrscheinlich war, dass ausgerechnet bei ihm eingebrochen würde.

Die Wohnung roch verlassen. Kein Kaffeeduft, kein Rasierwasser, keine Pizza vom Abend zuvor. Er schaute ins Schlafzimmer. Die Vorhänge waren geöffnet. Das Bett zerwühlt, doch das hatte nichts zu bedeuten. Die Küche war aufgeräumt wie meist, sie wurde ja auch kaum genutzt wie bei ihm. Zumindest vor der Therapie. Jetzt bereitete er zu Hause Speisen zu, die er meist wenige Minuten darauf in die Toilette erbrach. Er ging in das Arbeitszimmer, setzte sich an den Schreibtisch. Die verwaiste Dockingstation und der verstaubte Monitor waren das Einzige, das an einen Arbeitsplatz erinnerte. Er schaute umher: die Bücherregale, die Bilder an der Wand, die Hantelbank. Wie lange war er schon nicht mehr dort gewesen? In jenem Zimmer hatten sie das erste Mal in seiner Wohnung miteinander geschlafen. Nicht im Schlafzimmer, nicht im Bett, sondern auf der Hantelbank. Es war ungemütlich, aber aufregend.

Sein Blick fiel auf den Papierkorb neben dem Schreibtisch. Mehrere zerknüllte Papiere stapelten sich in dem schwarzen Gittereimer. Er wollte gerade aus dem Fenster schauen, als ihm auf einem der Blätter sein Name auffiel. Er beugte sich zum Eimer herunter, musste das flaue Gefühl im Magen unterdrücken und nahm das Papier heraus. *Daniele* konnte er lesen. Das Papier war mit nur wenigen Griffen locker zusammengedrückt worden. Er strich es auf der Tischplatte glatt und las.

Daniele,

ich weiß nicht, wo ich anfangen soll. Der nächste Satz war durchgestrichen, aber lesbar. ~~*Ich liebe dich über alles.*~~ Dann weiter: *Ich ertrage es nicht mehr. Ich ertrage mich nicht mehr und habe dich nicht verdient und bin es nicht wert, von dir geliebt zu werden.* Die nächsten Sätze wieder durchgestrichen, heftiger als der davor, aber immer noch lesbar. ~~*Du bist im zweiten Zyklus deiner Therapie und ich habe es nicht geschafft, dich im Krankenhaus zu besuchen. Ich war nicht im Ausland. Das war gelogen. Ich war*~~ und dann hört der Brief auf. Seine Hände zitterten, als er das Blatt auf den Tisch sinken ließ. Er schaute zum Eimer. Dort lagen noch vier solch zerknüllter Blätter. Insgesamt fünf. Eines für jede seiner Fragen.

Er beugte sich wieder zum Eimer und es kam ihm der zynische Gedanke, dass auch das zum Kotzen war. Eimer, Kloschüssel, alles ein und dasselbe, nur dass der Gittereimer sein Erbrochenes nicht hätte halten können. Er strich auch das zweite Blatt glatt und las.

Daniele,

ich weiß, dass du das nicht verdient hast und ich weiß vor allem, dass es der schlechteste Zeitpunkt ist, den ich wählen könnte, ~~*doch ich kann nicht anders.*~~ *Ich bitte dich nicht um Verzeihung, denn ich weiß, dass das vermessen wäre.* ~~*Bereits meinen ersten Freund habe ich an Krebs verloren. Ich habe dir das nie erzählt. Ich wollte dir nicht den Mut rauben. Aber ich kann das nicht noch einmal.*~~ *Ich bin mir sicher, dass du das alles überstehen wirst. Auch ohne mich. Ich habe* und dann hörte auch dieser Brief auf.

Ihm wurde schlecht, doch dieses Mal nicht wegen der Chemo, was ihn gefreut hätte, wenn der Grund nicht der gewesen wäre, dass er gerade verlassen wurde. Er beugte sich erneut zum Eimer und nahm die restlichen drei Briefe heraus. Auch sie waren nur leicht zerknüllt, als hätten die Kraft oder der Wille gefehlt, sie zum Schweigen zu bringen. Er schob die bereits gelesenen Entwürfe beiseite, strich die ungelesenen glatt und legte sie nebeneinander. Alle drei begannen sie wie auch die ersten beiden mit *Daniele*, doch einer unterschied sich von den anderen durch seine Länge. War das der erste Entwurf dieses Briefes an ihn, den er nie erhalten hatte?

Er entschied, den langen Entwurf als Letztes zu lesen, und nahm wahllos einen der kürzeren. Seine Hände hatten sich beruhigt, sein Magen auch, doch sein Herz schlug schneller als gewohnt. Ein gutes Zeichen, dachte er, ein Lebenszeichen. Er las.

~~Mein geliebter~~ Daniele,

du wirst mich hassen und du hast recht. Es bricht mir das Herz, dich so zu sehen. Ich bin ein Arschloch und ein Egoist. Das hast du oft zum Spaß zu mir gesagt. Doch ich bin es wirklich. Ich schreibe dir diese Zeilen und bin dann schon nicht mehr in Verona. ~~Ich wollte dir schon lange erzählen,~~ sagen, dass ich einen neuen und dann endet auch der dritte Entwurf. Vielleicht war es auch der erste. Es war nicht erkennbar, welcher der erste oder der letzte war. Alle waren sie mit dem gleichen Kugelschreiber auf Druckerpapier geschrieben. Nicht viel unterschied sie voneinander.

Der nächste, vorletzte:

Daniele,

ich mache Schluss und wünschte, ich hätte den Mut, es dir zu sagen, doch ich kann es nicht. Die Liebe zu dir war das Schönste, was ich in meinem Leben erfahren durfte, doch ich spüre sie nicht mehr. Schon lange nicht mehr. Dann kam der Krebs dazwischen. Du bist am Ende deiner Kräfte, doch auch ich bin es. Das ist nicht fair, ich weiß. Das Leben ist nicht fair.

Nichts durchgestrichen, nur zerknüllt. Alle Worte hätten durchgestrichen sein müssen, denn sie waren unerträglich. Unerträglicher als die anderen. Ihm wurde schlecht. Er lief ins Bad. Als er seinen Magen entleert hatte, hockte er weinend neben der Toilette und zitterte am ganzen Körper. Er stand auf, wusch sein Gesicht. Auf der Ablage stand ein Duft, den er dort noch nie gesehen hatte. Eine andere Zahnbürste. Doch nur eine. Er ging zurück ins Arbeitszimmer. Ein Entwurf lag noch dort. Der längste, der auf ihn wartete. Was würde dieser Brief ihm noch sagen, was er nicht bereits schon wusste? Und wo war der Brief, den er erhalten sollte? Ihm fiel plötzlich ein, dass er seit Tagen seinen Briefkasten nicht geleert hatte. Es kam ihm vor, als wäre er gerade von einer Metro erfasst worden. Er musste wieder würgen, doch sein Magen hatte nichts mehr zu offenbaren. Er setzte sich auf die Hantelbank und starrte zum Schreibtisch. Auch wenn er einen Entwurf noch nicht gelesen hatte, so war es dennoch nicht die finale Version, denn die wartete aller Wahrscheinlichkeit nach in seinem Briefkasten auf ihn.

Er ging zurück zum Schreibtisch, setzte sich und fasste den Entschluss, diesen fünften Entwurf nicht dort zu lesen. Er knüllte ihn wieder zusammen, heftiger als zuvor, stand auf und stopfte ihn in die Hosentasche. Die anderen Entwürfe ließ er dort liegen, nahm den Schlüssel aus seiner Jackentasche und legte ihn daneben. Er ging hinaus in den Flur, schaute sich noch einmal um, erst zum Schreibtisch, dann zur Hantelbank und verließ die Wohnung. Im Treppenhaus hörte er Musik und gedämpfte Stimmen, die aus den Wohnungen zu ihm drangen. Die Zeit der Mütter war vorbei und nicht nur die.

Eine gute Viertelstunde wartete er mit zwei älteren Damen, von denen die eine ihn argwöhnisch und die andere bemitleidend anschaute, auf einer Bank auf den Bus, stieg ein, setzte sich ganz nach hinten und starrte in den Herbst. Zurück an der Piazza delle Erbe setzte er sich in ein Café und bestellte einen Tee. Den letzten Entwurf wollte er nicht in seine Wohnung mitnehmen. Er hatte sich erst überlegt, ihn mit der finalen Version, mit dem Abschiedsbrief, zu vergleichen, doch er verwarf diesen Plan und holte das zerknüllte Papier aus seiner Hosentasche hervor. Der Kellner brachte ihm seinen Tee. Er erinnerte sich an etwas, dass er zu seinem Freund gesagt hatte, als dieser ihn das erste Mal im Krankenhaus besucht hatte: „Du schaust mich an, als wäre es das letzte Mal. Als wolltest du dir einprägen, wie ich aussehe."

„Nein, das ist nicht so", hatte der darauf erwidert.

Daniele,

ich erinnere mich an dein Lächeln, als wir uns das erste Mal in der Bibliothek begegnet sind. Du standest einfach nur da hinter der Lücke im Bücherregal im nächsten Gang und hast mich angelächelt. Den Mut hätte ich nie gehabt und habe ihn auch heute nicht. Du hattest ihn und hast ihn auch heute noch. Vielleicht klingt es merkwürdig zu sagen, dass es des Mutes bedarf, einen fremden Mann nur anzulächeln, aber wir beide wissen, dass es so ist.

~~Dieses Bild von dir werde ich mit ins Grab nehmen~~ Dieses Bild von dir werde ich niemals vergessen. Daniele, ich habe dich geliebt und während ich diesen Brief an dich schreibe, bin ich mir fast sicher, dass ich das immer noch tue. Aber ich kann diesen Weg mit dir nicht gehen. Ich bin ihn schon einmal gegangen und kann es nicht ein weiteres Mal. Wenn du das hier liest, bin ich nicht mehr in Verona.

Ich habe die Wohnung an einen Arbeitskollegen untervermietet, der ohnehin meist im Ausland ist und sie kaum benötigt. Wir teilen uns gewissermaßen die Miete. Er hat bisher nicht viel mehr getan, als seine Sachen in einen der Kleiderschränke zu räumen, den ich für ihn freigemacht habe. So habe ich immer die Möglichkeit, ~~dich und~~ meine Familie zu besuchen, und er ist ebenso flexibel. ~~Warum schreibe ich dir das?~~ Ich möchte dich bitten, ~~wenn es passt,~~ den Schlüssel in den Briefkasten zu werfen.

Was soll ich noch sagen? Was kann ich noch hinzufügen? Nach dieser langen Zeit, die wir miteinander verbracht haben. Ich bin ein Feigling, dass ich dir das nicht ins Gesicht sagen kann. Verzeih mir. Hasse mich nicht. Ich wünsche dir einen Mann, der dich verdient. Du wirst ihn finden. Ich bin es nicht.

Gaetano

Er ließ seinen Tee unberührt und den Brief auf dem Tisch zurück und ging nach Hause. Im Treppenhaus öffnete er seinen Briefkasten. Werbung, ein Magazin und der Brief. Gaetanos Handschrift auf dem Umschlag. Er nahm die Werbung und das Magazin, legte den Brief zurück in den Briefkasten und stieg die Stufen hinauf in seine Wohnung. Er wusste alles, was er wissen musste.

KAPITEL 14
KINDERKRAM

„Signor Scabro, ich habe hier eine Nachricht für Sie." Ich gehe gerade an der Rezeption meines Hotels vorbei, als ich gerufen werde. Daniele und ich sind erst spät am Morgen wach geworden. Beide waren wir erschöpft von den Erlebnissen in Venedig und dem, was in Latisana geschehen ist. Wir haben uns das Frühstück auf sein Zimmer bringen lassen und auf dem kleinen Balkon schweigend gegessen. Er lässt mir Zeit und ich bin ihm unendlich dankbar dafür.

„Vielen Dank." Die junge Frau von der Rezeption überreicht mir einen Zettel, der in der Mitte zusammengefaltet ist. Ich falte das Blatt auseinander. Oben rechts das Logo des Savoy, in der Mitte eine Zeile mit geschwungener Handschrift auf das Papier gebracht und eine Telefonnummer: „Lass uns reden. Marco." Ich lege das Blatt wieder zusammen, wie es war, und halte es der jungen Frau hin. „Das kann weg. Ich danke Ihnen."

Ich ändere meine Absicht, aufs Zimmer zu gehen, lasse die Fahrstühle rechts liegen und steuere die Bar an, als ich Eloisa sehe, die gerade im Begriff ist, einen Seitenraum des Foyers zu betreten, der bisher immer hinter einer doppelflügeligen Tür verschlossen war. Ich rufe ihren Namen, doch sie hört mich nicht. Ich folge ihr und stehe plötzlich in einer Ahnengalerie. An den Wänden hängen Gemälde von alten Männern aus verschiedenen Epochen. Malstil, Kleidung und Rahmen lassen erkennen, dass sie in chronologischer Reihenfolge von links neben der Tür nach rechts hin einmal um den fast quadratischen Raum an allen vier Wänden aufgehängt worden sind.

„Eloisa", sage ich und stehe direkt hinter ihr. Ich merke, wie sie zusammenzuckt. „Entschuldigen Sie. Ich wollte Sie nicht erschrecken."

„Umberto, das haben Sie nicht", lügt sie. „Was tun Sie hier?"

„Ich habe Sie lange nicht gesehen."

„Sie leben Ihr Leben."

„Ja, das tue ich", erwidere ich. „Was tun *Sie* hier? Ich meine, entschuldigen Sie. Was ist das für ein Raum?"

„Ist das schwer zu erkennen?"

„Nein, das ist es nicht", gebe ich zu.

„Sie möchten eine Antwort auf Ihre erste Frage, richtig, Umberto?" Ich nicke verstohlen. „Nun, auch ich könnte sagen, dass ich mein Leben lebe, nicht wahr?"

„Das könnten Sie."

„Wie geht es mit Daniele voran?"

„Das klingt aus Ihrem Mund überraschend salopp, Eloisa."

Sie schmunzelt. „So, so, salopp. Nun, vielleicht passt der Stil zum Thema, meinen Sie nicht?"

„Sie haben wie immer recht."

„Umberto, höre ich da etwa Trotz in Ihrer Stimme?"

„Wir waren in Venedig." Ich habe offensichtlich von ihr gelernt, nicht jede Frage zu beantworten.

„Und wenn Sie von ‚wir' sprechen, dann meinen Sie…?", fragt sie mich provozierend.

„Dann meine ich Daniele und mich."

„Es geht also gut voran", schließt sie daraus und lächelt. Es ist das erste Mal, dass wir uns im Stehen unterhalten, und mir wird deutlich, wie klein und zerbrechlich sie ist. Sie lässt die Arme hängen, hält mit der einen Hand die andere und schaut zu mir auf.

„Das tut es mit uns, ja."

„Aber?" Sie hat meine Unsicherheit gespürt.

„Mit mir geht es nicht unbedingt gut voran. Ich habe das Gefühl, dass ich nicht mehr weiß, wer ich bin. Alles fällt auseinander."

„Manchmal müssen die Dinge auseinanderfallen, um sich neu zu sortieren und um an einem besseren Ort zu liegen zu kommen."

„Das Gestern tut weh, Eloisa. Und es ist ein neuer Schmerz dazugekommen."

„Und dennoch erlebe ich Sie mehr im Heute, Umberto."

„Ist das gut?"

„Sie wissen, dass es das ist." Ich nicke. „Wie kommt es, dass wir uns hier zu dieser Zeit begegnen? Nicht im Restaurant, nicht an der Bar?"

„Ich war an der Rezeption und habe Sie hier hineingehen sehen." Sie schaut mich abwartend an. „Hätte ich Ihnen nicht folgen sollen, Eloisa?" Ich bin verunsichert. Sie täuscht ein Lächeln vor. Dann wage ich die Frage: „Eloisa, was tun Sie hier in diesem Hotel? Sie sind keine Urlauberin, nicht wahr?"

„Ich habe in meinem ganzen Leben nicht das getan, was die Menschen Urlaub nennen", weicht sie geschickt aus. „Umberto, entschuldigen Sie mich jetzt bitte. Sehen wir uns heute Abend an der Bar?"

„Vielleicht." Mehr fällt mir nicht ein. Sie nickt mir zu, lächelt und verlässt den Raum. Ich schaue ihr nach, wie sie nach links aus meinem Blickfeld schreitet. Einen Moment verharre ich in meinen Gedanken, dann möchte auch ich die Ahnengalerie verlassen, als mir links neben der Tür ein Gemälde auffällt. Das einzige, auf dem eine Frau verewigt ist. Ich starre das Bild an. Ich kann mich nicht täuschen. Es muss Eloisa sein, die dort in Öl auf Leinen durch mich hindurchzuschauen scheint. Unter ihrem Porträt stehen drei Großbuchstaben mit Punkten voneinander getrennt: E.D.S. Ich blicke auf die anderen Porträts im Raum. Alle sind sie mit Initialen unterschrieben, was mir vorher nicht aufgefallen ist, und alle enden auf D.S. Ich gehe hinaus in das Foyer und auf mein Zimmer.

„Melde dich, wenn du mich brauchst", hat Daniele gesagt, als wir uns verabschiedet haben. Ich habe den Impuls unterdrücken müssen, ihm zu sagen, dass ich ihn schon in dem Moment, als er es sagte, brauchte, ihn jetzt brauche und ich ihn sicherlich auch morgen brauchen werde. Doch kann ich ihm das sagen? Kann eine Beziehung darauf aufgebaut werden, den anderen zu brauchen? *Melde dich, wenn du mich brauchst* hat heute Morgen noch so zärtlich geklungen, eine Verheißung, eine offene Tür, ein warmes Strahlen, doch jetzt bin ich mir nicht sicher, ob es das war.

Schon einmal habe ich mich dabei ertappt, von Liebe zu sprechen. Über ihn. Über uns. Wie viele Tage sind es, die wir uns kennen? Tage, keine Wochen, keine Monate, keine Jahre. Es ist nur wenige Tage her, dass es weder Daniele in meinem noch mich in seinem Leben gab. Seine Existenz hat meine gerettet. Bis jetzt. Doch was ist morgen?

Das Zimmertelefon läutet. Ein altmodischer Ton, der nicht zum Apparat passt. Wiederum ist ein läutendes Zimmertelefon ohnehin altmodisch. Ich nehme den Hörer ab. „*Pronto.*"

„Signor Scabro?"

„Ja?"

„Hier ist eine junge Dame namens Debora, die Sie sprechen möchte. Darf ich ihr Ihre Zimmernummer nennen?" Meine Zimmernummer. Debora. Hier. Jetzt. Ich möchte fast fragen, ob dic Marien dabei sind, doch welchen Eindruck würde das machen? Als würde meine Antwort davon abhängen. Debora in diesem Zimmer, das mich mit meinen Dämonen gefangen hält.

„Signor Scabro?"

„Nein, sagen Sie ihr, ich komme runter. Sie soll auf mich warten. Ich bin gleich da."

Ich lege auf. Wie spät ist es? Auf dem Display des Telefons wird die Uhrzeit angezeigt: kurz nach zwölf Uhr mittags. Das ist die Zeit, zu der sich Debora mit ihren Töchtern auf den Weg zum Mittagessen und in die Siesta macht. Sie jetzt hier bei mir im Hotel? Wann haben wir uns das letzte Mal gesehen? Vorgestern. Bei Gigi. Noch keine zwei Tage her und doch erscheint es mir viel länger. Es war vor Venedig, vor der ersten Nacht mit Daniele, vor meinem Zusammenbruch in Latisana. Das geschah alles danach.

Ich öffne den Kleiderschrank, nehme etwas heraus, das den verletzten Umberto hinter mir lassen und den unbekümmerten zum Vorschein bringen soll. Eine kurze Jeans und ein weißes T-Shirt. Eigentlich bin ich nicht so weit, dass ich mit Debora sprechen kann. Eigentlich will ich mit niemandem sprechen.

„Umberto, Gott sei Dank! Du musst mir helfen!" Debora steht im Foyer und hat anscheinend vor den Fahrstühlen auf mich gewartet. Sie ist allein da und sieht besorgt aus. Sie nimmt mich in den Arm oder besser gesagt, klammert sie sich an mich. „Debora, was ist passiert?" Sie trägt die neuen Haare zu einem Pferdeschwanz gebunden und dass sie im Bikini mit ihrem bunten Tuch um die Hüften vor mir steht, sagt mir, dass sie direkt vom Strand kommt.

„Kannst du Auto fahren? Hast du einen Führerschein?"

„Ja, sicher. Ich habe meinen Wagen aber nicht hier. Ich meine, er ist in Deutschland."

„Das spielt keine Rolle. Einen Wagen haben wir. Ich kann nur nicht fahren."

„Warum nicht? Was ist passiert?"

„Ich habe keinen Führerschein. Der Wagen ist von meinem Bruder, aber er kann nicht aus der Eisdiele raus. Maria-Angela ist bei ihm …" Sie muss Luft holen. Maria-Angela. Die Ältere oder die Jüngere?

„Und Mariachiara?"

„Die ist im Krankenhaus in Latisana." Kaum ausgesprochen, fließen auch schon die Tränen aus ihren Augen.

„Warum? Was ist geschehen? Ich hoffe, nichts Schlimmes."

„Sie war bewusstlos. Im Wasser. Sie haben sie wiederbelebt. Sie hat ganz merkwürdig geschaut, dann haben sie ihr einen Schlauch in den Mund gesteckt …"

„Sie wurde intubiert", unterbreche ich sie.

„Das hört sich schrecklich an." Ich merke, wie besorgt sie ist. „Dann haben sie gesagt, dass sie sie am besten zur Beobachtung mitnehmen. Wir waren erst im *Pronto Soccorso* hier in Bibione, aber sie haben gesagt, dass sie direkt nach Latisana soll, weil sie dort bessere Möglichkeiten haben. Ich habe gefragt, bessere Möglichkeiten wofür? Und sie haben gesagt, man wisse noch nicht. Eine Nacht mindestens soll sie dortbleiben und ich konnte mit Maria-Angela nicht mitfahren, weil sie meinen, sie kommt auf die Intensivstation und da dürfte maximal ich mit rein und ich habe gesagt, dass ich nachkommen würde, und ich mache mir jetzt so Vorwürfe, weil ich sie allein gelassen habe, und ich kann jetzt nicht zu ihr. Ich könnte ein Taxi nehmen. In Italien in den Bus zu steigen, ist ja so, als wollte man losfahren und nirgends ankommen. Und Fabio, mein Bruder, er passt auf Maria-Angela auf und er hat einen Wagen, wenn auch ein alter, aber er fährt …"

„Debora, alles gut. Wir fahren gemeinsam hin. Wo steht der Wagen?"

„Oh, danke, Umberto. Ich habe so gehofft, dass du Ja sagen würdest und dass ich dich finde. Du warst gestern nicht am Strand und ich dachte schon, du wärest vielleicht in Venedig, Verona oder sonst wo."

„Wo steht der Wagen?"

„Vor der Eisdiele."

„Der Eisboutique von Fabio?" Sie nickt. Wir verlassen gemeinsam das Hotel und gehen eiligen Schrittes durch die drückende Mittagshitze. „Lass mich eben Daniele anrufen. Ich möchte ihm Bescheid sagen, wo ich bin." Debora schaut mich an und nickt abwesend. Sie ist in Gedanken bei ihrer Tochter. Daniele fragt nicht viel, hört mir zu und bietet seine Hilfe an, wenn wir ihn brauchen. Wenn ich ihn brauche. Ich brauche ihn, aber jetzt muss ich mich um Debora kümmern. Eloisa, hörst du? Ich kümmere mich um jemanden.

Maria-Angela ist die Kleine. Sie kommt sofort zu uns gelaufen und springt ihrer Mutter in die Arme. Fabio steht hinter der Theke und stillt das Verlangen seiner Kunden nach Klassikern, Extravagantem und Empfehlungen. Er folgt der kleinen Maria-Angela mit seinem Blick, sieht uns und winkt uns kurz zu. Sein Gesicht drückt ebenso viel Sorge aus wie das seiner Schwester. Es dauert etliche Minuten, bis Debora ihre Tochter beruhigt und davon überzeugt hat, dass sie nicht mit zu ihrer Schwester darf und bei Fabio warten muss. Schmollend bleibt sie auf dem Bürgersteig zurück und schaut uns dabei zu, wie wir in den alten Fiat Punto steigen, der zu meinem Erstaunen sofort anspringt und uns zuverlässig nach Latisana bringt. Wir fahren ausgerechnet an der Stelle vorbei, an der ich gestern mit Daniele auf dem Bürgersteig saß, um dann nach nur wenigen weiteren Abzweigungen auf das Gelände des Krankenhauses abzubiegen.

Es fühlt sich an, als würden unsere Schuhe im heißen Asphalt des Parkplatzes einsinken. Die brütende Hitze umhüllt uns wie eine gläserne Glocke, die über einen noch heißen Kuchen gestülpt worden ist. Eine genervte junge Frau am Empfang des auf eiskalt klimatisierten Eingangsbereichs der Klinik nennt Debora Etage und Zimmer und weist darauf hin, dass nur sie zu ihrer Tochter darf und sie erst klingeln und auf Einlass warten muss. Die Informationen formuliert sie eher wie Befehle und richtet den Blick wieder auf ihren Monitor, noch ehe Debora sich bei ihr dafür bedanken konnte.

Debora schaut mich an, als wollte sie sagen, dass es ihr leidtut.

„Ich warte hier und erfriere oder gehe nach draußen und lasse mich durchkochen. Mach dir keine Gedanken. Geh zu ihr und bleib, solange du willst. Ich warte auf jeden Fall."

„Umberto, du bist ein Schatz", flüstert sie mir zu und küsst mich auf die Wange.

„Geh!"

„Sobald ich etwas weiß, sage ich dir Bescheid. Ich weiß nicht, ob ich vielleicht über Nacht bleibe. O Gott, Umberto, ich habe Angst um sie."

„Es wird nicht so schlimm sein. Kinder können einiges aushalten. Geh jetzt zu ihr!" Sie nickt, streicht sich eine Haarsträhne hinter das Ohr und läuft eiligen Schrittes zum Fahrstuhl.

„Gibt es hier eine Cafeteria oder einen Getränkeautomaten?", frage ich die genervte junge Frau.

„Um die Ecke", ist ihr einziger Kommentar. Ich schaue mich um. Es gibt zwei Ecken, rechts und links. Ich frage sie. „Rechts." Ich bedanke mich und lasse mich überraschen, ob es rechts um die Ecke eine Cafeteria oder nur einen Automaten gibt.

Es ist ein Automat, doch er nimmt nur Münzgeld und ich habe nur Karten und Scheine dabei. Ich gehe zurück zur genervten Frau und frage, ob sie wechseln kann. „Hinter dem Automaten. Ein anderer Automat. Der wechselt." Ich bedanke mich erneut und entschuldige mich für die Störung. Die Münzen fallen geräuschvoll in die Ausgabe. Ich nehme sie und füttere damit den ersten Automaten. Ich wähle die dreiunddreißig für ein Wasser. *Esaurito,* was so viel heißt wie nicht mehr da, steht auf dem kleinen Display, begleitet von drei kurzen Pieptönen. Das Wasser gibt es noch unter der dreißig, einunddreißig und zweiunddreißig. Jeweils drei kurze Pieptöne. Die Zwanziger-Nummern verheißen eine Cola, die Zehner eine *Aranciata* und die Nuller eine *Gassosa*, die italienische Sprite. Die Entscheidung also zwischen Pest, Cholera und die dritte Seuche will mir nicht einfallen, dennoch entscheide ich mich für sie. Die *Gassosa* sieht zumindest aus wie ein Wasser, auch wenn ich das Gefühl habe, dass der Zucker an meinen Zähnen klebt und der

Zitronengeschmack für die doppelte Menge an Flüssigkeit ausgereicht hätte. Doch kalt ist sie und ich bin mir nicht sicher, ob es die Temperatur, die Zitrone oder der Zucker ist, der meine Zähne kurz rebellieren lässt. Vielleicht die Kombination aus allen drei Faktoren. Ich nehme die Dose mit nach draußen und proste noch kurz der genervten Frau zu, die mich anschaut, keine Miene verzieht und dann ihren Blick wieder auf den Monitor richtet.

Draußen flüchte ich mich auf die Bordsteinkante des Parkplatzes in den Schatten eines großen Oleanders, der ein wenig Schutz vor der gleißenden Sonne bietet. Da sitze ich nun mit meiner klebrigen Limonade vor dem Krankenhaus von Latisana und warte auf Neuigkeiten von Debora. Ich nehme mein Handy aus der Tasche und schreibe Daniele.

Wir sind da. Ich darf nicht mit rein. Warte auf sie. Melde mich.

Ein kleiner Haken, dann zwei, aber beide grau, nicht blau. Es ist Viertel vor zwei. Ich muss auf den Kalender meines Smartphones schauen, um mich zu vergewissern, dass Sonntag ist, was die Stille um mich herum erklärt. Einzig die Grillen bestätigen meinen Ohren, dass sie noch ihren Dienst tun. Der Asphalt strahlt trotz des Schattens Hitze aus. Ich rieche den Duft von Mittagessen. Irgendetwas Gebratenem. An den Parkplatz, auf dem wir den Punto abgestellt haben, grenzt eine Reihe Wohnhäuser an. Jetzt höre ich Stimmen, die durch geschlossene Fenster schwach und in Fetzen zu mir herüberhallen. Neben den Küchengerüchen riecht es etwas modrig. Hinter den Häusern verläuft direkt der Tagliamento, der Fluss, an dem wir auf dem Weg hierher entlanggefahren sind. Dazwischen die Via Sabbionera, die

Adresse des Krankenhauses, die ich bei Google eingegeben hatte, um hierherzufinden. Warum *sabbio* und nicht *sabbia*, frage ich mich, wie es grammatikalisch doch eigentlich korrekt wäre.

Ich halte mir die Limonadendose an die Stirn. Ein wenig Kühlung. Ich kann mich nicht entscheiden, ob ich mit der klebrigen Flüssigkeit meinen Durst stillen soll oder lieber meinen Gedanken die Kühle gönne. Ich trinke einen Schluck und versuche, beidem gerecht zu werden. Mein Handy piept. Eine Nachricht. Von Daniele.

Wie geht es dir? Er ist noch online. Ich antworte: *Gut.* Zwei blaue Haken. Ich schreibe wieder: *Nein, nicht gut. Aber auch nicht wirklich schlecht. Ich sitze hier auf dem Parkplatz, weil ich drinnen erfrieren würde. Dafür sterbe ich hier den Hitzetod.* Ein lachender Smiley von Daniele. Ich schicke ihm ein Herz. *Ich möchte nicht wissen, wie es dir in Latisana geht, sondern wie es dir nach gestern geht,* fragt er. Nach gestern. Das ist heute. Wie geht es mir? *Ich bin an der Stelle vorbeigefahren, wo wir gestern waren. Wo bist du?* Zwei blaue Haken. *Ich bin am Strand. Lenk nicht vom Thema ab. Smiley.* Nicht ablenken. *Es ist nicht leicht. Ich weiß nicht, wo ich anfangen soll.* Ich zögere kurz, doch schicke dann die Nachricht ab. Er schreibt: *Es ist niemals leicht, wenn es gut ist.* Dann eine weitere Nachricht: *Fang einfach vorne an. Aber nicht hier. Sobald du Debora und die Marien versorgt hast. Ich hoffe, es ist nichts Schlimmes. Ein ängstlicher Smiley.* Zwei Themen in einer Nachricht. *Das hoffe ich auch. Ich bin dir Erklärungen schuldig. Zumindest fühlt es sich für mich so an. Ich werde dir alles erzählen.* Er schickt mir ein Selfie, ein Lächeln vom Strand auf seiner Liege, eine Liebkosung für meine Seele. Ich schicke ihm ein rotes Herz. Von Daniele: *Melde dich.* Ich schreibe ihm: *Das mache ich.*

Es ist niemals leicht, wenn es gut ist. Ein Satz, über den ich nachdenken muss. Ein junges Paar läuft an mir vorbei. Sie sehen besorgt aus, steigen in ihren Wagen und fahren weg. Es ist niemals leicht. Wenn es gut ist. Hat Eloisa nicht etwas Ähnliches zu mir gesagt? Ich würde Sascha nicht so sehr vermissen, wenn ich ihn nicht so sehr geliebt hätte? So oder so ähnlich. Doch das war, bevor ich wusste, dass er mich betrogen hat. Habe ich das Eloisa eigentlich schon erzählt? Würde sie jetzt etwas anderes sagen? Wie lange bin ich schon hier? In diesem Urlaub? Es fällt mir schwer, meine Gedanken zu sortieren. Die Ereignisse verschieben sich ineinander. Wie Fotos, die in einer Schachtel liegen und ineinander rutschen, weil sie zwar alle zusammengehören, aber doch auch nicht. Es würde den Aufwand nicht lohnen, Unterkategorien zu definieren. Alles eins. Irgendwie.

Schwalben fliegen zwitschernd hoch am Himmel in einem kleinen Schwarm erst in die eine Richtung, um dann jäh die Absicht zu ändern und in die andere Richtung zu fliegen und um dann schließlich hinter mir, hinter dem Oleander und hinter dem Krankenhaus zu verschwinden. Ich könnte aufstehen, um ihrem beschwingten, fröhlichen, willkürlichen und doch entschiedenen Flug mit den Augen zu folgen. Ich könnte aufstehen, doch ich tue es nicht. Dieses Verharren an einem Fleck ist sinnbildlich für die letzten zwei Jahre meines Lebens. Zu sehr im Gestern, hat Eloisa gesagt. Zu wenig im Heute und damit unfähig, das Morgen zu erreichen. Irgendetwas hält mich davon ab, mich zu bewegen. Jetzt ist es die klebrige Limonade in der Sommerhitze; bis vor wenigen Tagen war es die Liebe für einen Mann, der mich hintergangen hat. Aber ich bewege mich. Ich bewege mich auf Daniele zu. Ich habe mit ihm geschlafen. Das fühlt sich an wie ein Tornado, der durch eine verlassene Stadt fegt. Doch ein Tornado kann bei aller Vehemenz und Kraft seines Wirkens schnell viel Schaden hinterlassen. Ich stehe auf und schaue in die Richtung, in die der kleine Schwarm vorhin geflogen ist. Er ist nicht mehr zu sehen. Ich habe zu lange gewartet, zu lange gegrübelt, wie ich es immer tue.

Debora kommt auf den Parkplatz gelaufen. Sie sieht gleichzeitig erleichtert, aber auch besorgt aus. Ich gehe ihr entgegen.

„Debora, wie geht es Mariachiara?“

„So weit alles gut. Sie muss im Meer irgendwie das Bewusstsein verloren haben oder in Ohnmacht gefallen sein. Mit ihrem Gehirn ist aber alles in Ordnung.“ Kaum hat sie das ausgesprochen, bricht sie in Tränen aus und fällt mir in die Arme.

„Das hört sich doch gut an.“

„Ja.“ Sie löst sich aus meiner Umarmung. „Umberto, ich hatte solche Angst, dass sie einen bleibenden Schaden davontragen würde. Aber die Ärztin hat gesagt, alles deutet darauf hin, dass alles in Ordnung ist. Sie möchten sie aber noch mindestens einen Tag zur Beobachtung dabehalten.“

„Das ist vernünftig.“

„Und ich möchte gerne bei ihr sein.“

„Sicher, das verstehe ich. Kann Maria-Angela so lange bei Fabio bleiben?“

„Umberto, ich weiß, dass wir uns kaum kennen, und ich weiß, dass das viel verlangt ist, aber ich vertraue dir völlig und …“

„Debora, nun spuck es aus!“, fordere ich sie auf, auch wenn ich schon vermute, worum sie mich bitten wird.

„Fabio kann sich nicht den ganzen Tag um Maria-Angela kümmern. Er ist ja allein in der Eisboutique. Selbstverständlich würde sie bei ihm schlafen. Unsere zwei Apartments sind ja ohnehin direkt nebeneinander, aber den ganzen Tag heute und dann auch noch morgen und ich weiß ja auch nicht genau, wann ich mit Mariachiara wieder nach Hause, also nach Bibione komme …"

„Ich mache das. Ich kümmere mich um sie. Ich habe nur überhaupt keine Ahnung, wie man mit so einem kleinen Mädchen umgeht."

„Ach, da muss man doch nichts können!"

„Ich traue mich nicht einmal, ein Baby auf den Arm zu nehmen, weil ich Angst habe, ich könnte etwas kaputtmachen oder es gar fallen lassen."

„Ach, Quatsch! Und Maria-Angela ist ja auch kein Baby mehr."

„Wie alt ist sie eigentlich?"

„Sie wird im September fünf."

„Das heißt, sie ist vier."

„Fast fünf", stellt Debora richtig.

„Fast fünf, na gut", sage ich und lächle zerknirscht.

„Oh, danke, Umberto, du bist ein Schatz, ich liebe dich!" Und sie fällt mir wieder in die Arme. „Was ist mit Daniele?"

„Was soll mit ihm sein?"

„Kennt der sich vielleicht mit Kindern aus?"

„Ich habe keine Ahnung. Du meinst, ich soll ihn um Unterstützung bitten?"

„Wenn ihr das macht, dann brauche ich auf jeden Fall ganz viele Fotos von euch und Maria-Angela, hörst du? Natürlich auch dann, wenn Daniele nicht mit von der Partie ist, aber es wäre doch ein Traum, ihr zwei – so ein schönes Paar – mit meinem kleinen Engel abends durch die Innenstadt von Bibione. Es würden euch alle nachschauen!"

„Ja, ganz sicher! Und fragen, ob wir das Kind entführt hätten."

„Ach, Blödsinn! Zwei Männer und ein Kind, das ist doch nichts Ungewöhnliches mehr! Wie ist das in Deutschland? Ist es dort nicht schon normal?"

„Debora", sage ich nur.

„Was?", will sie wissen. Ich schaue sie an und presse meine Lippen aufeinander. „Umberto, du und Daniele, das passt. Und das sage ich nicht nur, weil ich möchte, dass ihr euch um meine Tochter kümmert", stellt sie klar. Darauf fällt mir nichts ein. „Ich weiß gar nicht, warum du zögerst. Ich habe dir schon mal gesagt, dass das mit euch was wird. Nun steh dir nicht selbst im Weg!"

„Jetzt kümmern wir uns erst mal um deine Töchter und dann sehen wir weiter, ja?"

„Okay", willigt sie ein. Und dann: „Du wirst meinen kleinen Schatz lieben."

„Das werde ich. Da bin ich mir ganz sicher", und ich bemühe mich, die Ironie aus meiner Stimme zu verdrängen.

„Und vielleicht werden es auch zwei", sagt Debora dann und schaut mich flehend an.

„Was meinst du mit zwei? Gibt es etwa eine weitere Maria, von der ich noch nichts weiß?", frage ich sie verdutzt.

„Na, du musst gleich wieder übertreiben. Nein, ich meine, vielleicht werden es auch zwei Tage."

„Wenn ich einen schaffe, dann schaffe ich auch zwei. Debora, mach dir keine Sorgen. Jetzt ist erst einmal wichtig, dass du bei Mariachiara bist und sie wieder ganz gesund wird. Weiß denn Fabio schon Bescheid? Und was ist mit Maria-Angela? Wird sie überhaupt mit mir mitgehen?"

„Ich werde mit ihnen telefonieren. Ich wollte erst abwarten, was du sagst. Ich rufe sie jetzt an und schalte auf Lautsprecher und du kannst auch schon gleich mit Maria-Angela sprechen. Was meinst du?"

„Gib mir noch ein wenig Zeit. Ich muss mich an den Gedanken gewöhnen, ja? Ich werde die Fahrt nach Bibione dafür nutzen. Okay?"

„Du Angsthase! Aber ich schalte dennoch auf Lautsprecher, damit du alles mitbekommst."

„So machen wir das", bestätige ich ihr Vorhaben, das allerdings nicht glückt, da Fabio nicht erreichbar ist.

„Er steht sicher schon hinter der Theke. Die Mittagspause ist rum. Er wird zurückrufen. Oder ich schreibe ihm eine Nachricht. Hast du schon etwas gegessen?"

„Nein. Du?" Sie schüttelt den Kopf.

„Gibt es eine Cafeteria oder so?"

„Einen Automaten, aber nur mit Getränken." Ich halte meine Dose hoch.

„So etwas magst du? Dann wirst du dich mit Maria-Angela sehr gut verstehen."

„Dann ist ja alles gut." Und ich muss lächeln.

Wir tauschen unsere Telefonnummern aus. Debora bedankt sich noch unzählige Male bei mir, drückt mich und verschwindet wieder hinter den Schiebetüren der Klinik, um sich um ihre ältere Tochter zu kümmern. Ich bleibe mit dem beängstigenden Gefühl, mich ein bis zwei Tage mit einem kleinen Mädchen beschäftigen zu müssen, und dem Rest *Gassosa* zurück, den ich an den Oleander schütte, um dem versickernden klebrigen Schaum nachzuschauen, der langsam in der vertrockneten Erde verschwindet und vielleicht der einen oder anderen Ameise als Kraftquelle dienen wird.

Der Punto wartet in der Sonne auf mich. Wie Debora morgen oder übermorgen mit Mariachiara wieder zurück nach Bibione kommt, haben wir noch nicht besprochen, aber ich gehe davon aus, dass ich sie abholen werde. Es ist früher Nachmittag. Die Hitze versucht, den kleinen Wagen, dessen ächzende Klimaanlage ihr Bestes tut, aber dennoch kapitulieren muss, ganz für sich zu gewinnen. Ich bin froh, dass ich von der Fahrerseite beide Fenster per Knopfdruck öffnen kann. Der Fahrtwind fühlt sich auf meiner verschwitzten Haut gut an. Wie lange bin ich schon keinen Schaltwagen mehr gefahren? Eines dieser Dinge, neben Sex, Tanzen und Radfahren, die man nicht verlernt, auch wenn der Körper und das Hirn diese Motorik über Jahre nicht abrufen mussten.

Ich überlege, ob ich den Wagen direkt zu Fabio bringe und Maria-Angela abhole oder erst mit Daniele spreche, ob er mich unterstützen möchte. Kaum zu Ende gedacht, komme ich mir armselig vor. Mein ganzes Leben habe ich immer schon ein Problem damit gehabt, mich mit Kindern zu beschäftigen. Ich mag Kinder, sie stören mich nicht, ich finde sie beeindruckend und doch überwiegt die Unsicherheit, etwas falsch zu machen. Der Psychotherapeut in mir sagt, dass ich aufgrund meiner eigenen Kindheits- und Jugenderfahrungen einer Blockade erliege, die mich davor bewahren möchte, bleibenden Schaden zu hinterlassen. Der erwachsene Mann in mir sagt, dass ich ein Idiot bin.

Der Idiot in mir gewinnt und ich stelle den Wagen vor dem Hotel Italy ab. Schließlich kann es sein, dass Debora ihren Bruder immer noch nicht erreicht hat, und so haben wir alle noch Zeit, uns gedanklich auf den Verlauf der nächsten vierundzwanzig bis achtundvierzig Stunden vorzubereiten.

Ich steige aus dem Wagen, setze mich im Schatten der Pinien auf die tiefe Mauer, die das Hotelgelände umgrenzt, und schreibe Daniele eine Nachricht: *Bin in Bibione. Wo bist du?* Zwei graue Haken. Ich bin erstaunt, auf Anhieb einen Parkplatz gefunden zu haben, was sonntags mit all seinen Wochenendtouristen keine Selbstverständlichkeit ist. Mir fällt auf, dass ich den Punto in einem zahlungspflichtigen Bereich abgestellt habe, und bin froh, noch ein paar Münzen zu haben, die ich dem Automaten aus dem Krankenhaus verdanke. Ich lege das Ticket auf das Armaturenbrett, ziehe mich schnell aus der Brutkammer des Wagens zurück und sehe, wie Daniele in Begleitung eines jungen Mannes die Treppe zum Eingang des Italy hinaufsteigt. Sie unterhalten sich, lachen und verschwinden hinter der Glastür.

Es muss nichts bedeuten.

Ich schließe das Auto wieder auf, steige ein und fahre los. Wo soll ich hin? Zur Eisboutique, um Maria-Angela abzuholen? Jetzt? Meine Gedanken kreisen um die beiden Männer, die soeben ein Hotelzimmer betreten. Um was zu tun? Ich muss mich auf den Verkehr konzentrieren. Die Straße ist wie alle Straßen, die zum Strand führen, eine Sackgasse, ein *dead end* oder *senza uscita*, ohne Ausgang. Ich wende, fahre am Hotel Italy vorbei und biege links in die Einbahnstraße, die zu meinem Hotel führt. Nur eine Richtung, nur geradeaus in mein Zimmer.

Ich habe jetzt eine Verantwortung für ein kleines Mädchen, für eine Mutter, die mir vertraut. Eloisa, ich muss mich kümmern und stelle mich hinten an in eine

Warteposition. Ich lasse auch die nächsten vierundzwanzig bis achtundvierzig Stunden in mein Leben, um es als solches zu spüren. Die Einbahnstraße, die in eine Sackgasse führt. *Dead end.* Doch das Leben hat sich bis vor wenigen Minuten wieder gut angefühlt.

Daniele möchte in mich verliebt sein und nicht mit mir gemeinsam meine Wunden lecken. Er möchte mit mir Sex haben und nicht mit mir und einem fünfjährigen Mädchen durch Bibione flanieren. Er sucht das Abenteuer und ich bin ein Wrack. Für ihn ist alles leicht und für mich schwer. Das ist nicht wahr. Er ist frei und ungebunden und ich versinke im Morast meiner Erinnerungen, doch das muss ich nicht. Ich kann mich entscheiden. Ich bin weg und er findet einen anderen, jüngeren, jünger als ich und jünger als er, schöner, freier, unversehrt, begehrenswert, bereit. Wofür oder wogegen soll ich mich entscheiden? Jetzt?

Ich halte kurz vor dem Savoy und lasse mir an der Rezeption ein Schild geben, das ich vorne in den Wagen legen soll, um mich auf dem Parkdeck als Hotelgast kenntlich zu machen. Es ist eines der letzten Schilder. Wieder Glück gehabt. Wenige Minuten später erreiche ich mein Zimmer, dusche und stehe vor dem Kleiderschrank. Was ist die richtige Wahl für einen Nachmittag mit einem fast fünfjährigen Mädchen? Ich finde etwas, das mir passend erscheint, und mache mich auf den Weg. Den Wagen lasse ich stehen. Ich glaube nicht, dass Fabio ihn heute noch benötigt. Die Hitze ist unerträglich.

Als ich die Eisboutique erreiche, sitzt Maria-Angela gelangweilt auf der Bank und hat ihren Blick auf ihren Onkel gerichtet, der seine Kunden bedient. Ich stelle mich meinem Schicksal und gehe auf sie zu.

„Maria-Angela, hat sich Mama schon bei Onkel Fabio gemeldet?“ Nichts. Sie schüttelt nur den Kopf. „Deiner Schwester geht es schon viel besser. Sie kommt vielleicht schon morgen mit eurer Mama nach Hause.“ Sie schaut mich an und ich sehe, dass sie nur wenige Sekunden davor ist zu weinen. Ich bin wirklich ein Idiot. Die Zeit bis morgen muss für ein kleines Mädchen endlos lang erscheinen. Sie ist sicherlich davon ausgegangen, dass sie heute bereits wieder mit ihrer Mutter und ihrer Schwester vereint sein würde. Die ersten Tränen laufen ihr über die Wangen und sie presst ihr Kinn auf die Brust. „Was hast du denn heute schon erlebt? Hat Fabio etwas mit dir unternommen?“ Sie schüttelt wieder den Kopf und ihre Tränen werden jetzt von einer bebenden Unterlippe und einem Schluchzen begleitet.

Es ist typisch für mich, dass ich mich bei einem kleinen Kind in nur wenigen Sekunden in solch eine Situation manövriere. Was soll ich tun? Sie in den Arm nehmen? Will sie das? Würde sie das zulassen? Fabio ist beschäftigt und schaut mitleidig zu uns herüber. Ich bin mir nicht sicher, welchen von uns er mehr bemitleidet. Fest steht, dass ich Maria-Angela nicht einfach so weinend und verzweifelt dort sitzen lassen kann. Sascha konnte immer gut mit Kindern umgehen, aber er ist nicht da. Ich setze mich neben sie auf die Bank und entschließe mich, es erst einmal mit einem Gespräch zu versuchen.

„Weißt du, als ich so alt wie du war, habe ich mir immer einen Bruder oder eine Schwester gewünscht, aber ich war leider allein. Meine Eltern wollten keine weiteren Kinder und so habe ich meine Freunde, die Geschwister hatten, immer darum beneidet.“ Maria-Angela schaut kurz zu mir herüber, dann wieder auf ihre Füße, die sie eng beieinander hält, und lässt ihren Tränen weiterhin freien Lauf. „Daher kann ich mir sehr gut vorstellen, wie du deine Schwester jetzt sicherlich vermisst." Sie nickt. „Und deine Mama natürlich auch." Mir ist klar, dass ich jetzt die Kurve kriegen muss. „Meine Mama hat immer viel gearbeitet und mein Papa auch." Sie schaut wieder herüber zu mir. Erkenne ich Interesse in ihrem Blick? „Maria-Angela, möchtest du heute meine Schwester sein? Nur für einen Tag oder zwei?" Die zwei war nicht gut. „Und ich könnte einen Tag dein großer Bruder sein. Das würde mich sehr glücklich machen. Was meinst du?" Sie schaut mich an und die Überlegung, die sie anstellt, lässt es nicht zu, sich weiterhin dem Schluchzen hinzugeben. Sollte ich mit dieser Strategie etwa erfolgreich sein?

„Warum wollten deine Eltern keine Kinder mehr?", fragt sie mich. Ich bin so glücklich, dass sie mit mir spricht.

„Ich glaube, weil sie so wenig Zeit hatten."

„Mama hat immer Zeit für uns."

„Ja, eure Mama ist eine ganz tolle Mama." Sie nickt.

„Wenn du mein Bruder bist, bist du dann auch der Bruder von Mariachiara?" Ein schlaues Mädchen.

„Ja, selbstverständlich, von euch beiden. Oder soll ich nur dein Bruder sein?", frage ich sie, um ganz sicherzugehen. Sie schüttelt den Kopf.

„Aber Mama hat gesagt, dass wir *zio* Umberto sagen sollen."

„Hat sie das? Na, das ist jetzt nicht mehr nötig, denn zu einem Bruder sagt man ja nicht *zio*. Oder nennt deine Mama Fabio auch *zio* Fabio?" Sie lacht.

„Nein, nur Fabio", sagt sie dann und wartet auf meine Reaktion.

„Das dachte ich mir. Und wie nennst du Fabio?“

„Fabio“, sagt sie und straft mich für diese dumme Frage mit ihrem Blick.

„Und ich bin Umberto, dein großer Bruder.“

„Du bist aber alt.“ Jetzt muss ich lachen.

„Da hast du recht. Aber würdest du mich trotzdem als deinen Bruder akzeptieren?“ Ist akzeptieren die richtige Formulierung für ein kleines Kind? Ich hoffe, dass sie einwilligt. Sie nickt. Geschafft. Ich rücke näher an sie heran und lege einen Arm um sie. Sie lehnt ihren Kopf an meine Seite. Wie mache ich jetzt weiter?

„Sollen wir etwas unternehmen? Was meinst du?“ Sie nickt und ich habe den Eindruck, dass es mir in letzter Sekunde gelungen ist, sie wieder von bösen Gedanken abzulenken. „Und was möchtest du machen?“ Sie schaut mich mit großen Augen an.

„Ich weiß nicht“, sagt sie dann und es scheint mir, als warte sie auf meinen Vorschlag.

„Sollen wir etwas Unerlaubtes tun?“

„Was ist das?“, fragt sie. Ich muss schmunzeln.

„Gibt es etwas, das du in Bibione immer schon machen wolltest, aber die Mama es noch nicht erlaubt hat?“ Sie denkt nach.

„An den Schnüren springen!“, schießt es aus ihr heraus und diese vier Worte heitern ihre Stimmung vollends auf.

„An den Schnüren springen?“, frage ich interessiert, „Was ist das denn?“ Ich habe eine Ahnung, möchte sie es aber erklären lassen.

„Na, an den Schnüren springen“, wiederholt sie und gibt mir zu verstehen, dass ich ja nun wirklich schwer von Begriff bin, was eine kleine Italienerin selbstverständlich mit einer typischen Handbewegung unterstreicht. Mein Gott, ist sie niedlich!

„Ach, du meinst an den Schnüren springen?", spiele ich mit, als hätte ich endlich verstanden, was sie meint.

„Ja, Umberto, an den Schnüren springen!"

„Und warum hat das die Mama bisher nicht erlaubt?", frage ich, um sicherzugehen, dass ich mich nicht zu sehr auf unerlaubtes Terrain begebe.

„Weil sie meint, ich müsste dann brechen. Das stimmt aber nicht." Die letzten Worte bekräftigt sie mit einer kleinen Zornesfalte zwischen ihren Brauen.

„Ach, das stimmt gar nicht? Und warum sagt die Mama das dann?" Eine letzte Absicherung benötige ich noch.

„Weil Mariachiara brechen musste, als sie noch klein war. Aber ich muss nicht brechen. Ich wünsche mir das so sehr. Umberto, gehen wir an den Schnüren springen? Bitte!"

„Na, wenn du dir ganz sicher bist, dass du nicht brechen musst, dann machen wir das. Auf jeden Fall sogar!"

„Und du musst auch springen!" Das Risiko hatte ich nicht bedacht.

„Wenn sie mich lassen. Ich bin ja schließlich schon so alt, wie du richtig festgestellt hast. Vielleicht darf ich ja gar nicht."

„Doch bestimmt! Wir springen zusammen! Wir springen zusammen!", schnattert sie erheitert, macht einen Satz vom Stuhl und hüpft auf der Stelle. Also, auf zu den Schnüren, was aber einen kleinen Fußmarsch bedeuten wird. Ich gehe kurz zu Fabio und kläre mit ihm ab, ob er einverstanden ist. Er gibt grünes Licht. Eine allerletzte Absicherung. Also machen wir uns auf den Weg.

Das Springen an den Schnüren entpuppt sich als Kinder-Bungee-Trampolin und ist glücklicherweise auch nur für Kinder, sodass zumindest dieser Kelch an mir vorübergeht. Die einzige Gemeinsamkeit zwischen dieser Attraktion und dem wirklichen Bungee-Jumping besteht darin, dass elastische Seile zum Einsatz kommen, jedoch zwei an der Zahl, die an einem Gurt befestigt sind und das Kind immer wieder nach oben in die Luft ziehen, um es dann wieder nach unten gleiten zu lassen, damit es auf dem Trampolin erneut Schwung erhält, um dann wieder nach oben zu schnellen. Das Ganze wiederholt sich unter großem Geschrei von fünf Kindern für rund zehn Minuten. Mich erinnert es eher an ein Folterinstrument aus den Zeiten der Inquisition.

„Ich glaube, Ihrer Tochter ist schlecht", sagt ein junger Vater, der neben mir auf der zerschlissenen Holzbank sitzt.

„Oh, nein, wirklich?"

„Doch sehen Sie! Sie lacht nicht mehr und ich glaube, sie würgt."

„Wir hätten auf ihre Mutter hören sollen", denke ich mehr laut, als dass ich es sage.

„Mütter haben, was das angeht, immer recht", versichert er mir. Und da passiert es auch schon: Maria-Angela übergibt sich während des durch die Bänder erzwungenen Abwärtsfluges. Mit großen Augen schaut sie ihrem Mittagessen nach, um dann in der darauffolgenden unausweichlichen Aufwärtsbewegung wieder daran vorbeizuschnellen. Ich bin froh, dass die elastischen Bänder die Kinder auf dem Weg nach unten auch ins Zentrum der Anlage ziehen. Ein Umstand, dem zu verdanken ist, dass Maria-Angelas Mageninhalt nicht auf sie, sondern auf und durch den Netzboden vor ihr prasselt. Wieviel verkrustete Kinderkotze liegt wohl bereits auf diesem Trampolin und dem bemitleidenswerten Rasen darunter?

Nachdem ich die Kleine mit feuchten und trockenen Papiertüchern, die uns der Betreiber der Anlage bereitwillig zur Verfügung stellt – er scheint bestens auf solche Zwischenfälle vorbereitet zu sein –, sauber bekommen habe, muss ich ihr versprechen, dass dieses kleine Malheur unser Geheimnis bleibt.

„Und du sagst, es hat dir trotzdem Spaß gemacht?“, frage ich sie verwundert.

„Ja, Umberto, das war schön! Schade, dass du zu alt dafür bist. Es hätte dir sicher auch Spaß gemacht“, versucht sie mich zu überzeugen und hält meine Hand ganz fest.

„Ja, das ist wirklich schade. Ich wäre so gerne mitgesprungen“, belüge ich sie. Ein Blick auf die Uhr bestätigt mir, dass noch viel vom Tag übrig ist. Was nun?

„Hast du Hunger?“, frage ich sie.

„Nein, ich habe ja schon Pasta gegessen“, erklärt sie mir.

„Ja, aber die liegt doch jetzt auf dem Boden des Trampolins, oder nicht?“ Sie lacht, bleibt stehen und bemüht sich, mich vorwurfsvoll anzuschauen, was ihr nicht ganz gelingt.

„Aber doch nicht alles!“, protestiert sie.

„Na gut“, gestehe ich ein, „vielleicht hast du aber Durst.“

„Nein“, sagt sie nur und scheint selbst darüber erstaunt zu sein.

„Nein? Hm. Was machen denn kleine Mädchen nachmittags? Du weißt ja, dass ich noch nie eine kleine Schwester hatte.“

„Du weißt aber wirklich nicht viel, Umberto“, stellt sie entwaffnend fest.

„Da hast du recht. Aber dann sag du es mir!“

„Mama geht mit uns nachmittags immer an den Strand und dann bleiben wir bis abends."

„Stimmt! Da hätte ich auch draufkommen können. Schließlich waren wir ja schon oft gemeinsam am Strand."

„Oft war das nicht", korrigiert sie mich und hat wieder recht.

Mein Handy piept. Eine Nachricht. Von Daniele. Ich öffne sie.

Am Strand, ist seine Antwort auf meine Frage, wo er sei, die ich ihm geschickt hatte, kurz bevor er mit einem anderen Mann sein Hotel betreten hat. Am Strand, denke ich, wie passend. Er schreibt weiter: *Ich habe eine Überraschung für dich.* Dann weiter: *Kannst du kommen?*

„Wer ist das?", fragt mich Maria-Angela, die sich offensichtlich vernachlässigt fühlt.

„Daniele", sage ich kurz.

„Ist er dein Freund?" Ich schaue sie an und weiß nicht, was ich sagen soll.

„Ja, ich glaube schon."

„Aber das musst du doch wissen", behauptet sie und ein weiteres Mal stimmt, was sie sagt. Ich lächle sie an.

„Sollen wir an den Strand gehen? Daniele ist auch da", schlage ich vor.

„Ja!"

Er ist online. Ich antworte ihm: *Wir kommen.* Zwei blaue Haken. *Wir?,* fragt er. *Ich habe Maria-Angela dabei* ist meine Antwort. *Sicher?* Wie meint er das? Er schreibt weiter. *Ich meine, sag nicht, du kannst dir jetzt ihren Namen merken. Lachender Smiley mit Tränen in den Augen.* Ich schicke ihm eine Ghettofaust. *Wir freuen uns auf euch*!, schreibt er dann. *Wir?,* frage dieses Mal ich. *Über-*

raschung schreibt er und schickt mir ebenfalls eine Ghettofaust.

Maria-Angela fest an meiner Hand, gehen wir die Promenade entlang zurück, um bei Fabio den Schlüssel für Deboras Apartment zu holen, denn schließlich brauchen wir beide Badekleidung für den Strand, was heißt, dass wir erst ihren Bikini holen und im Anschluss zu mir ins Hotel müssen. Fabio flüstert mir noch zu, dass Debora sich bei ihm gemeldet hätte und sie voraussichtlich morgen Nachmittag mit Mariachiara nach Hause dürfe, also hier nach Bibione, schickt er noch hinterher. Genauso hat Debora es formuliert: Nach Hause oder eigentlich nicht, nur nach Bibione.

Wo bleibt ihr?, fragt Daniele, als wir gerade das Foyer des Savoy betreten. *Frag nicht* schreibe ich ihm. *Zehn Minuten.* Er schickt mir einen verzweifelten Smiley. Ich stecke das Handy in die Hosentasche und wir fahren mit dem Fahrstuhl nach oben. Maria-Angela betritt andächtig mein Zimmer und fragt mich, ob ich immer dort wohne. Meine Erklärung, dass es nur für den Urlaub gebucht sei, scheint sie ein wenig zu enttäuschen.

Die letzten Meter zu unseren Schirmen trage ich Maria-Angela, da sie auf dem heißen Sand nicht laufen kann. Ich frage sie, warum mir bisher nicht aufgefallen ist, dass ihre Mutter sie an den Strand tragen würde, akzeptiere aber ihre Erklärungen, dass der Sand an diesem Tag besonders heiß sei.

Als wir unsere Schirme erreichen, sind diese bereits aufgespannt. Ich muss mich also nicht wieder vor dem *Servizio Spiaggia* blamieren. Wir ziehen unsere T-Shirts und Shorts aus und da kommt auch schon Daniele in Begleitung des jungen Mannes auf uns zu, mit dem er im Hotel verschwunden war. *Er* versteckt sich also hinter dem *Wir* und ist wahrscheinlich auch seine Überraschung.

„Maria-Angela, wie geht es Mariachiara?“, fragt Daniele sie sogleich. Ich stehe hinter Maria-Angela, sodass sie mich nicht sehen kann, und gebe Daniele mit wilden Gesten zu verstehen, dass das eine schlechte Themenwahl sei. Er reagiert prompt und stellt ihr seinen Neffen Stefano vor: „Und weißt du, was Stefano besser kann als jeder andere auf der ganzen Welt?“

„Nein. Was denn?“, will die Kleine wissen und ich bin froh, dass sie die Gedanken an ihre Schwester und ihre Mutter nicht weiterzuverfolgen scheint.

„Na, was wohl? Sandburgen bauen!“, posaunt Daniele heraus, „Nicht wahr, Stefano?“

„Ja, das kann keiner besser als ich“, bestätigt dieser spontan und zugegebenermaßen auch sehr überzeugend. Daniele zwinkert mir zu und freut sich ebenso wie ich über die positive Wendung des Gesprächs. „Sollen wir eine Sandburg bauen, Maria-Angela?“, fragt Stefano dann.

„Eine ganz große?“, konkretisiert sie sein Angebot.

„Eine riesengroße!“, bestätigt er, was von ihr bejubelt wird. Schnell packen die beiden alles Nötige für dieses Vorhaben in den grünen Plastikeimer, der samt anderem Spielzeug in einem großen Netz unter dem Schirm lag und nur darauf gewartet hat, durch diesen Einsatz gekrönt zu werden. Daniele und ich setzen uns nebeneinander auf meine Liege und schauen ihnen nach, wie sie mit schnellen Schritten durch den heißen Sand zum Wasser laufen.

„Dein Neffe?“, breche ich als Erster das Schweigen.

„Ja, er hat mir heute Morgen eine Nachricht geschickt. ‚Bin in Bibione. Wo bist du?‘ Und dann haben wir uns auch schon getroffen. Er bleibt ein paar Tage, ist aber wie immer knapp bei Kasse und kann sich kein Hotel leisten."

„Deswegen wohnt er bei dir?"

„Ja und jetzt kommst du ins Spiel."

„Das heißt?", frage ich verwundert.

„Macht es nicht mehr Sinn, dass ich zu dir komme oder du zu mir und wir ihm eines unserer Zimmer überlassen?"

„Ja, das ist eine schöne Idee", sage ich und Daniele hört aus meiner Stimme heraus, dass ich weine. Er schaut mich an.

„Umberto, was ist los? Wegen Mariachiara?"

„Was? Nein."

„Was dann? Wegen gestern?"

„Nein, es ist nichts."

„Du weinst nicht wegen nichts", beharrt er auf einer Erklärung.

„Es ist so albern. Ich schäme mich."

„Weswegen? Was ist albern?"

„Ich bin vorhin zu deinem Hotel gefahren, bevor ich Maria-Angela abgeholt habe. Ich wollte dich fragen, ob du mitkommst. Ich kann nicht gut mit Kindern umgehen."

„Und deswegen schämst du dich und weinst?", fragt er ungläubig.

„Nein, nicht deswegen."

„Umberto, können wir uns vielleicht mal darauf einigen, dass wir mehr miteinander reden und vor allem nicht ständig um den heißen Brei herum?" Ich nicke. „Gut", sagt er, „wer soll anfangen?"

„Hast du mir denn auch etwas zu sagen?", möchte ich von ihm wissen und mir ist ein wenig mulmig bei dem Gedanken, was kommen mag.

„Habe ich. Aber erst du. Was ist – und verzeih mir das *Schon wieder* – los?"

„Als ich vor dem Italy geparkt habe, habe ich gesehen, wie du mit Stefano lachend die Treppen hochgelaufen bist."

„Aha. Und?"

„Ich habe gedacht …", beginne ich und komme ins Stocken.

„Du hast gedacht, dass ich mir am Strand einen kleinen Mittagsfick organisiert habe, ja?" Ich wage nicht, ihn anzuschauen, nicke aber. „Na toll!", fährt er fort.

„Es tut mir leid."

„Braucht es nicht."

„Wie meinst du das?", frage ich ängstlich.

„Ich bin zwar schon ein wenig enttäuscht, aber ich kann auch verstehen, dass es für dich so aussah. Stefano ist ja auch Zucker." Ich schaue ihn an und schüttle den Kopf. „Nicht?", fragt er.

„Doch, das ist er. Aber warum machst du mir keine Vorwürfe?"

„Umberto, das ist doch Kinderkram. Wir sind zwei erwachsene Männer – einer von uns in den besten Jahren", und er kann sich ein Grinsen nicht verkneifen, „und es schmeichelt mir ja, dass du meinst, ich könnte mir so einen jungen Burschen mal eben angeln …"

„Könntest du", unterbreche ich ihn.

„Gut, könnte ich. Könnte ich? Doch, ich glaube, du hast recht. Aber weißt du, was?"

„Was?"

„Habe ich nicht. Und weißt du, warum nicht?"

„Sag es mir", fordere ich ihn auf.

„Weil ich dich will. Dich und keinen anderen."

„Warum?"

„Du willst schon wieder wissen, warum?"

„Ja, erkläre es mir", bitte ich ihn.

„Umberto, ich bin in dich verliebt."

„Das ist schön." Etwas anderes fällt mir nicht ein. Mir ist klar, dass das zu wenig ist, und ich sehe in Danieles Blick, dass auch er mehr erwartet.

„Ja, das ist wirklich schön. Was ist mit dir? Was empfindest du für mich, Umberto?"

„Ich fühle mich, als wäre ich eine zerbrochene Vase. Alles, was ich neu hineingebe, fließt wieder raus, als könnte ich es nicht halten."

„Du meinst, du befürchtest, meine Liebe nicht halten zu können?" Ich starre ihn an und weiß, dass wir uns einem entscheidenden Moment nähern. „Kennst du die japanische Reparaturkunst Kintsugi?", fragt Daniele mich dann. Ich schüttle den Kopf. „Verletzungen und Wunden werden zu etwas Besonderem, Wertvollem, das erst den eigentlichen, neuen Glanz einer Vase ausmacht." Meine Tränen fließen wieder. „Lass mich dir helfen, deine Wunden zu heilen, Umberto. Für mich bist du etwas Besonderes, mit all deinen Wunden. Gib uns eine Chance. Bitte." Daniele umschließt meine Schultern und zieht mich an sich. Wir sitzen Stirn an Stirn auf der Liege am Strand in Bibione und ich spüre, dass auch er weint. Dann löst er sich von mir, schaut mich an, wischt sich die Tränen aus den Augen und fragt mich erneut: „Was empfindest du für mich, Umberto?"

„Du bist ein wundervoller Mensch, Daniele."

„Was du für mich empfindest, will ich wissen. Ich weiß, dass ich wundervoll bin."

„Ich denke den ganzen Tag an dich." Daniele presst die Lippen aufeinander. „Du gibst mir das Gefühl, wieder zu leben", fahre ich fort. „Genau genommen verdanke ich dir mein Leben." Er möchte mich unterbrechen, doch ich spreche weiter. „Ich wäre nicht hier, wenn du nicht wärst." Ich sehe, dass er nicht begreift, doch ich bin noch nicht fertig. „Ich bin hierhergereist, um mir das Leben zu nehmen." Er schaut mich erschrocken an, lässt mich aber weitersprechen. „Mein Mann ist vor zwei Jahren gewaltvoll ums Leben gekommen. Ein Leben ohne ihn scheint …" Ich korrigiere mich: „schien mir sinnlos. Ich habe an dem Abend, an dem ich besoffen auf der Treppe deines Hotels gesungen habe, erfahren, dass er mich kurz vor seinem Tod verlassen wollte. Ich hatte nichts bemerkt, aber er hatte einen anderen und dieser andere ist Marco, der Inhaber des Restaurants, in dem wir neulich Abend mit Debora und den Mädchen gegessen haben. An dem Abend wusste ich noch nichts von den beiden. Das hat mir den Boden unter den Füßen weggezogen und ich weiß nicht mehr, wer ich bin. Bin ich der trauernde Witwer? Bin ich der Betrogene? Bin ich der Verliebte? Oder alles auf einmal? Kann das alles ich sein? Und ja, Daniele, ich bin in dich verliebt und ich glaube sogar, noch mehr als das, aber ich fürchte mich so sehr davor, dass ich nicht Herr meiner Sinne, geschweige denn meiner Gefühle bin, und habe Angst. Ich habe Angst vor mir, vor dem Leben, vor dem, was kommt oder auch vor dem, was nicht kommt." Ich bin fertig und warte auf seine Reaktion.

„Bevor du jemanden heilst, frage ihn, ob er bereit ist aufzugeben, was ihn krank macht", sagt Daniele.

„Was meinst du?", frage ich ihn verwirrt.

„Das ist von Hippokrates. Bist du bereit, alles hinter dir zu lassen?"

In dem Moment kommen Maria-Angela und Stefano jubelnd zu uns gelaufen.

„Umberto, Daniele, ihr müsst euch unsere Sandburg ansehen. Wir haben auch für euch einen Turm gebaut. Den müsst ihr euch unbedingt anschauen, ja? Kommt ihr?“, sprudelt es aus Maria-Angela heraus und sie zieht an meiner Hand. Stefano begreift, dass Daniele und ich gerade nicht in der Stimmung sind, uns eine Sandburg anzuschauen.

„Maria-Angela, weißt du, was wir vergessen haben?“, fragt er sie und hat sofort ihre Aufmerksamkeit auf sich gezogen.

„Nein, was denn?“

„Komm, wir müssen schnell zurück zur Burg, bevor wir sie Umberto und Daniele zeigen. Ich erkläre es dir auf dem Weg. Und wenn wir dann so weit sind, dann kommen wir zurück und holen die beiden. Komm schnell!“

Und schon eilen die beiden zurück ans Wasser zu ihrer Burg.

„Ob ich bereit bin, alles hinter mir zu lassen, hast du mich gefragt“, greife ich Danieles Frage auf.

„Ja.“

„Was ist alles?“

„Alles, was dich krank macht.“

„Was mich krank macht. Bin ich denn krank?“

„Würdest du dich als gesund bezeichnen, Herr Therapeut?“

„Nein, sicherlich nicht“, gestehe ich.

„Zumindest ein wenig kränker als ich zum Beispiel“, sagt er dann.

„Bist du auch krank?“

„Lass uns erst über deine Seele sprechen und dann über meine“, schlägt Daniele vor. Meine Seele, denke ich. Meine kranke Seele.

„Ich weiß nicht, ob es mir gelingt, das hinter mir zu lassen, was mich krank macht", flüstere ich fast. Daniele schaut mich an und nickt mehrmals, als versuche er, dadurch besser zu begreifen, was ich soeben gesagt habe.

„Wie ist dein Mann ums Leben gekommen?"

„Er ist von einem Lastwagen überrollt worden."

„Daher gestern dein Zusammenbruch. Das dachte ich mir."

„Ja", bestätige ich, „und unser Hund Phillip ist dabei auch gestorben."

„Ich verstehe. Wie lange wart ihr zusammen, dein Mann und du?"

„Sascha und ich haben zwanzig Jahre zusammengelebt. Er war mein Leben. Ich offensichtlich nicht mehr seins. Und ich weiß nicht, wie lange er mir etwas vorgemacht hat."

„Ich verstehe sehr gut, dass es für dich schwer ist, damit umzugehen", sagt er nachdenklich. Jetzt nicke ich. „Und dennoch sitzen wir heute hier, wir beide. Und wir säßen nicht hier, wenn all das nicht passiert wäre."

„Ja, so ist es."

„Glaubst du an das Schicksal?", fragt Daniele mich.

„Der Psychotherapeut glaubt nicht an Schicksale."

„Und Umberto? Glaubt der an das Schicksal?"

„Ist es mein Schicksal, betrogen worden zu sein? Ist es mein Schicksal, miterleben zu müssen, wie der Mensch, den ich am meisten liebe, wenige Zentimeter neben mir von der einen Sekunde auf die andere völlig sinnlos stirbt? Ist es mein Schicksal, dass mir nicht einmal unser Hund geblieben ist, um mir Trost zu spenden?"

„Das kann ich dir nicht beantworten. Und dennoch wären wir bei all dem Leid, das du erlebt hast, nicht hier, wenn es nicht so gekommen wäre. Und du und ich, das kann der Anfang von etwas Gutem und Schönem sein."

Ich sitze dort und starre ihn an. Er lässt mir Zeit, meine Gedanken zu sortieren. Über uns kreischen Möwen, die Sonne brennt, das ältere Paar hinter uns schaut verschämt herüber, mein Mund ist trocken und der Metallrahmen der Liege drückt an der Rückseite meiner Oberschenkel. Wir wären jetzt nicht hier. Ein neuer Anfang. Alles hinter mir lassen. Verliebt sein. Lieben.

„Umberto", unterbricht Daniele meine Gedanken. Ich hatte durch ihn hindurchgesehen und fokussiere jetzt wieder sein Gesicht. Er ist schön. Er wirkt zerbrechlich, so wie ich ihn noch nicht gesehen habe. Mein Leid, das ich so wichtig nehme, muss an Bedeutung verlieren. Das wird mir in diesem Moment klar. Es muss zurücktreten hinter das Leben, das mich jetzt mit offenen Armen empfangen möchte. Es muss zurücktreten hinter das Gute und Schöne, das auf mich wartet.

„Ich werde es versuchen", sage ich dann zu ihm, „mit dir", füge ich hinzu. Jetzt weint Daniele und zieht mich an sich. Eng umschlungen sitzen wir in der Nachmittagssonne und ich spüre seinen schweißnassen und von der Sonne erhitzten Körper an meinem. Es fühlt sich an wie Leben.

„Aber wie kann das funktionieren? Du lebst hier in Italien und ich in Deutschland", frage ich ihn dann. Er löst sich aus unserer Umarmung und schaut mich an.

„Es gibt Home Office und meine Firma hat einen Standort in Dortmund. Das ist doch bei dir ganz in der Nähe, nicht wahr? Aber lass uns das ein andermal besprechen. Eine Lösung wird sich ergeben", sagt er. Später, denke ich. Für ihn ist die Zukunft bereits die Gegenwart. Und für mich?

Die beiden Burgbauer kommen zurück, als Daniele und ich bereit sind, uns auf eine gelöstere Stimmung einzulassen. Was Stefano dort am Wasser mit Maria-Angela gezaubert hat, ist wirklich bemerkenswert. Den uns beiden zugedachten Turm haben sie mit reichlich Muscheln und Algen geschmückt. Wir spielen das Spiel der begeisterten Burgbewohner mit und dennoch sehe ich Stefano an, dass er Daniele und mich mit abschätzenden und auch besorgten Blicken beobachtet. Ich frage mich, was Daniele ihm über uns erzählt hat.

Ja, es gibt ein *uns*.

KAPITEL 15
KLÄRUNGEN

Debora besteht darauf, am darauffolgenden Tag mit Mariachiara den Bus nach Bibione zu nehmen. All meine Einwände, dass der Bus viel länger brauche, die Klimaanlage vielleicht nicht funktioniere und die Fahrt für das Mädchen zu anstrengend sei und sie doch auch aus guten Gründen nicht mit dem Bus nach Latisana wollte, stoßen bei ihr auf Ablehnung und sie versichert mir während unseres Telefonats, dass sie nicht in den Punto steigen würde, auch wenn ich direkt vor dem Eingang des Krankenhauses auf sie warten würde. Zu sehr hätte sie bereits meine Hilfsbereitschaft in Anspruch genommen und die Busfahrt sei das Mindeste, was sie als Zeichen des Dankes unternehmen könne.

Nun liegen noch etwa vierundzwanzig Stunden vor uns, die wir uns um Maria-Angela kümmern müssen, und wir vier Männer – Fabio, Daniele, Stefano und ich – haben uns vorgenommen, das Beste daraus zu machen, was darin besteht, das kleine Mädchen möglichst abzulenken, ihm jeden Wunsch von den Lippen abzulesen und für einen weiteren Tag so sehr zu verwöhnen, dass ein jedes andere Kind sie dafür beneiden soll.

Die erste Hälfte der folgenden vierundzwanzig Stunden verbringen wir mit dem Rückweg vom Strand zu Deboras Apartment am späten Nachmittag – Maria-Angela hat ihre Burg nur äußerst ungern den ungewissen Abend- und Nachtstunden überlassen –, dem Duschen des Mädchens und anschließendem Ankleiden und Frisieren, was sich als äußerst anspruchsvoll für uns, aber auch amüsant gestaltet, dem Abliefern der Kleinen bei ihrem Onkel, damit auch wir drei Männer uns für den Abend fertigmachen können, dem anschließenden Spaziergang durch die Innenstadt, der immer wieder durch die Aufnahme von Fotos und Selfies – Maria-Angela mit uns in den verschiedensten Konstellationen – und dem Verschicken ebendieser Bilder an Debora unterbrochen wird, dem gemeinsamen Abendessen in einer Pizzeria, der Verabschiedung von Stefano, der allein in eine Diskothek geht, um anschließend in Danieles Zimmer zu übernachten, und dem Warten auf Fabio, auf dem Balkon seines Apartments bis tief in die Nacht, während Maria-Angela schläft.

„Was war zwischen deinem Ex und jetzt?", frage ich Daniele, begleitet vom Zirpen der Grillen in den Pinien und lateinamerikanischer Tanzmusik, die von irgendwoher zu uns herüberschallt. Aus Fabios Kühlschrank haben wir uns zwei eisgekühlte Biere genommen, die wir aus der Flasche trinken, während wir auf ausgedienten Stühlen an einem kleinen Holztisch sitzen, der einmal weiß war.

„Viel, aber es hat meist kaum länger als ein Wochenende gehalten", antwortet Daniele und nimmt einen Schluck aus seiner Flasche.

„Wie kommt das?"

„Sie waren nicht wie du."

„Keiner von ihnen?"

„Warte, doch vielleicht, Ernesto oder Paolo, Michele eventuell auch …", zählt er die Namen seiner Verflossenen auf, hält sich dabei sein Bier an die Schläfe und schaut grinsend in das von Motten und Mücken betanzte Licht der Laterne, die direkt am Haus steht.

„Verstanden", unterbreche ich ihn und trinke von meinem Bier, als mein Handy aufleuchtet. Es liegt auf dem Tisch. Eine Nachricht von Ursula. Ich starre so lange auf das Display, bis es sich wieder verdunkelt. Dann sehe ich Daniele an.

„Nicht wichtig?"

„Eine Nachricht aus meinem alten Leben."

„Und damit eine wichtige oder eine unwichtige Nachricht?" Ich antworte nicht und greife nach dem Handy. *Ich war immer ehrlich zu dir. Nur in dieser einen Sache nicht. Was konnte ich tun? Er hat mich darum gebeten. Bitte verzeih mir. U.* Ich schaue länger als nötig auf die Nachricht. Das Display verdunkelt sich abermals.

„Alles okay?", reißt mich Daniele aus meinen Gedanken. Ich nicke, schaue ihn an, entriegele das Handy und schreibe: *Wie lange?* Ursula antwortet: *Ein Jahr.* Einen kurzen Moment kommt es mir vor, als würde sich der Balkon von der Fassade des Hauses lösen und mit mir und Daniele in den schäbigen Vorgarten stürzen. Dann lege ich das Handy mit der Rückseite nach oben auf den Tisch. In dem Moment kommt Fabio zur Tür herein, die sich direkt gegenüber dem Balkon befindet, sodass er auch sogleich vor uns steht. Ich bin dankbar für die Ablenkung.

„Ist es okay, wenn ich eben noch schnell dusche?", fragt er uns und man kann ihm in der Tat ansehen, dass er eine Dusche benötigt.

„Lass dir Zeit. Wir unterhalten uns gut und die Aussicht ist phänomenal", sagt Daniele zu ihm und schaut mich dabei an.

„Danke. Ich mache schnell", flüstert Fabio und verschwindet im Bad.

„Du hast der Nachricht aus der Vergangenheit geantwortet?"

„Ich habe ihr eine Frage gestellt und eine Antwort erhalten", erwidere ich. Daniele nickt. „Es war Ursula, Saschas Mutter." Wieder ein Nicken. „Es ging ein Jahr mit Sascha und Marco." Daniele streckt eine Hand aus und streichelt mir über eine Wange. Ich spreche weiter: „Als ich mich mit siebzehn bei meinen Eltern geoutet habe, haben sie mich rausgeworfen." Daniele schaut mich verständnisvoll an und hört mir zu. „Ich habe eine Woche auf der Straße gelebt und bin dann selbst zum Jugendamt. Nach einigen Wochen kam ich zu Pflegeeltern."

„Oh, Mann", sagt Daniele entsetzt. Ich schaue auf meine Hände. Sie zittern.

„Zu meinen leiblichen Eltern habe ich erst wieder Kontakt aufgenommen, als Sascha und ich schon viele Jahre ein Paar waren. Es geht, aber es ist nicht mehr so wie vorher. Wenn ich von meinen Eltern spreche, meine ich auch meist meine Pflegeeltern, wenn ich auch zu ihnen nie eine wirklich tiefe Beziehung aufbauen konnte. Aber mit Ursula war das immer anders."

„Saschas Mutter."

„Ja." Ich nicke und schaue Daniele an.

„Und sie hat dir dennoch nicht die Wahrheit gesagt."

„Blut ist offenbar doch dicker", sage ich, „und das tut weh."

„Ich verstehe."

Fabio steht plötzlich mit nassen Haaren und lediglich einem Handtuch um die Hüften vor uns. Er fragt, ob wir noch ein Bier mit ihm trinken. Ein Angebot, das wir gerne annehmen, auch wenn wir uns eher dazu verpflichtet fühlen, Daniele ebenso wie ich, was er mir mit einem stummen Seufzer zu verstehen gibt, als Fabio uns kurz verlässt, um sich etwas anzuziehen.

„Debora hat mir erzählt, dass sie dir wirklich gesagt hat, ich sei ihr Mann und der Vater der Mädchen", eröffnet Fabio unvermittelt das Gespräch, als wir mit unseren Bieren gemeinsam auf dem Balkon sitzen.

„Das ist richtig", bestätige ich.

„Du hattest sie nicht falsch verstanden."

„Nein." Wir schweigen alle drei für etliche Minuten.

„Ihr müsst wissen, dass sie in ihrer Ehe die Hölle durchgemacht hat", durchbricht Fabio das Schweigen. „Das wussten Gianfranco und ich nicht. Wir haben nichts mitbekommen. Ich könnte mich heute noch dafür selbst ohrfeigen." Er schaut in die Nacht und nimmt einen Schluck aus seiner Flasche. „Ich habe ihr schon oft gesagt, dass sie Hilfe benötigt. Und damit meine ich nicht finanzielle Hilfe. Wir sind für sie und die Mädchen da, immer und nicht nur mit Geld. Aber sie braucht jemanden, der ihr hilft, all das zu verarbeiten. Ich habe sie jetzt so weit, dass sie in eine Selbsthilfegruppe geht. Zu einem Therapeuten will sie nicht."

„Es ist gut, dass sie den Schritt gehen will", versichere ich Fabio.

„Ja. Sobald die Saison geschafft ist und wir zurückgehen, werde ich sie dabei unterstützen, eine solche Gruppe zu finden." Daniele und ich schauen zu Fabio und nicken. Fabio sieht uns erst an und richtet dann seinen Blick auf den Boden.

Es ist bereits halb zwei in der Nacht, als wir uns von Fabio verabschieden. Für zehn am Morgen des nächsten Tages sind wir verabredet, um Maria-Angela bis zu Deboras und Mariachiaras Ankunft zu bespaßen. Daniele und ich gehen ins Savoy und auf mein Zimmer, da wir Stefano Danieles Zimmer überlassen haben. Seine Tasche mit dem Nötigsten für die nächsten Tage haben wir bereits vor dem Abendessen dort abgestellt. Wir vertreiben die Dämonen.

„Daniele, ich weiß, dass es bereits sehr spät ist, aber ich habe eine Bitte“, sage ich zu ihm, als er sich die Zähne putzt. Er schaut mich verdutzt an. „Vielmehr einen Vorschlag“, erkläre ich. Er nickt und spült sich den Mund aus.

„Immer raus damit!“

„Würdest du bei Sonnenaufgang mit mir an den Strand gehen?“

„Du meinst heute?“, fragt er. Ich nicke. Daniele schaut in die Wetter-App seines Smartphones, das er aus einer Gesäßtasche zieht, und sagt: „Also in gut vier Stunden.“ Ich nicke wieder und sehe ihn flehentlich an. „Um was zu tun?“, möchte er wissen.

„Ich möchte mit Sascha reden“, sage ich zu ihm und mir ist bewusst, wie merkwürdig das klingen muss.

„Mit Sascha? Reden?“, fragt er mich und macht deutlich, dass es sich um zwei Fragen handelt. Ich nicke. Daniele stellt seine Zahnbürste in eines der Gläser auf dem kleinen Regal über dem Waschbecken und schaut mich wartend an.

„Wenn Sascha und ich für etwas Klärung brauchten, sind wir immer zum Sonnenaufgang irgendwo in die Natur gegangen. Auf einen Berg, ein Feld, in den Wald oder auch an den Strand. Wir konnten unsere Gedanken am besten bei aufgehender Sonne sortieren.“

„Was für Klärungen?“

„Wenn wir uns gestritten haben oder vor einer Entscheidung standen oder einer von uns einfach eine schwierige Phase hatte“, erkläre ich.

„Und jetzt ist es eine schwierige Phase?“, fragt mich Daniele, jedoch beantwortet er sich seine Frage durch ein Nicken selbst. „Aber Sascha ist nicht mehr da“, wendet er berechtigterweise ein. „Findet diese Klärung dann zwischen dir und mir statt?“

„Ich habe das Gefühl, dass ich eine Aussprache mit ihm brauche. Ich muss einen Schlussstrich ziehen, um etwas Neues beginnen zu können.“

„Und dieses Neue, das bin ich?“ Daniele betrachtet mich erwartungsvoll. Ich setze mich auf den Rand des Bidets und schaue zu ihm auf.

„Ja, das bist du.“

„Und wenn Sascha Nein sagt, Umberto?“

„Ich werde ihn nicht um Erlaubnis bitten. Ich möchte nur mit ihm reden. Ich weiß, dass das verrückt klingen muss.“

„Das tut es nicht“, sagt Daniele ganz sanft. „Ich habe ja gesagt, dass du anders als alle anderen bist.“ Er kommt auf mich zu, hockt sich vor mich und gibt mir einen Kuss. „Aber dann lass uns jetzt schlafen. Wir müssen früh raus.“

Der Wecker reißt uns um halb fünf aus einem für uns beide unruhigen Schlaf. Fast wortlos ziehen wir uns an und treten bei Morgengrauen aus dem Hotel in Richtung Strand, der uns verlassen, ruhig und friedlich empfängt.

Der Sand hat eine feuchte Kruste, die bei jedem unserer Schritte nachlässt, um die noch kühle, weiche Schicht darunter freizugeben. Es dauert einige Minuten, bis wir am Meer sind. Ich bitte Daniele, in der letzten Schirmreihe auf mich zu warten. Dort lasse ich ihn und meine Schlappen zurück. Die übrigen Meter bis ans Wasser gehe ich allein. Den Wellen ist es egal, dass nur ich sie betrachte. Sie kräuseln sich ebenso aufwendig und verlieren sich dann aufschäumend im Sand, wie wenn sie am Tage dieses Schauspiel für Tausende Badende und Sonnenhungrige darböten.

„Du wolltest es mir sagen, doch dann war es zu spät", beginne ich leise und starre auf das Meer. „Hörst du, Sascha?" Ich zittere am ganzen Körper. „Du hättest mir wehgetan, aber vieles wäre sicherlich anders gekommen." Ein Läufer, dessen Bahn ich kreuze, muss mir ausweichen. „Ich wollte mich umbringen. Für dich." Dann schreie ich: „Ich wollte mich umbringen, hörst du? Ich wollte sterben! Hier in Bibione! Fast hätte ich es getan!" Ich stehe im Wasser. Die Wellen umspielen meine Füße. „Vielleicht wäre es besser gewesen, wenn ich es getan hätte, bevor Marco …" doch den Satz beende ich nicht. Ich starre weiter aufs Wasser. „Bevor Marco mir von euch erzählt hätte. Von dir und ihm. Bevor er mir die Bilder gezeigt hätte. Bilder, die ich nie werde vergessen können. Ich wäre gestorben mit der Gewissheit, von dir geliebt zu werden. Über den Tod hinaus. Aber so ist es nicht. Du hast einen anderen geliebt." Meine Beine halten mich nicht. Ich falle auf die Knie, hocke im Wasser. Es ist kühl; es versucht, mich zu beruhigen. „Ich habe dich geliebt. Nur dich", flüstere ich, „und ich liebe dich immer noch, Sascha. Ich liebe dich immer noch. Ich will mich nicht entscheiden, ob ich dich liebe oder hasse. Ich will dem Verrat – deinem Verrat – keine Bühne geben. Ich bin unendlich traurig, dass ich dich verloren habe. Und ich weiß, dass ich dich zweimal verloren habe, aber ich liebe dich und ich werde dich immer lieben. Aber ich lasse dich gehen. Was wir hatten, ist mehr als zehn Bilder aus München. Ich lasse dich gehen." Ich hocke in den Wellen und schluchze: „Ich. Lasse. Dich. Los. Sascha. Lebe wohl, wo immer du auch bist. Ich lasse dich los." Ich stehe auf. Meine Beine halten mich wieder. Ich schaue in die Ferne zum Horizont und verliere das Gefühl für die Zeit. Doch dann bin ich so weit. Ich drehe mich um. Daniele steht dort. Er hat nicht am Schirm auf mich gewartet. Er steht im Wasser und ich muss nur wenige Schritte gehen, um ihn zu erreichen.

„Ich bin so weit", sage ich zu ihm, schaue ihn an und er schließt mich in seine Arme. Die Sonne wirft bereits lange Schatten. Schweigend gehen wir Arm in Arm zurück zum Hotel.

„Jetzt ist alles geklärt für dich?", fragt mich Daniele, als wir auf dem Balkon unseres Zimmers sitzen.

„Was meinst du?", möchte ich von ihm wissen, schaue ihn an und sehe Skepsis in seinem Blick.

„Umberto, ich glaube nicht, dass es so einfach ist", sagt er dann.

„Einfach für mich oder für dich?"

„Einfach für uns beide."

„Du warst dir bisher sicher, dass wir beide ..." und auch, wenn mir die Worte fehlen, um diesen Satz zu beenden, frage ich ihn: „Jetzt nicht mehr?"

„Dass wir eine Chance haben? Ja, sicher, davon bin ich überzeugt", sagt Daniele und weiter: „Aber ist all deine Verzweiflung, deine Trauer, deine Wut jetzt wie weggeblasen? Durch diese Klärung am Strand? Erst vor wenigen Tagen in Latisana bist du ja zusammengebrochen, als der LKW an uns vorbeigefahren ist." Daniele schaut mich an und ich weiß, dass er recht hat. Ich nicke. „Und dennoch bin ich mir sicher, dass es für uns beide eine gemeinsame Zukunft geben kann", fügt er dann hinzu. Ich nicke wieder. Wir schweigen, sehen uns an und ertragen die Stille.

„Daniele, ich möchte, dass du jemanden kennenlernst“, sage ich dann.

„Wen?“

„Ihr Name ist Eloisa. Ich glaube, sie ist die Besitzerin des Hotels hier. Wir haben uns am ersten Tag beim Frühstück kennengelernt.“

„Du hast sie bisher nicht erwähnt.“

„Nein.“

„Und was hat diese Frau, was ich nicht habe? Abgesehen von einem – zugegebenermaßen grandiosen – Hotel?“ Ich bin Daniele dankbar dafür, dass er die Stimmung wieder leichter macht, denn er schmunzelt, als er das sagt.

„Daniele, du hast alles, was ich brauche. Sei dir dessen sicher.“

„Okay“, murmelt er nur kurz, stützt sich mit den Unterarmen auf seinen Knien ab und schaut mich erwartungsvoll an.

„Sie ist eine alte Dame mit einem sehr bewegten Leben und hat es in diesen wenigen Tagen geschafft, mein Innerstes nach außen zu kehren. Sie ist die wirkliche Therapeutin von uns beiden, auch wenn sie eigentlich Konzertpianistin ist.“

„Das klingt spannend. Warum soll ich sie kennenlernen?“, fragt Daniele berechtigterweise.

„Ich weiß nicht, ob ich mich auf dich eingelassen hätte, wenn sie nicht gewesen wäre“, versuche ich zu erklären.

„Auf mich eingelassen, das hört sich gefährlich an“, sagt er und lacht. „Bin ich eine Bedrohung für dich?“, möchte er dann wissen und ich glaube, dass er nicht scherzt.

„Du warst es, bist es aber nicht mehr.“

„Na, ich weiß nicht, ob ich das jetzt besser finde", sagt er dann, grinst, setzt sich wieder auf und schaut mich fragend an.

„Daniele, seitdem ich weiß, dass Sascha mich betrogen hat und mich verlassen wollte, ist es anders für mich."

„Ich verstehe. Du meinst, du kannst ihn jetzt auch betrügen. Mit mir", entgegnet mir Daniele dann in ernstem Ton und weiter: „Wenn es sich für dich wie ein Betrug anfühlt, dann ist er noch da. Dann hast du ihn vorhin am Meer nicht gehen lassen, Umberto."

„Daniele, lass es uns versuchen", bitte ich ihn. „Ja, du hast recht. Er ist noch da. Irgendwie und irgendwo. Auch meine Liebe für ihn ist noch da. Ich kann zwanzig Jahre nicht einfach wegwerfen und vergessen, auch wenn ich nicht weiß, ob er das nicht getan hat, als er mich verlassen wollte, aber du bist für mich ein wichtiger Mensch geworden. Ich empfinde tiefe Gefühle für dich, von denen ich dachte, ich könnte sie nicht mehr für einen Mann entwickeln. Das ist mir in den letzten Tagen klargeworden. Lass dich weiter auf mich ein", bitte ich ihn erneut.

„Warum möchtest du, dass ich Eloisa kennenlerne, Umberto?"

„Das ist eine gute Frage." Mehr fällt mir als Antwort nicht ein.

„Weißt du, es hat mir schon mal jemand gesagt – oder besser geschrieben –, dass er mich verlässt, denn er möchte mich nicht verlieren, weil er den Verlust nicht ertragen hätte."

„Dein Freund, als du Krebs hattest." Daniele nickt.

„Ich möchte nicht, dass mir das noch einmal passiert. Ich möchte nicht aus dem Grund verlassen werden", gibt er mir nachdenklich zu erklären, lächelt dann und fügt hinzu: „Natürlich auch aus keinem anderen Grund."

„Ich verstehe, was du meinst. So bin ich nicht, Daniele."

„Das ist gut."

Wir sitzen uns noch eine ganze Weile schweigend auf dem Balkon gegenüber und suchen im Blick des anderen nach weiteren Antworten auf Fragen, die wir uns sicherlich noch stellen werden. Die Geräusche, die von der Straße und der Strandpromenade und auch von den anderen Balkonen zu uns herüberschallen, kündigen den neuen Tag an, auch wenn er für uns schon sehr früh begonnen hat.

„Wo finden wir sie, diese Eloisa? Klopfen wir einfach an ihre Bürotür?", unterbricht Daniele unser Schweigen.

„Das kann ich dir gar nicht beantworten. Ich habe sie bisher immer zufällig getroffen."

„Gute Strategie." Wir müssen beide lachen.

„Und wie gesagt, bin ich mir gar nicht sicher, ob dieses Hotel ihr gehört."

„Mysteriös", resümiert Daniele.

„Ja, aber lass uns erst mal frühstücken gehen! Was hältst du davon?"

„Eine sehr gute Strategie!" Wir erheben uns etwas schwerfällig aus unseren Stühlen, küssen uns und fahren mit dem Fahrstuhl ins Erdgeschoss.

Nachdem wir ausgiebig gefrühstückt und Eloisa nicht gesehen haben, beschließen wir, erst einmal wieder auf unser Zimmer zu gehen und zu duschen. Auf dem Weg zu den Fahrstühlen kommt mir der Gedanke, doch an der Rezeption nach ihr zu fragen.

„Entschuldigen Sie. Sagen Sie, ich möchte gerne eine ältere Dame sprechen. Ihr Name ist Eloisa. Es hängt ein Bild von ihr in der Galerie dort drüben." Die junge Frau an der Rezeption schaut mich skeptisch an. „Ich bin mir sicher, dass sie auf dem Gemälde abgebildet ist. Es hängt innen gleich links neben der Tür, wenn man den Raum verlässt“, erkläre ich.

„Ich weiß, wo das Gemälde hängt, Signor Scabro. Sie können nur Contessa di Savoia meinen, aber die Contessa empfängt keinen Besuch und nimmt auch keine Termine wahr.“

„Contessa di Savoia?“, frage ich. Sie nickt. „Ich habe an den vergangenen Tagen häufig mit ihr gesprochen“, versuche ich es weiter, „ich bin mir sicher, dass sie mich empfangen würde.“

„Es tut mir sehr leid, aber ich kann da leider wirklich nichts machen“, entschuldigt sich die junge Frau und schaut an mir vorbei, als ich eine Stimme höre.

„Sie müssen Daniele sein. Guten Morgen, ich bin Eloisa.“

„Signora, guten Morgen. Oder sollte ich Contessa sagen?“

„Weder das eine noch das andere. Einfach nur Eloisa“, erklärt sie Daniele, der sichtlich amüsiert ist. Die junge Frau von der Rezeption und ich lächeln uns an.

„Eloisa, guten Morgen, schön, Sie zu sehen. Wir wollten zu Ihnen“, sage ich dann, als ich mich den beiden zuwende.

„Umberto, lassen Sie uns auf die Terrasse gehen!“ Sie erwartet keinen Gegenvorschlag, dreht sich um und wir müssen darauf achten, nicht zu schnell zu gehen, um uns an ihr Tempo anzupassen. Auf dem Weg fragt sie uns noch, was wir trinken möchten, und gibt die Bestellung an einen Kellner an der Bar weiter.

Wir steuern nicht die Hauptterrasse an, die noch von Frühstückgästen bevölkert wird, sondern nehmen auf einer der kleinen Seitenterrassen, die in Nischen unter den Balkonen des Gebäudes eingelassen sind, in Korbstühlen Platz.

„Daniele, ich freue mich sehr, Sie kennenzulernen", beginnt Eloisa das Gespräch.

„Es war Umbertos Wunsch, dass wir uns kennenlernen, Sie und ich."

„Ich hoffe, es ist keine Last für Sie."

„Ganz und gar nicht", versichert Daniele ihr.

„Wenn Sie gestatten, Sie sehen ein wenig erschöpft aus, Sie beide", schickt Eloisa hinterher.

„Oh, wir sind schon seit halb fünf auf. Ich denke, dass uns einfach der Schönheitsschlaf fehlt", erklärt Daniele und lächelt.

„So früh? Ich hoffe, es liegt nicht an den Betten", sagt sie, als uns der Kellner – es ist nicht der mit der Knollennase – Kaffee und Wasser serviert.

„Die Betten sind fantastisch", versichert wiederum Daniele und fährt fort: „Den Rest erklärt Ihnen am besten Umberto."

„Eloisa, ich kann Ihnen gar nicht genau sagen, warum ich den Wunsch hatte, dass Daniele Sie kennenlernt", umschiffe ich den Grund für unsere Bettflucht. „Ich freue mich, dass wir uns im Foyer getroffen haben. Die junge Frau an der Rezeption sagte, Sie empfangen keinen Besuch." Sie schaut mich abwartend an. Schließlich habe ich ihr keine Frage gestellt. Folgerichtig erhalte ich keine Antwort, zumindest nicht die erwartete.

„Ich bin in meinem Leben früher oft an den Strand gegangen, ans Wasser, mit meinen Töchtern in Argentinien", erzählt sie. „Jedes Mal, wenn ich mit ihnen dort war, kam ich mir vor wie ihre dritte Schwester. Dort konnten wir alles um uns herum vergessen. Nur wir, das

Wasser und die Sonne. Wir haben Stunden damit verbracht, zu schwimmen, uns zu necken, Sandburgen zu bauen und uns erschöpft fallen zu lassen mit dem Blick zum Himmel und den Füßen in der Brandung. Da fühlte sich das Leben wie Leben an. Im Leben meiner Töchter gab es vor unserer Flucht aus Europa keinen Tag, an dem sie so glücklich waren wie dort am Strand", erzählt Eloisa mit im Schoß gefalteten Händen und den Blick abwechselnd zu mir und zu Daniele gerichtet. Und wir hören ihr zu. „Das Meer gibt uns die Möglichkeit, den einen Tag abzuschütteln und den nächsten zu beginnen, den Schmerz abzugeben und neue Energie zu erhalten, das eine Leben zu beenden, um mit dem neuen anzufangen", fährt sie weiter fort und ich und sicherlich auch Daniele, wir fragen uns, ob sie ahnt oder gar weiß, dass wir am Morgen am Strand gewesen sind und ich genau dieses bezweckt habe: ein neues Leben beginnen.

Eloisa unterbricht ihre Erzählung, schaut uns an und sagt dann: „Wichtig ist, dass wir bereit sind, uns auf den neuen Tag und das neue Leben einzulassen, auch wenn wir keine Garantie erhalten, ob es von Dauer ist, und wir auch nicht wissen, ob es die richtige Richtung ist, die wir einschlagen, aber das ist es eben, was das Leben ausmacht." Daniele und ich schauen diese weise, alte Frau an, die über uns zu sprechen scheint.

„Eloisa, ich freue mich sehr darüber, dass ich Sie kennenlernen durfte", füllt Daniele die entstandene Stille und schaut mich auffordernd an, doch Eloisa ergreift wieder das Wort.

„Daniele, Sie sind charmanter, als Umberto es war, als wir uns kennengelernt haben", sagt sie treffend. Wir lachen, sie fährt fort: „Aber ich bin mir sicher, dass das nicht der einzige Grund für die Zuneigung ist, die Umberto für Sie empfindet."

„Eloisa, es tut mir leid, wenn ich schroff zu Ihnen war", versuche ich eine Entschuldigung.

„Umberto, schauen Sie nach vorn!", fordert sie mich auf, erhebt sich dann aus ihrem Stuhl und sagt: „Meine Herren, es war mir eine Ehre", nickt uns kurz zu und geht bedächtigen Schrittes zurück in das Foyer des Hotels. Daniele und ich sitzen noch eine Weile schweigend dort, schauen uns an und gehen dann auf unser Zimmer.

Denn ein neuer Tag wartet auf uns.